SOCRATE CHRESTIEN

PAR

LE Sr DE BALZAC,

& autres œuures du mesme
Autheur.

A PARIS,
Chez AVGVSTIN COVRBE,
au Palais, à la Palme.

auec Pri.   du Roy.
16   52.

SOCRATE
CHRESTIEN,

PAR LE Sʀ DE BALZAC;

& autres œuures du mesme
Autheur.

A PARIS,

Chez Avgvstin Covrbe', dans la
petite Salle du Palais, à la Palme.

M. DC. LII.

AVEC PRIVILEGE DV ROY.

SOCRATE
CHRESTIEN,

PAR LE Sʳ DE BALZAC;
& autres œuures du mesme
Autheur.

A PARIS,
Chez Avgvstin Covrbe', dans la
petite Salle du Palais, à la Palme.

M. DC. LII.
AVEC PRIVILEGE DV ROY.

AVANT-PROPOS.

L E changement de la
face de la Cour ne m'a
point changé la volon-
té. Quoy que les cho-
ses paroissent autres qu'elles n'e-
stoient, vous estes à mes yeux le
mesme que vous estiez. Ce n'e-
stoit pas vostre fortune qui m'at-
tiroit à vous, & par consequent ie
cherche encore vostre personne: En
quelque lieu qu'elle se soit reti-
rée, elle y a porté l'obiet de mon
affection & de mon estime. La

Vertu & le bon esprit ne sont
point des pieces de la Faueur : Ce
ne sont point des biens qui se puissent perdre : On les conserue quand
tout est perdu : Ils ont suiui en exil
les Grands Personnages, & leur
ont tenu compagnie dans la pri-
son. Puis que ces fondemens de nostre societé subsistent, il me semble,
MONSEIGNEVR, que nostre commerce ne doit pas cesser : Il est vray
que i'apprehende qu'il sera plus
difficile qu'il n'eust esté en vne saison plus calme. Le Desordre commence de tous costez, & les Pa-
piers que ie croyois vous enuoyer
à Paris, par vne voye asseurée,
ie les recommande au Hazard,
pour vous les rendre ie ne sçay où.

Si i'eusse esté en estat de vous

aller faire ma cour, quand vous
eſtiez en Guyenne, aueque leurs
Maieſtez, vous auriez eſté Par-
rain de mon Liure, & il porteroit le nom que vous luy auriez
donné. A dire le vray, i'ay peur
que celuy de Socrate ſoit trop illuſtre pour luy. Ce que ie reſpon-
dray à ceux qui me chicaneront
là-deſſus, c'eſt que cette impoſi-
tion de nom n'a pas eſté de mon
choix. Quelques vns l'ont voulu
ainſi, & ie n'ay pas pû les contredire. On vous a dit ma mauuaiſe honte, & le peu de force que
i'ay contre mes Amis : Ils m'ont
remonſtré qu'il y auoit eu pluſieurs Socrates; que le ſecond n'of-
fenſa point le premier de prendre

ã iiÿ

*son nom; que tous les Socrates n'a-
uoient pas esté si honnestes gens
que Socrate le Philosophe. Tes-
moin Socrate l'Historien, qui fut
suspect d'Heresie; peu estimé d'ailleurs pour son stile, par Photius,
Patriarche de Constantinople, &
qui peut-estre ne parloit pas mieux
Grec, que mon Socrate parle François.*

*On m'a fait souuenir de plus
qu'en Italie, lors que i'y estois,
les beaux noms estoient à tres-bon
marché. En ce païs-là i'ay veu
Hannibal & Scipion Estaffiers
d'vn mesme Maistre: Il y auoit
des Pompées & des Cesars, qui
seruoient à l'Escurie & à la Cui-
sine. Mais pour m'approcher de*

plus prés de la profession des Lettres, & de la matiere presente, n'y a-t-il pas eu au Royaume de Naples vn Grammairien Iuriscōsulte, qui s'est fait appeller ALEXANDER AB ALEXANDRO? *Et se peut-il rien imaginer de plus magnifique & de plus superbe, que d'estre deux fois Alexandre; que d'auoir Alexandre pour son Nom, & de l'auoir encore pour sa Seigneurie? La Vanité estrangere me fourniroit nombre de pareilles pieces, si ie m'en voulois seruir. Mais i'ay dequoy défendre mon Tiltre par d'autres Tiltres, sans sortir de ce Royaume.*

Monsieur du Fay-l'Hospital, qui fut Chancelier de Nauarre,

composa vn Liure sur l'estat des
affaires de France, & souffrit
qu'il fut imprimé sous le Tiltre
d'EXCELLENT DISCOVRS.
Monsieur du Vair, quelque temps
aprés, fit vn autre Liure, où il in-
troduisoit Orphée & Musée, qui
discouroient ensemble des mesmes
affaires. Ce n'estoit pas mespriser
son Liure que de luy donner de
l'Excellence, ou de permettre
qu'on luy en donnast. Ce n'estoit
pas non plus auoir mauuaise opinion de ses paroles, que de les iuger dignes de deux personnes di-
uinement inspirées. Les Prophetes sont quelque chose de plus que
les Philosophes : Et puis-qu'Orphée & Musée ont desia parlé

AVANT-PROPOS.

François, Socrate peut bien à son tour se faire entendre en la mesme Langue.

Qu'on donne donc à mon Liure le nom de SOCRATE, ou plutost au Liure d'vn Homme, duquel ie ne suis que le Copiste dans la pluspart des choses que vous lirez. Il ne faut vous rien cacher: Il me fascheroit d'estre pris pour vn autre, quelque honneur que ie receusse de cette mesprise. N'aspirant point à la gloire de la Sagesse, ie ne me veux point preualoir d'vn Equiuoque, qui me feroit estimer plus presomptuëux, & non pas plus sage. Tout ce que ie pense auoir de bon, c'est que i'estime en autruy la vertu

que ie n'ay pas: Ie suis du nombre des Meschans, mais ie suis
du party des Gens de bien. Cela
estant dit, mon Eloge est fait: Pas-
sons à celuy de l'Homme qui n'est
pas moy, mais qui estant mon Docteur & mon Amy, a voulu que
ie iustifiasse sa modestie & la mienne, en rendant raison du Nom que
mes autres Amis ont donné à nostre Liure.

Ce nouueau Socrate a des qualitez qui luy sont communes auec
l'Ancien; Il en a qui luy sont
propres & particulieres. Aussi
bien que l'autre, il regarde le
Monde de haut en bas, & mesprise les choses humaines. Mais
la teste ne luy tourne point pour

AVANT-PROPOS.

s'estre esleué au dessus du Monde, & il se conte le premier au nombre des choses qu'il mesprise. Il ne parle pas toûsiours tout de bon, & presque iamais en termes affirmatifs. Parce qu'il se deffie de son propre sens, il n'asseure rien de ce qu'il dit ; Mais parce qu'il a soûmis son esprit à l'obeïssance de la Foy, il ne doute de rien de ce que l'Eglise luy a dicté. Mesme en enseignant il fait profession d'ignorance : Mais au IE NE SÇAY RIEN du Philosophe d'Athenes, il aiouste le IE SÇAY IESVS-CHRIST CRVCIFIE' de l'Apostre des Gentils, & il croit que sçauoir cela c'est sçauoir tout.

AVANT-PROPOS.

Que sert-il de le dissimuler? Ie suis bien-aise qu'il ne vous ait pas desplû en ses premiers Entretiens, & que vous approuuiez sa façon d'instruire sans dogmatiser. Cette bonne nouuelle qu'on m'a mandée de Paris, remplit de gloire tout mon Desert, & me donne de la force en me donnant du courage. Il faut que ie vous le die encore vne fois : C'est mon estime, c'est mon inclination qui m'attache à vous. Et partant, comme ie croirois m'estre égaré du bon chemin, si ie m'estois esloigné de vos sentimens, ie vous auoüe que ie m'aime plus que ie ne faisois, depuis que i'apprens que ie fais des choses que vous aimez.

AVANT-PROPOS.

Cette adreſſe, auec laquelle on entre finement dans l'Ame, ſans y donner l'allarme par des Argumens en forme, n'eſt pas, comme vous ſçauez, vne inuention de ce Siecle : Elle a eſté pratiquée par nos chers Amis de l'Antiquité. Ils n'eſpouuantoient pas ceux qu'ils vouloient prendre. Ils ſçauoient rire vtilement. Ils ſçauoient appriuoiſer la plus farouche Philoſophie : Celle-là meſme qui outrage la Nature dans le Portique de Zenon, chatoüille l'Eſprit dans les Liures de Seneque. En ſemblables lieux l'Eſclatant & l'Agreable ne ſont pas incompatibles auec le Solide & le Salutaire. Dans vne meſme vian-

de le plaisir du goust se peut trouuer auec la bonté de la nourriture.
Mais souuenez-vous pourtant
que ie plaide la cause de Seneque,
& non pas celle de Lucien. Il y
a vne certaine gayeté de stile,
esloignée en égale distance, de la
bouffonnerie & de la tristesse. Tous
les excés mesmes ne sont pas égal-
lement dangereux. Les passions
eschauffées ne produisent-elles pas
des fautes heureuses, voire des
actions heroïques qui sont des
courses que fait l'Ame, bien loin
au delà des Deuoirs communs ?
D'ailleurs, l'Abondance ne sçauroit estre pure ni choisie par tout:
Les herbes naissent parmy les
bleds, & les bouïllons iettent de
l'escu-

l'escume. La Varieté non plus
n'a pas tant d'ordre que d'agrément. Et c'est peut - estre cette
multitude de Vices aimables,
que _Quintilien_ reproche à Seneque. Mais il me semble que _Quin-
tilien_ est en cela trop seuere, &
qu'il prend les choses trop à la rigueur. Il fait trop le Maistre d'é-
cole & le Reformateur de son Siecle. Quel mal y auoit-il, ie vous
prie, de vouloir guerir auec des
remedes delicieux ? Estoit-ce vn
vice de se seruir de la Volupté
pour persuader la Vertu? Au pis
aller c'estoit vser des charmes à
bonne fin. C'estoit employer la de-
bauche du stile à corriger les dé-
fauts des mœurs.

ē̄

AVANT-PROPOS

Auant que Seneque & qu
Plutarque fuſſent au Monde
cette façon eſtoit en vſage dan
la plus ſage Republique qui fu
iamais. Ainſi taſchoient-ils a
gagner les Ames, parce qu'i
ſçauoient bien qu'elles ne veule
pas eſtre forcées; parce qu'ils con
noiſſoient la nobleſſe de leur na
turel, qui eſt impatient du iou
& de la contrainte; qui a hor
reur de la raiſon toute cruë, &
du genre purement dogmatiqu
Quelques prudents & ſages qu'i
fuſſent, ils prenoient des maſque
& des habillemens de Theatr
& n'en eſtoient pas moins ſage
ni moins prudents. Ils ſe dégui
ſoient en Poëtes Comiques & Sa

tyriques. *Les Senateurs Romains
ont paru de cette sorte, quand ils
ont voulu instruire le Monde. Ils
se sont despoüillez de leur Robe
longue, pour se vestir d'vne Ci-
marre estrangere. Ils ont inuenté
vn certain Iargon (dont il nous
reste quelques débris) demi-Grec
& demi-Latin, moitié en prose
& moitié en vers. Et auec ce Iargon, qui se moque de l'vniformi-
té du stile, & des preceptes de
l'Art, ils ont debité toute la Sagesse diuine & humaine : Ils ont
composé des Ouurages que les
Maistres de l'Art ont admirez
comme Merueilleux, bien qu'ils
ne les ayent pas approuuez comme Reguliers.*

AVANT-PROPOS.

O beaux Esprits qui faites des Liures, & qui iugez des Liures qu'on fait, que vous connoissez peu le merite de cette façon d'escrire ! Qu'vne si noble & si delicate Maniere me desgouste de vostre vulgaire & de vostre insipide Serieux ! Qu'elle me fait hair cette immobile grauité, dans laquelle vous-vous roidissez tousiours, comme si vous auiez fait vœu de ne la quitter iamais ! Les mesmes Beautez & les mesmes Figures ennuyent. Les douceurs fades font mal au cœur; Et i'ay-me bien mieux vn grain de sel de nos amis de l'Antiquité, vn morceau de leurs ragousts, que vos riuieres de lait & de miel,

que vos montagnes de caſſonna-
de, & toutes vos citroüilles con-
fites.

Pardonnez ce petit emporte-
ment à vn homme qui ſe venge,
apres auoir eſté obligé par vne
puiſſance ſuperieure, à lire vn gros
volume de Panegyriques Italiens. Le ſouuenir de cette violence qui me fut faite, excite de
temps en temps mon chagrin contre les Panegyriques : Et pour ne
rien dire de pis de ceux-cy, il eſt
certain qu'ils me donnerent beaucoup plus de peine que celuy de
Pline ne m'auoit autrefois donné de plaiſir.

Toutes les paroles neanmoins
en eſtoient de ſoye, & telles que

la *Reyne Parisatis* les deman-
doit pour les oreilles des *Roys.*
Ce n'estoient que fleurs & que
parfums , & encore des fleurs
sans espines & des parfums é-
purez; Tant le *Panegyriste* a-
uoit eu soin de choisir ses flate-
ries, & d'en oster la lie & le marc.
Quoy dauantage ? l'*Art* obser-
ué iusqu'à la superstition, ne souf-
froit pas à l'*Esprit* le moindre
mouuement de liberté. Vne clarté au reste, vne netteté incomparable ; ou certes qui ne peut estre
comparée qu'à la serenité de ces
beaux iours, quand il n'y a pas
vn nuage dans le *Ciel* , ni vne
haleine de vent sur la *Terre.*

Le *Calme* pourtant qui lan-

guiſſoit dans tous les endroits du
gros Volume , me faiſoit languir
aueque luy , & me tenoit en cet
eſtat incommode, où l'on ne peut
veiller ni dormir, où l'on ne fait
que s'eſtendre & que baailler.
Quoy que les Panegyriques fuſſent eloquents, iamais Lecture ne
me dura plus que celle-là : Ie ne
me repentis iamais dauantage
que de m'y eſtre embarqué par
complaiſance : Vne ſi continuëlle
Bonace me ſembla plus importune que la Tempeſte.

Louër touſiours, admirer touſiours, & employer à cela des periodes d'vne lieuë de long, & des
exclamations qui vont iuſqu'au
Ciel, cela fait dépit à ceux meſ-

auez veu au cinquante quatriesme Liure des Histoires de Dion, sur le suiet de Pilades & de Batillus. Pourquoy voulons-nous desplaire auec pompe & apparat? Pourquoy lassons-nous la patience de nos Maistres, en offensant leur pudeur? Ne leur faisons point maudire nos benedictions: Ayons soin de leur repos & du nostre: Ne prenons point de la peine à leur en donner.

Que si nostre zele ne peut s'arrester dans nostre cœur; Qu'il en sorte à la bonne heure: Mais qu'il se retranche dans le stile de Lacedemone: Pour le moins dans l'Atticisme; Au pis aller qu'il ne se desborde pas, par ces Harangues

Aſiatiques, où il faut prendre
trois fois haleine, pour arriuer à
la fin d'vne periode. La Iuſtice
de Dieu demandera raiſon aux
hommes de la moindre parole oy-
ſiue, c'eſt vn Dogme de la Doctrine Chreſtienne: Et s'il eſt ainſi,
quel conte auront à rendre les
Faiſeurs de Liures que vous &
moy connoiſſons, qui rempliſſent
le Monde de leurs Synonimes;
qui ne diſent rien dans leurs Liures, & rediſent ſans ceſſe ce qu'ils
ont dit ?

Nos Amis de Grece & d'Italie l'entendoient bien-mieux. Comme la gaillardiſe de leur ſtile n'en
diminuoit point la dignité, l'e-
ſtenduë de leurs diſcours n'éner-

uoit point la vigueur de leurs pensées. Ces corps n'estoient pas las-
ches pour estre longs. Les Redi-
tes, s'il y en auoit en leurs discours, estoient concluantes & necessaires ; couronnoient la beauté de la chose ; aioustoient la perfection à la fin. Leurs paroles
estoient des actions ; Mais des
actions animées de force & de
courage. Et ce courage se com-
muniquoit à ceux qui lisoient
leurs Liures, iusqu'à leur faire
desirer & chercher la mort, apres
auoir leû, ou vn Traité des maux
de la Vie, ou vn Dialogue de
l'Immortalité de l'Ame.

Les Romains particulierement
ont esté puissans en persuasion,

comme en tout le reſte. Leur Ame
eſtoit eloquente, auant que d'eſtre
rhetoricienne, & ils eſtoient elo-
quens, à cauſe qu'ils eſtoient ſages. Quand ils eſcriuoient, ils
trempoient leur plume dans le
ſens, vous-vous ſouuenez de cet
ancien mot : *Quand ils auoient
eſcrit, on ne contoit pas leurs Volumes, on peſoit leurs Lignes.* Et
s'il m'eſtoit permis de iuger du
Liure que Brutus compoſa de la
Vertu, par deux ou trois Lettres
que i'ay veuës de luy, ie ſoûtien-
drois que ce Liure eſtoit tout eſprit & nerfs, ſans aucun meſlan-
ge de matiere, ni aucune ſuper-
fluité de chair. Ce Liure n'auoit
point d'endroit foible ; point de

partie inutile ; point de repetition
qui ne fist effet ; qui n'appuyast la
chose établie, qui ne prouuast, ou
n'acheuast de prouuer.

De cette sorte sont bonnes les
Repetitions. Et peut-on trouuer
mauuaise vne recharge qui asseure la Victoire, & qui oste au vaincu tout moyen & toute esperance
de se reuolter? Cela s'appelle donner le dernier coup de la mort :
C'est enfoncer son espée iusques
aux gardes dans vn corps qui
souffle encore pour resister. En
pareils combats Brutus & Ciceron ont esté de redoutables Gla-
diateurs : Leur force estoit égale,
mais leur vertu estoit differente.
Il ne se pouuoit rien retrancher

de l'Eloquence de Brutus, ni rien adiouster à celle de Ciceron ; Et ie m'imagine souuent vn genre d'escrire, formé sur l'Idée que i'ay conceuë de l'Eloquence de ces deux hommes.

Vn Grec qui viuoit soubs les Empereurs Romains, compare les Discours de Demosthene à plusieurs Esclairs, qui surprennent & qui esblouissent, & ceux de Ciceron à vn grand feu qui s'espand de tous costez, & fait vne lumiere qui dure. Figurez-vous en l'vn la Tempeste, qui est descrite au premier de l'Eneïde ; & en l'autre, l'Embrasement de Troye, qui est representé au second.

Ie n'examine point si la com-

paraiſon eſt bien iuſte, & ne veux
rien dire pour cette fois de l'Eloquence de Demoſthene. Ie dis ſeulement que celle des Attiques de
Rome, qui contrefaiſoient Brutus, & n'imitoient pas Ciceron,
tenoit bien plus de ces Eſclairs
continuels, que de ce grand Feu.
Cette ſorte de lumiere fait ſubi-
tement ce qu'elle doit faire : Vous
diriez que frappant les yeux, elle perce les hommes iuſques au
cœur. Mais ſemblables impreſſions ne ſont pas touſiours bien
profondes, & il eſt difficile que la
chaleur ſe communique de cette
façon. Il me ſemble, au contraire,
pour encherir ſur la penſée du
Critique Grec, que le Soleil n'a
pas,

pas plus de force sur le Corps, que Ciceron en a sur les Ames. Il ne paroist pas couronné de plus de rayons : Il ne fait pas naistre plus de fleurs, plus d'or, & plus de pierreries : Il n'esmeut & ne resout pas plus de vapeurs ; Il n'eschauffe, il n'amolit, il ne durcit pas dauantage les matieres, sur lesquelles il exerce differemment sa vertu.

De souhaitter que nostre Socrate fist la mesme chose, ce seroit vn souhait trop ambitieux, & qui ne s'accompliroit pas aisément en ce temps-icy. Je connois le Monde present ; Ie sçay ses dégousts & ses auersions pour nos Escritures. L'Eloquence n'a point

tant de force, que les hommes ont
de dureté : Tous les Syllogiſmes,
tous les Enthymemes, Toutes les
Figures rebouchent aujourd'huy
contre leur eſprit : Ils ne ſont preſque plus capables de perſuaſion.
Les petits enfans ſe moquent de
ce que leurs grands Peres admi-
roient. Les Diſcours Philoſophi-
ques eſtoient des Oracles ſoubs le
Regne de François premier ;
Maintenant ce ſont des Viſions.
Art, Science, Proſe & vers ſont
differentes eſpeces d'vn meſme
genre, & ce Genre ſe nomme Bagatelles en la Langue de la Cour.

MAIS ce n'eſt pas icy le lieu
de ſe plaindre de la rudeſſe du

Siecle de fer, & du retour de la
Barbarie. De parler auſſi plus
long-temps de Philoſophie & d'E-
loquence, de Brutus & de Ciceron, ie ne le puis pas de bonne grace, aprés m'eſtre declaré ſi hautement contre la Longueur. Elle
n'eſt pas meilleure dans les Prefaces que dans les Harangues; Et
d'adjouſter à ce que ie vous ay dit
de mon Socrate, ce que i'aurois à
vous dire de mes nouuelles Remarques, & de mes vieilles Apologies, cette longueur ne ſeroit
pas approuuée du Sage Hebreu,
qui conſeille aux François auſſi-
bien qu'aux Juifs, de reſeruer
leur eſprit pour le lendemain.
Je veux ſuiure ſon auis, & gar-

i ij

der de l'eſtoffe & des ornemens à
vne autre fois. Puis-que mes
preſens vous ſont agreables, il
faut que ie taſche de vous en faire
ſouuent, & que ie ne face pas
mentir l'excellent Monſieur Co-
ſtar, qui vous a promis plus d'vne
Preface, & plus d'vn Liure de
ma façon. Cependant, Mon-
ſeigneur, ſi les Gens d'affaires
vous accuſent d'aimer trop les
Liures, ce ſera à vous à iuſtifier
vos innocentes amours, & à défendre nos Muſes, en défendant
voſtre Iugement.

TABLE

DES DISCOVRS
CONTENVS
EN CE VOLVME.

TABLE.

TABLE.

TABLE.

LE
SOCRATE
CHRESTIEN,
PAR LE SIEVR DE
BALZAC.

SOCRATE
CHRESTIEN,

DE IESVS-CHRIST ET DE SA DOCTRINE.

DISCOVRS PREMIER.

ANS le Cabinet, où nous ouïſmes Socrate la premiere fois, il y auoit vn Tableau de la Natiuité de noſtre Seigneur, qui luy donna lieu

A ij

de nous faire ce Difcours.

Il feroit difficile de regarder
vne fi fainte peinture, fans eftre
furpris de quelque penfée de
pieté. Mais faifons dauantage
en cette furprife: Rendons-nous
volontairement & de bonne
foy, à la penfée qui nous a furpris: Suiuons-la, quand elle nous
meneroit plus loin que nous
n'auions refolu d'aller aujour-
d'huy.

Vne Eftable, vne Creche, vn
Bœuf & vn Afne. Quel Palais
bon Dieu, & quel Equipage !
Cela ne s'appelle pas naiftre
dans la Pourpre, & il n'y a rien
icy qui fente la Grandeur de
l'Empire de Conftantinople.

Ces Princes qu'on nommoit
Porphyrogenetes ; Celuy qui
fut Roy auant que d'eftre homme, le ventre de la Reyne fa Mere ayant efté couronné par les
fuffrages des Ordres de fon
Royaume ; les Ptolomées, les
Alexandres & les Cefars faifoient bien plus de bruit, en ve-
nant au Monde. De l'autre cofté, il y a eu des Princes, qui ont
efté expofez; Il y a eu des Con-
querans, qui ont efté nourris &
efleuez par des Beftes. Il y a vne
Force retenuë & diffimulée : la
Vertu eft quelquefois en repos :
la Grandeur eft quelquefois à
l'eftroit : la Pompe n'accompa-
gne pas toufiours la Puiffance.

Ne foyons point honteux de l'objet de noftre Adoration: Nous adorons vn Enfant ; Mais cet Enfant eft plus ancien que le Temps. Il fe trouua à la naiffance des chofes : Il eut part à la ftructure de l'Vniuers ; Et rien ne fut fait fans luy , depuis le premier trait de l'ébauchement d'vn fi grand Deffein , iufqu'à la derniere piece de fa fabrique.

Cet Enfant fit taire les Oracles, auant qu'il commençaft à parler. Il ferma la bouche aux Demons, eftant encore entre les bras de fa Mere. Son Berceau a efté fatal aux Temples & aux Autels ; 'a efbranlé les fondemens de l'Idolatrie ; a renuerfé

le Throfne du Prince du Monde. Cet Homme, promis à la
Nature, demandé par les Prophetes, attendu des Nations,
cet Homme enfin defcendu du
Ciel, a chaffé, a exterminé les
Dieux de la Terre.

Quelle entreprife à cet Homme enfant, à cet Homme nu,
d'auoir attaqué vn Monde, qui
s'eftoit fortifié plus de trois mille ans, contre la puiffance de la
Verité ! Il eft pourtant venu à
bout de fon entreprife ; fans armes, fans machines, fans violence. Et qu'eft-ce, à voftre auis,
que d'auoir amolli d'abord &
par fa feule prefence vn fi long
& fi opiniaftre endurciffement ;

d'auoir arraché des Erreurs,
confirmées par la vieilleffe ; qui
auoient pris racine dans les Efprits ; qui s'eftoient naturalifées
auec eux ? Qu'eft-ce que d'auoir
deliuré ces pauures Efprits, d'v-
ne infinité de Monftres qui les
rauageoient ? Monftres de differentes efpeces, & fous differentes formes ; Monftres agreables ou defagreables aux yeux,
felon l'humeur de la Superfti-
tion, qui les embelliffoit ou les
barboüilloit à fa fantaifie. Les
vns fe faifoient aymer; les autres
fe faifoient craindre : Les vns
demandoient des Sacrifices
cruels , & eftoient alterez de
fang humain ; les autres auoient

des appetits moins fauuages &
moins defreglez, & fe conten-
toient du fang des beftes.

L'homme que nous adorons,
a nettoyé la Terre de cette multitude de Monftres, que les
Hommes adoroient. Mais il
n'en eft pas demeuré-là.

Il ne s'eft pas contenté de ruiner l'Idolatrie, & d'impofer filence aux Demons; Il a de plus
confondu la Sageffe humaine;
Il a ofté la parole aux Philofophes. Leurs Sectes ont fait place à fon Eglife, & leurs Dogmes à fes Commandemens:
Toute la Raifon, toute l'Eloquence d'Athenes luy a cedé.
C'eft luy qui a humilié l'orgueil

du Portique; qui a décrédité le
Lycée, & les autres Escoles de
Grece. Il a fait voir qu'il y auoit
de l'Imposture par tout; qu'il y
auoit des Fables dans la Philosophie, & que les Philosophes n'e-
stoient pas moins extrauagans
que les Poëtes, mais que leur
extrauagance estoit plus graue
& plus composée. Il a fait a-
uouër aux Speculatifs, qu'ils
auoient resué, lorsqu'ils auoient
voulu mediter. Il leur a mon-
stré que de cent cinquante tant
d'opinions, qui visoient au Sou-
uerain-Bien, il n'y en auoit pas
vne qui eust touché au but:
Vous pouuez voir & conter ces
opinions, dans les liures de la

Cité de Dieu de Sainct Augustin. Iesus-Christ a ainsi traité
les Sages du Monde : De cette
sorte il a pacifié leurs Querelles
& leurs Guerres. En les refu-
tant tous, il les a tous accordez.

Auant luy on se doutoit bien
de quelque chose. On donnoit
de legeres atteintes à la Verité :
On auoit quelques soupçons &
quelques coniectures de ce qui
est. Mais les plus intelligens
estoient les plus retenus & les
plus timides à se faire entendre ?
Ils n'osoient se declarer sur quoy
que ce soit ; Ils ne parloient
qu'en tremblant & en hesitant.
des affaires de l'autre Vie : Ils
consultoient & deliberoient

toufiours, fans iamais fe refoudre ni prendre party.

Ie ne m'en eftonne pas neanmoins. Car comment euffent-
ils pû trouuer la Verité qu'ils
cherchoient, puis qu'elle n'e-
ftoit pas encore née ? Il falloit
que la Verité fe fift chair, afin
de fe rendre fenfible, & de deuenir familiere aux hommes ;
afin de fe faire voir & toucher.

Cette verité n'eft autre que
Iefus-Chrift : Et c'eft ce Iefus-
Chrift, qui a fait ceffer les doutes & les irrefolutions de l'Academie ; qui a mefme affeuré le
Pirrhonifme. Il eft venu arrefter les penfées vagues de l'ef-

prit humain , & fixer ſes raiſon-
nemens en l'air. Apres pluſieurs
Siecles d'agitation & de trouble, il eſt venu faire prendre terre à la Philoſophie , & donner
des ancres & des ports à vne
Mer qui n'auoit ni fond ni
riue.

Par ſon moyen nous ſçauons
ce qu'Ariſtote , ce que le Maiſtre d'Ariſtote, ce que les Diſciples d'Ariſtote ont ignoré. Ils
auoient les yeux bons ; Mais ils
cheminoient de nuit , & la ſubtilité de leur veuë n'eſtoit point
comparable à la pureté de noſtre lumiere. Aſſidus , mais mal-
heureux Courtiſans de la Nature, ils ont vieilli dans la Baſſe-

cour : Et nous, Fauoris de Dieu,
quoy qu'indignes Fauoris, dés
le premier iour nous auons esté
receus dans le Cabinet.

OV LE MONDE EST ETER-
NEL, OV IL A EV VN COMMEN-
CEMENT : OV L'AME DE
L'HOMME MEVRT AVEC LE
CORPS, OV IL Y A VNE SECON-
DE VIE POVR ELLE, APRES
CELLE-CY. Voila toute la satisfaction que vous donneront
les Sçauans de Grece & les Habiles de Rome. Ne leur en demandez pas dauantage. L'in-
constance de leur esprit, l'incer-
titude de leurs opinions est vne
chose à faire pitié. Ils ne vous
payeront que d'ambiguitez &

que d'équiuoques ; Ils ne vous
conſeilleront que de ſuſpendre
voſtre iugement ; que de rete-
nir voſtre determination ; que
de balancer entre cela eſt & cela n'eſt pas.

Le ſeul Ieſus Chriſt a pouuoir
de conclure & de prononcer,
& ſa ſeule Doctrine nous peut
mettre l'eſprit en repos. Elle de-
finit, elle decide, elle iuge ſou-
uerainement. Elle tranche les
difficultez. Elle coupe les nœus,
& ne s'amuſe pas à les deſmeſler.
Elle nous aſſeure en termes for-
mels, QVE LES CHOSES VISI-
BLES ONT COMMENCE', ET
QVE LES SVBSTANCES SPIRI-
TVELLES NE FINIRONT POINT.

Depuis la publication de cette Doctrine, nous difons hautement & affirmatiuement, que le Monde ne s'eft pas bafti foymefme, mais qu'il y a ie ne fçay quoy de plus vieux & de plus ancien, qui a trauaillé à vne fi admirable Architecture. Nous difons que le Soleil n'eft pas la fource, mais le Referuoir de la lumiere ; qu'il a efté allumé auant que de luire ; que les Aftres ont efté faits par vne Main, qui en pourroit faire de plus beaux.

Nous difons que l'Ame de l'homme eft vn feu inextinguible & perpetuël ; qu'elle eft originaire du Ciel ; que c'eft vne

partie

partie de Dieu mefme : Et par
confequent qu'il y a bien plus
d'apparence qu'elle fe reffente
de la nobleffe de fa race, que de
la contagion de fa demeure ;
qu'il eft bien plus à croire qu'elle dure, pour fe reünir à fon principe, pour acquerir la perfection de fon Eftre, pour deuenir
Raifon toute pure ; qu'il n'eft à
croire qu'elle finiffe, pour tenir
compagnie à la Matiere, pour
s'efloigner de fa veritable fin,
pour courir la fortune de ce qui
eft fon Contraire pluftoft que
fon Affocié.

La mefme Doctrine nous
defcouure les autres Secrets du
Ciel, aueque la mefme certitu-

B

de: Mais ce sont les Secrets importans, & qui contribuënt à noftre Salut, & non pas les Secrets inutiles, & qui ne font que donner de l'exercice à noftre Curiofité. Cette Doctrine nous enfeigne tout ce qu'il eft neceffaire que nous apprenions.

DE L'EGO SVM
DE IESVS-CHRIST.

DISCOVRS DEVXIESME.

 AIS voſtre Voiſin le Delicat voudroit que cette Doctri-ne euſt eſté debitée auec plus de grace, & que l'E-uangile fût plus fleuri & plus attrayant. Nous luy ferons rai-ſon là-deſſus vne autre fois, & peut-eſtre contenterons-nous ſa delicateſſe. Cependant, me dit-il, ie m'adreſſe à vous, qui ne manquez pas de fleurs & d'at-

B ij

trais ; de couleurs & d'ornemens ; & qui neanmoins n'e-
ftimez pas ces bagatelles plus
qu'elles ne valent. Vous plai-
daftes il y a quelques années,
pour L'AVTORITE' contre
L'ELOQVENCE; & fi ma me-
moire ne me trompe, il me femble que vous gaignaftes la caufe
de L'AVTORITE'. I'ay veu
vn grand Commentaire fur le
QVIRITES de Iules Cefar; ne
verray-je point vne petite refle-
xion fur l'EGO SVM de Iefus-
Chrift ?

Cet admirable EGO SVM,
que nous ouïfmes chanter à la
Paffion il y a quinze iours, eft
rapporté dans l'Euangile de

Sainct Iean, & commence le premier Acte de la Tragedie de noftre Seigneur. Ces trois Sillabes forties de fa bouche, efpouuanterent fes Ennemis; mirent en defordre des Auditeurs qui eftoient en armes ; firent tomber à la renuerfe vne Compagnie de gens de pié : Et ie ne doute point que cette cheute n'euft efté mortelle à ceux qui tomberent , fi la mefme force qui les abbattit, ne les euft aidez à fe releuer.

On parle des Efclairs & des Tonnerres d'vn homme d'Athenes, qui mefloit le Ciel auec la Terre, fur la Tribune aux Harangues. Mais outre que c'e-

B iij

ftoient des Orages en peinture,
& qui ne faifoient tomber perfonne , confiderez , s'il vous
plaift, de quelle forte il les exci-
toit. C'eftoit en criant à pleine
tefte ; en fe tourmentant & en
s'agitant , comme vne perfonne poffedée ; en faifant mille
grimaces de fon vifage , & mille tours de foupleffe de fon
corps. Il employoit pour cela
les frequentes Exclamations, les
Enthimemes en foule , les Paroles qui faifoient le plus de
bruit , les plus viues & les plus
violentes Figures. Et tout cela
neanmoins n'eftoit caufe d'aucun mouuement forcé, en la
pofture des Affiftans ; d'vn feul

faux pas, au plus foible de la
Compagnie. Toute cette violence n'euſt pas eſté capable de
remuër vne paille, ni de donner
le branle aux feüilles d'vn arbre.

Comment eſt - ce donc que
l'EGO SVM de Ieſus-Chriſt,
ſorti de ſa bouche ſans effort,
ſans qu'il eſleue ſeulement le
ton de ſa voix, porte par terre
des hommes fermes & vigou-
reux ; met à ſes piez vne troupe
de Soldats, qui eſtoient venus
ſe ſaiſir de luy ? Il n'eſt rien en apparence de ſi doux & de ſi tran-
quile que cet EGO SVM. Deux
paroles le compoſent ; paroles
courtes, ſimples & vulgaires ;
qui n'ont rien d'éclatant & de

figuré ; rien qui eſtonne & qui
menace les gens ; rien qui pre-
ſage & qui ſignifie le coup qu'-
elles vont fraper.

C'eſt à dire qu'il faut que ces
deux paroles ne ſoient que la
couuerture & que l'enuelope
de quelque choſe d'extraordinaire, qui eſt caché deſſous. Il
faut ſans doute que ce ſoit vne
eſtincelle tombée du plus haut
des Cieux ; vn rayon de veritable diuinité, qui ſe meſle dans
ces deux paroles ; qui leur communique vne vertu eſtrangere,
& qu'elles n'auoient pas naturellement. Ces paroles ne ſont
point foudroiantes de leur propre feu ; Il faut neceſſairement

que celuy qui les profere, foit le Maiftre des Foudres & de la Tempefte.

Il y a des ames, dont la dureté eft inuincible, & contre lefquelles reboucheroient les plus patetiques periodes de nos Orateurs : Mais il n'y a point d'ames, fuffent-elles de fer ou de bronze, qui foient à l'efpreuue des paroles de noftre Legiflateur ; qui puiffent tenir bon contre les moindres fillabes de Iefus-Chrift. Que voftre Voifin le Delicat allegue tant qu'il voudra fon Neftor, fon Menelas, fon Vliffe ; & les propofe comme les trois Fondateurs des trois ftiles differens. Qu'il conte mer-

ueilles à ceux qui l'écoutent, de
l'Eloquence Attique, de l'Asia-
tique, de la Rhodiene. Sur ma
parole mesprisez en cecy tout
ce qu'il admire, & reseruez
toute voftre admiration pour le
Laconifme de Iefus-Chrift.

L'o v y & le N O N de Iefus-
Chrift peuuent faire & deffaire;
peuuent baftir & deftruire, a-
uec vne egale facilité. Son filence mefme & fon repos, fes
foibleffes & fes infirmitez, font
chofes fortes, agiffantes, efficaces ; font capables d'operer des
Miracles; parce qu'elles ne font
iamais abandonnées de la puiffance, neceffaire à l'operation
des Miracles; parce que la gran-

deur de ſes actions ne dépend
point de la grandeur de ſes in-
ſtrumens & de ſes moyens. Son
EGO SVM, animé de cette ſe-
crete & ſouueraine puiſſance,
euſt pû mettre en fuite vne Le-
gion, auſſi aiſément qu'vne Eſ-
coüade.

I'A Y fait à peu prés le Diſcours que ie vous auois conuié
de faire. Mais apres tant de paroles, oublierons nous la Conſequence qui en reſulte ; Conſequence qui ſe tire ſans art &
ſans peine ; qui ſort d'elle-meſme de l'EGO SVM de Ieſus-
Chriſt? Dites-moy, ie vous prie,
ſi ſon Abbaiſſement ſur la Ter-

re eſt ſi redoutable, combien
ſera terrible ſon Eſleuation dans
les Nuées ? Si ſon Humilité cap.
tiue accable les hommes , qui
pourra ſouſtenir ſa Majeſté
triomphante ? Si ayant à eſtre
Iugé, ſa premiere Reſponſe fait
tant d'eſclat, de quel ton pro-
noncera-t-il le dernier Arreſt,
quand il viendra luy-meſme
pour eſtre le Iuge ?

I'ay aſſez de cette Reſponce,
pour reſpondre à toutes les de-
mandes de voſtre Voiſin ; pour
refuter toutes les objections de
mes ſens & de ma raiſon. Sans
Rhetorique, ſans Dialectique,
ces trois Sillabes me ſuffiſent,
pour me perſuader la Diuinité

de cet Homme que i'adore. Et
apres l'effet eſtrange de ces trois
Sillabes, & tant d'autres eſtranges effets, ſi bien & ſi nettement
verifiez, quand il s'eſleuera en
mon ame quelque petit mouuement de rebellion contre la
Foy, à l'heure meſme ie m'a-
dreſſeray au Dieu de la Foy, &
prendray la liberté de luy tenir
le langage, que luy tenoient les
anciens Fideles.

SI NOVS-NOVS SOMMES ES-
GAREZ, MON DIEV, C'A ESTE'
EN VOVS SVIVANT. SI NOVS
N'AVONS PAS ESCOVTE' NO-
STRE RAISON, VOS MIRACLES
EN SONT CAVSE. SI NOVS A-
VONS ADORE' VN HOMME,

VOVS-VOVS ESTES ENTENDV
AVEQVE CET HOMME , POVR
NOVS FAIRE CROIRE QV'IL
ESTOIT DIEV. VOVS LVY AVEZ
PRESTE' VOSTRE PVISSANCE,
POVR NOVS OBLIGER A LVY
RENDRE NOSTRE CVLTE.
NOVS SOMMES EXCVSABLES,
MON DIEV, D'AVOIR RECON-
NV CELVY, QVI NE SCAV-
ROIT ESTRE QVE VOVS,
SI VOVS NE VENEZ VOVS
MESME NOVS DECLARER,
QV'IL EST VN AVTRE QVE
VOVS.

DE LA RELIGION
CHRESTIENNE,
ET DE SES PREMIERS
COMMENCEMENS.

DISCOVRS TROISIESME.

ES dernieres paro-
les de Socrate l'a-
uoient comme raui
en extase ; Mais e-
stant reuenu de son transport,
il ne demeura pas long-temps
dans le calme. La premiere es-
motion ne fut qu'vn passage à
la seconde ; & reprenant la ma-

tiere qu'il auoit laiſſée, il nous parla à peu prés en cette ſorte.

IL ne paroît rien icy de l'Homme ; rien qui porte ſa marque, & qui ſoit de ſa façon. Ie ne voy rien qui ne me ſemble plus que naturel, dans la naiſſance & dans le progrés de cette Doctrine. Les Ignorans l'ont perſuadée aux Philoſophes. De pauures Peſcheurs ont eſté erigez en Docteurs des Roys & des Nations ; en Profeſſeurs de la ſcience du Ciel. Ils ont pris dans leurs filets les Orateurs & les Poëtes, les Iuriſconſultes & les Mathematiciens.

Cette

Cette Republique naiſſante s'eſt multipliée par la Chaſteté & par la Mort ; bien que ce ſoit deux choſes ſteriles, & contraires au deſſein de multiplier. Ce Peuple choiſi s'eſt accru par les pertes & par les deffaites : Il a combattu, il a vaincu eſtant deſarmé. Le Monde en apparence auoit ruiné l'Egliſe : Mais elle a accablé le Monde ſous ſes ruines. La force des Tyrans s'eſt renduë au courage des condamnez. La Patience de nos Peres a laſſé toutes les mains, toutes les machines, toutes les inuentions de la Cruauté.

Choſe eſtrange, & digne d'vne longue conſideration !

C

Reprochons-la plus d'vne fois
à la lâcheté de noſtre Foy & à la
tiedeur de noſtre Zele. En ce
temps-là il y auoit de la preſſe à
ſe faire déchirer, à ſe faire bru-
ſler pour Ieſus-Chriſt. L'extreme douleur & la derniere infamie attiroient les hommes au
Chriſtianiſme : C'eſtoient les
appas & les promeſſes de cette
nouuelle Secte. Ceux qui la ſui-
uoient, & qui auoient faueur à
la Cour, auoient peur d'eſtre
oubliez dans la commune Perſecution : Ils s'alloient accuſer
eux-meſmes, s'ils manquoient
de Delateurs. Le lieu où les
feux eſtoient allumez & les beſtes déchaiſnées, s'appelloit en

la langue de la primitiue Eglife, LA PLACE OV L'ON DON-
NE LES COVRONNES.

Voila le ftile de ces grandes
ames, qui méprifoient la Mort,
comme fi elles euffent eu des
corps de loüage, & vne vie em-
pruntée. Bien dauantage, &
toufiours dans la rigueur de
l'Hiftoire, fans rien donner à la
licence de la Rhetorique. Si
c'euft efté le fang d'autruy, &
non pas le leur, ils n'en euffent
pas fait fi bon marché ; car la
Charité les euft retenus, & l'A-
mour propre les auoit aban-
donnez.

C'eftoit donc dans les ioyes
& dans les plaifirs, qu'ils di-

ſoient à Dieu C'EST ASSEZ, &
qu'ils luy demandoient des tré-
ues & du relaſche, & non pas
dans les ſupplices & dans les
tourmens. O mon ame, que
d'honneur & de gloire ! O mon
imagination, que de delices &
de douceurs, s'eſcrioient-ils au
milieu des flammes ! En cet
eſtat-là, pour parler encore le
langage de la primitiue Egliſe,
ils eſtoient pleins, ils eſtoient
poſſedez de Ieſus-Chriſt. Ieſus-
Chriſt auoit pris la place de leur
eſprit & de leur raiſon : Ils n'e-
ſtoient plus animez que de Ieſus-Chriſt : Ils ne ſongeoient
plus qu'à luy : Ils ne ſe ſouue-
noient plus que de luy : Il leur

tenoit lieu de toutes chofes. Ce
n'eſtoit plus amour ni conſtan-
ce ; c'eſtoit vne alienation de
ſens, vne maladie ſurnaturelle,
vne ſainte, vne diuine fureur.

Auſſi les Payens s'en eſton-
noient-ils, & en faiſoient des
Prouerbes. Vous le pouuez
voir dans les Propos d'Epictete,
recueillis par Arrien. Ils parloient des Chreſtiens, comme
de perſonnes trauaillées d'vne
melancolie incurable ; perſonnes tentées par le deſeſpoir ; ennemies du iour & de la lumiere.
A leur dire, c'eſtoient des gens
qui vouloient perir ; qui s'en-
nuyoient en ce Monde ; (ce ſont
les differens termes dont ils ſe

feruoient) qui fe deuoüoient,
qui fe precipitoient à la Mort.

Nous fommes defcendus de
ces gens-là, quoy qu'apparemment ils ne deuffent point laiffer
de pofterité ; quoy qu'ils fiffent
tout ce qu'il faut faire pour ne
pas durer. De leurs Cendres, &
de leurs Ruines s'eft efleuée la
Grandeur & la Souueraineté
de noftre Eglife. Le Corps s'eft
trouué entier dans la diffipa-
tion de fes Membres.

Ie ne m'eftonne point que les
Cefars ayent regné, & que le
Party qui a efté le victorieux,
ayt efté le maiftre. Mais fi c'euft
efté le vaincu, à qui l'auantage
fuft demeuré ; fi les Defroutes

euſſent fortifié Pompée, & re-
ſtabli ſa fortune ; ſi les Proſcri-
ptions euſſent groſſi le Party
d'vn Mort, & luy euſſent fait
naiſtre des Partiſans ; ſi vn Mort
luy-meſme, ſi vne Teſte coupée
euſt donné des loix à toute la
Terre, veritablement il y auroit
dequoy s'eſtonner d'vn ſuccés
ſi éloigné du cours ordinaire
des choſes humaines. Ie trouuerois eſtrange qu'apres la bataille de Pharſale, & pluſieurs
autres batailles, deciſiues de
l'Empire, les Amis de Pompée
euſſent eſté Empereurs de Rome, à l'excluſion des Heritiers
de Ceſar. I'aurois de la peine à
croire, quand le plus veritable

& le plus religieux Hiſtorien
de Rome me le diroit, que des
gens euſſent triomphé, autant
de fois qu'ils furent battus; qu'v-
ne Cauſe ſi ſouuent perduë, euſt
touſiours eſté ſuiuie. Au moins
me ſemble-t-il que ce n'eſt pas
bien le droit chemin, pour arriuer à l'Empire, & que d'ordinaire on ſe ſert de tout autre
moyen, pour obtenir le Triomphe. Ce n'eſt pas la couſtume
des choſes du Monde, que les
bons Succés ne ſeruent de rien;
que la Victoire ſoit décréditée,
& que le Gain aille au malheu-
reux.

Nous voyons pourtant icy
cet euenement irregulier, & di-

rectement opposé à la couftume des chofes du Monde. Le
fang des Martyrs a efté fertile,
& la Perfecution a peuplé le
Monde de Chreftiens. Les premiers Perfecuteurs, voulant e-
fteindre la lumiere qui naiffoit,
& eftouffer l'Eglife au berceau,
ont efté côtrains d'auouër leur
foibleffe, aprés auoir efpuifé
leurs forces. Les autres qui l'at-
taquerent depuis, ne reüffirent
pas mieux en leur entreprife. Et
bien qu'il y ait encore en la nature des chofes, des Infcriptions
qu'ils ont laiffées, POVR AVOIR
PVRGE' LA TERRE DE LA NA-
TION DES CHRESTIENS;
POVR AVOIR ABOLI LE

NOM CHRESTIEN EN
TOVTES LES PARTIES DE
L'EMPIRE, l'Experience nous
fait voir qu'ils ont triomphé à
faux, & leurs Marbres ont esté
menteurs. Ces superbes Inscriptions sont aujourd'huy des Monumens de leur vanité, & non
pas de leur victoire. L'ouurage
de Dieu n'a pû estre deffait par
la main des Hommes. Et disons
hardiment à la gloire de nostre
Iesus-Christ, & à la honte de
leur Diocletien, LES TYRANS
PASSENT, MAIS LA VERITE'
DEMEVRE.

SVITE
DV MESME
SVIET.

DISCOVRS QVATRIESME.

'A Y leu l'Original des Inscriptions, dont ie vous parle. Elles se conseruent en vne ville d'Espagne, & sont grauées en gros caracteres, sur vne Colonne parfaitement bel-le. L'Alemand Gruterus ne les a pas oubliées dans son gros Volume. Mais sans vous don-

ner la peine de visiter les Biblioteques d'Angolesme, & d'aller
lire les Inscriptions à vne lieuë
& demie d'icy, puis que vous en
voudriez sçauoir les paroles, &
qu'il m'en souuient, il ne faut
pas vous faire languir dauantage : Tout presentement vostre
curiosité sera satisfaite.

DIOCLETIANVS. IOVIVS. ET.
MAXIMIANVS. HERCVLEVS. CÆ-
SARES. AVGVSTI. AMPLIFICATO.
PER. ORIENTEM. ET. OCCIDEN-
TEM. IMPERIO. ROMANO. ET. NO-
MINE. CHRISTIANORVM. DELE-
TO. QVI. REMPVBLICAM. EVER-
TEBANT. &c.

DIOCLETIANVS. CÆSAR. AV-
GVSTVS. GALERIO. IN. ORIENTE.

ADOPTATO. SVPERSTITIONE.
CHRISTIANORVM. VBIQVE. DE-
LETA. ET. CVLTV. DEORVM.
PROPAGATO. &c.

Vous voyez par là le mécon-
te dés Perfecuteurs; Vous voyez
l'impofture de Rome Payenne,
& la fauffeté de fes victoires.
Cette fuperftition abolie eft
maintenant la Religion dominante. Non feulement elle a fur-
uefcu à fes Bourreaux, mais elle regne fur le throfne de fes Ennemis, & LA VILLE ETERNEL-
LE obeït aux Succeffeurs de
Sainct Pierre, & non pas à ceux
de Iules Cefar. Diocletien &
Maximien ne font plus de
grands & de redoutables Prin-

ces : Ce font de Fabuleux & de
ridicules Hiftoriens ; ce font
des Fanfarons fur du marbre :
Nos Peres ont mefprifé leurs
Edits & leurs Arrefts ; Mo-
quons-nous de leurs Brauades
& de leurs Romans. Ainfi pouuons-nous appeller ces Infcriptions menteufes, confacrées à
leur memoire par leur propre
vanité.

Mais il n'y aura point de mal
d'ajoufter encore vn mot à l'Hiftoire du Chriftianifme, fous
l'Empire de Diocletien. Cet
ennemy du Peuple de Dieu, ce
Pharaon de fon Siecle n'em-
ploya pas toufiours le fer & le
feu, contre les Fideles, non plus

que le premier Pharaon. Il s'a-
uifa de faire perir d'vne autre
façon, les Chreſtiens de Rome:
Il les traita comme des beſtes
de charge, qu'on tuë à force de
les faire trauailler ; Il voulut
qu'ils mouruſſent, mais de telle
forte qu'ils fe fentiſſent mourir,
& qu'il puſt tirer du feruice de
leur mort. Pour cet effet, vous
fçauez qu'il en confuma vne
multitude infinie à la ſtructure
de certaines Eſtuues , dont la
place fe nomme encore aujour-
d'huy les THERMES DIOCLE-
TIENNES, & dont les ruines
font fi grandes, qu'elles eſton-
nent la veuë, & font peur à l'i-
magination de ceux qui les con-
fiderent.

Diocletien se fust-il iamais imaginé que ces Ruines deussent estre vn iour sanctifiées, par la Religion qu'il persecutoit; qu'elles deussent estre dediées au culte du Dieu qu'il auoit proscrit; de ce Dieu, dont il haïssoit si fort le Nom, la Doctrine & les Partisans? Eust-il crû que dans les Thermes Diocletiennes on eust chanté iour & nuit des Hymnes à Iesus-Christ; qu'on luy eust rendu des vœux, qu'on luy eust presenté des Sacrifices, iusques à la fin du Monde? Il ne l'eust pas crû, non pas mesme sur la parole de tous ses Deuins.

Quand il faisoit trauailler les
pauures.

pauures Chreftiens à fes Eftu-
ues, ce n'eftoit pas fon deffein
de baftir dẽs Eglifes à leurs Succeffeurs. Il ne penfoit pas eftre
Fondateur, comme il a efté,
d'vn Monaftere de Peres Char-
treux & d'vn autre de Peres
Feüillens. Car à prendre la chofe dans fon principe, c'eft luy
qui a ietté les fondemens de ces
deux Maifons religieufes, & qui
a fourni les materiaux dont on
s'eft ferui pour leur fabrique;
C'eft aux defpens de Diocletien; de fes pierres & de fon ci-
ment qu'on a fait des Autels,
& des Chapelles à Iefus Chrift,
des Dortoirs & des Refectoirs
à fes feruiteurs. La Prouidence

D

de Dieu fe iouë de cette forte
des penfées des Hommes, & les
Euenemens font bien efloignez
des Intentions, quand la Terre a vn deffein & le Ciel vn
autre.

DE LA
TROP GRANDE
SVBTILITE',
DANS LES CHOSES DE
LA RELIGION.

DISCOVRS CINQVIESME.

ES quatre Difcours, recueillis de la bouche de Socrate, donnerent reputation au feiour qu'il faifoit en noftre Prouince : Et cette reputation attiroit tous les iours chez fon hofte , quantité d'honneftes

D ij

Curieux : Entre autres, il y vint
deux bons Peres de l'Ordre de
Saint ★ ★ ★ nouuellement arriuez d'Efpagne, & chargez
d'vne Somme de Theologie,
qui euft efté capable d'affom-
mer, ie n'oferois dire le refte.
Apres vn long entretien que
Socrate eut auec eux, nous en-
trafmes dans le Cabinet, où il
les auoit menez, & le trouuaf-
mes fur la fin de la conference
qu'il auoit euë. Mais pour l'a-
mour de nous, & à la priere
mefme des bons Peres, il nous
fit vn abbregé des chofes qu'il
venoit de leur dire : Il fit encore plus que cela ; Il nous an-
nonça la venuë d'vn Homme,

qui nous en deuoit dire plus que
luy : Et auec cette belle maniere, qui oſtoit tout air de Pe-
danterie à l'autorité de Maiſtre, qu'il s'eſtoit acquiſe de
longue main ;

Eſt-il bien vray, dit-il aux
bons Peres, que voſtre Docteur
Eſpagnol ſoit deſia au vingt-
cinquieſme de ſes Volumes, &
qu'il en promette encore autant? Ce ne ſont pas des promeſſes, ce ſont des menaces qu'il
nous fait. Mais l'Egliſe eſt trop
bonne, pour nous obliger à lire
tout ce que les Docteurs eſcri-
ront. Si elle impoſoit ce ioug
aux Fideles, elle donneroit matiere de Schiſme, & il ſeroit à

D iij

craindre que le nombre des Fideles se diminuast. Dieu nous garde d'vn si grand malheur, & tout-ensemble d'vne si pesante obligation. Ces Montagnes d'Escritures accablent les testes, & n'édifient point les esprits. Ces Volumes se forment d'vn débordement d'humeurs corrompuës ; se grossissent des superfluitez & des excremens de l'esprit humain. Les Monosyllabes des Sages valent bien mieux que tant de Chapitres & de Paragraphes ; que tant de Distinctions, tant de Diuisions & de Subdiuisions.

Personne ne doute que les plus courtes folies ne soient les

meilleures. Et s'il eſt de noſtre
prudence de choiſir entre les
maux ceux qui ſont les plus petis , i'ayme encore mieux les
Libelles qui courent en France,
& qui ſe mettent dans la po-
chette, que les Tomes qui viennent d'Eſpagne par charroy ;
qui ſont les fardeaux & les em-
peſchemens des Biblioteques.
Parlons-en neanmoins ſans paſſion, & que nos Iugemens particuliers ne ſe ſentent point de
l'animoſité de la Guerre generale.

Vous ne me démentirez pas,
vous qui auez voyagé du coſté
du Nort (vn des Peres à qui Socrate parloit, auoit eſté en Po-

logne) il y a de grands Païs dans
le Monde, qui font de grandes
Solitudes. Pour y voir vne Maifon, il y faut faire plufieurs iournées. On pourroit dire le fem-
blable de vos gros Volumes.
Que de fables, que de landes,
que de terres vagues, dans cette
vafte eftenduë, dans ces efpa-
ces immenfes ! A la bonne heure pourtant fi ce n'eftoient que
fimples Deferts ; s'il n'y auoit
qu'vne longue & ennuieufe fte-
rilité à y remarquer. Le mal
eft que ces Deferts font fouuent
fertiles en mauuaifes chofes. Ils
produifent des beftes fauuages;
On y rencontre quelquefois de
farouches & de monftrueufes
opinions.

Mais quand les opinions de vos Docteurs se contiendroient dans vne innocente extrauagance, & qu'elles ne feroient ni bien ni mal; Quand mesme elles partiroient d'vne bonne & pieuse intention, il y auroit tousiours de la temerité en ces extrauagances bien intentionnées,

Les Auteurs Grecs ont fait des fautes grossieres, parlant des affaires des Romains. Les Historiens Latins se sont rendus ridicules, sur le suiet de l'Histoire des Hebreux. Ceux qui ont traduit d'vne langue en vne autre, auec le plus de reputation, ont pris des riuieres pour des

montagnes , & des hommes
pour des villes. Les mefprifes de
vos Docteurs ne doiuent rien à
celles-là. La Raifon humaine
fait , s'il fe peut, de plus eftranges équiuoques, quand elle traite des chofes diuines. Eftant
foible & courte , comme elle
eft , elle deuroit s'épargner & fe
mefurer : Elle deuroit eftre plus
difcrete & plus retenuë.

Il peut y auoir de l'intemperance au defir d'apprendre & de
s'enquerir. C'eft vn Vice que de
fçauoir trop de Nouuelles. L'ancienne Morale l'a condamné :
Les Caracteres de Theophra-
fte ne l'oublient pas. Et s'il eft
vray ce qu'on a dit autrefois,

QV'IL NE FAVT PAS ESTRE
CVRIEVX DANS LA REPV-
BLIQVE D'AVTRVY, quel-
le audace eſt-ce, ie vous prie,
quel attentat à vn Citoyen du
bas Monde, à vn Habitant de
la Terre, de ſe meſler ſi auant
des choſes ſuperieures, & des
affaires du Ciel ? En quel Païs
eſt-il plus Eſtranger qu'en celuy-là ? Y a-t-il de Republique,
qui luy ſoit plus inconnuë ? Y
a-t-il vn Autruy, dont il ſoit
plus eſloigné ; auec lequel il ayt
moins de ſocieté & moins de
commerce ?

  Nous deuons ce reſpect à cette Majeſté qui ſe cache, de ne
vouloir pas la deſcouurir ; de ne

la chercher pas auec tant de diligence & d'empreſſement. Are-
ſtons-nous à ſes Dehors & à ſes
Rempars , ſans la pourſuiure
iuſques dans ſon Fort & dans
ſes Retranchemens. Adorons
les voiles & les nuages qui ſont
entre nous & elle. Puis-qu'elle
habite vne lumiere inacceſſi-
ble, ne faiſons point de deſſein
ſur le lieu de ſa Demeure : N'eſ-
ſayons point de le ſurprendre
par la ſubtilité de nos Queſtions ; de le forcer par la violence de nos Argumens. Si nous
auons ſoin de la conſeruation
de nos yeux ; Si noſtre vie nous
eſt chere, fuyons cette Preſence redoutable, cette fatale lu-

miere., cette lumiere qui es-
blouit les Anges & qui tuë les
Hommes.

Vous auez ouï parler d'vn
Royaume, où c'est crime de leze-Majesté de regarder le Roy
au visage. Il n'est permis aux
Peintres que de peindre ses es-
paules : Mille barrieres, mille
grilles & mille rideaux le se-
parent de ceux mesmes qui
viennent traitter aueque luy.
Il me semble que Dieu meri-
teroit bien autant de ceremonie. Des deuoirs aussi scrupuleux & aussi craintifs ne le seroient pas trop en cette occasion. Est-il plus petit Monar-
que que celuy-là ? Au contrai-

re à proprement parler, il n'eſt
point de pure Monarchie que
la ſienne, ni de veritable Mo-
narque que luy. Il gouuerne
tout ſeul toutes choſes. Dans
la direction de l'Auenir ; dans
la iouiſſance de ſes Penſées; dans
la poſſeſſion de ſoy-meſme, il
ne ſouffre ni compagnons, ni
arbitres, ni teſmoins.

Et neanmoins, eſloignez que
nous ſommes de luy, d'vne diſtance qui ne ſe peut meſurer,
& confinez au plus bas eſtage
du Monde qu'il a baſti, nous
voulons monter ſur ſon Throſne & toucher à ſa Couronne:
Nous aſpirons à ſa plus eſtroi-
te confidence & à ſa derniere

familiarité. Au moins preten-
dons-nous de le voir aueque
des yeux de chair ; de le comprendre auec vn esprit noyé
dans le sang & enseueli dans
la matiere. Nous entreprenons
de discourir de sa Nature & de
son Essence ; de faire des Relations de sa Conduite & de ses
Desseins, auec le iargon de la
Philosophie d'Aristote. Pour
ne rien dire de plus rude , nos
pretentions sont trop hautes ;
nos entreprises sont trop dis-
proportionnées à nostre force.

I'Auouë pourtant que ce
Dieu caché, ce Dieu incom-

prehenſible, eſt bon iuſques à
l'excés. Il ayme quelquefois les
hommes, iuſqu'à leur appreſter
des delices, & à leur fournir des
paſſe-temps. Et ſuiuant cette inclination bien-faiſante, il les a
voulu fauoriſer encore en cecy,
& donner quelque choſe à leur
naturelle ſubtilité. Il nous a permis de nous diuertir & de nous
eſbattre dans les Eſcoles, ie ne
le nie pas; Mais ie ſouſtiens que
c'eſt ſous certaines regles & ſous
certaines conditions, qui ſont
preſcrites à nos diuertiſſemens
& à nos eſbas. Nous pouuons
nous iouër tant qu'il nous plaira, Dieu nous en donne la permiſſion, pourueu que nos ieux
ſoient

soient innocens & modestes;
pourueu qu'il y ait des bornes
marquées, au delà desquelles
nous ne portions point la liberté
que son indulgence nous accorde.

Hors mesme de son Paradis
terrestre il y a des Fruits, aufquels il nous défend de toucher : Et sa défense n'est pas vn
effet de sa ialousie ; c'est vne
marque de son amour : parce
que ces fruits ne se peuuét cueil-
lir sans hazard ; parce qu'ils
font meslez parmy les poisons;
parce qu'ils croissent dans les
precipices. Dieu ne trouue pas
bon que nous facions voir nostre adresse en des lieux si dan-

E

gereux ; que nous capriolion
où il est difficile de cheminer
que nous soyons ingénieux &
hardis où nous deuons estr
simples & timides. Ce font de
endroits de la Science, fameu
par les cheutes des sçauans, &
dont les Habiles ne s'appro
chent que de loin. Mais il s'er
trouue de si malheureusemem
habiles, qu'ils se creusent des
abysmes, & se font des precipices par tout : Ils tombent auec
art & auec dessein, & dans les
chemins les plus beaux & les
plus vnis.

L'ignorance toute pure est
beaucoup meilleure que cette
science de faillir ; que la science

de ce temeraire Grec, qui voulut faire vn Chriſtianiſme de ſa
façon, & coudre des Fables à
la Verité, en meſlant ſes penſées
dans celles de Dieu : Il ne ſe
contenta pas des anciennes richeſſes de la Theologie ; Il en
chercha de nouuelles par des
diſtillations curieuſes : Il ſouf-
fla auſſi malheureuſement que
ces pauures Alchimiſtes , qui
courent aprés des treſors, &
n'attrapent que de la fumée.
L'eſprit qui le deuoit viuifier,
fut celuy qui le tua, & il fut fou
par trop de raiſon.

Que luy ſeruit la lumiere qu'à
le rendre aueugle ? Que gaigna
t-il de ſortir de la region des Te-

nebres, & de quitter les erreurs
du Paganifme? C'eftoit quitter
vne Idolatrie pour vne autre:
C'eftoit renoncer au culte des
Dieux, pour fe faire des Dieux
de fes inuentions; pour adorer
fon propre fens & fes propres
fantaifies. Il faut que la Philofophie ferue & obeïffe dans l'E-
glife, & non pas qu'elle y regne
& qu'elle y commande. Ariftote, Platon, & les autres Philofophes font des Captifs, & des
Prifonniers de Iefus-Chrift. Ils
doiuent receuoir la Loy de luy,
& non pas la luy donner. Ils ne
font pas dans le fiege du Victorieux; Ils fuiuent le chariot
de fon Triomphe; Ils font de

son train & de son bagage.

Les premiers Fideles n'ont point donné d'autre rang aux Philosophes. Ils ont vsé de la Philosophie de cette façon ; & les premiers Docteurs mesmes n'en ont pas abusé, comme quelques-vns ont fait depuis. Aussi bien que nous, ils ont auoüé qu'il y auoit des Connoissances reseruées pour la vie future ; qu'il y auoit des Veritez closes & seellées ; qui ne se décacheteront, qui ne s'expliqueront que dans le Ciel ; que Dieu luy mesme en garde le Chiffre ; qu'elles feront partie de la recompense de ses Esleus.

A tout le moins qu'on se tien-

ne dans les termes de ces premiers , & que la modeſtie des
Anciens ſoit vne leçon pour les
Modernes. Qu'à leur exemple
on ſe gueriſſe du deſir de la
Nouueauté ; Nouueauté preſque touſiours ou mauuaiſe, ou
perilleuſe , ou ſuſpecte. Qu'on
ſe desface de l'ambition de pe-
netrer plus auant qu'eux, dans
vn Païs qu'ils ont connu , &
qu'ils ont apprehendé. Ils ont
fait toutes les Deſcouuertes;
Ils ont acheué toutes les Con-
queſtes : Il ne faut plus ſonger à
deſcouurir ni à conquerir.

Il vaut bien mieux viure de
ſes rentes , & iouïr à ſon aiſe
de leurs peines , en leur ren-

dant l'honneur qu'ils ont merité , & la reconnoissance qui
leur est deuë. Car il se peut faire que ces Docteurs subtils e-
stoient necessaires au Monde ;
Ie dis au Monde curieux , au
Monde disputeur , au Monde
contredisant. Peut-estre qu'ils
sont entrez dans le dessein de la
prouidence de Dieu , pour l'accomplissement du Royaume
de son fils ; pour la derniere perfection de l'œconomie de son
Eglise.

Vous sçauez que le fils de
Dieu a enuoyé diuers Apostres
à diuers Peuples. Vous sçauez
que toutes les Missions qu'il a
ordonnées, n'ont pas esté faites

E iiij

en mefme temps, & par les
douze premiers Enuoyez. Il
n'a iamais manqué, & ne man-
quera iamais de pareils Ambaf-
fadeurs : Il en a toufiours de
tout-prefts à receuoir fes ordres;
à executer fes commandemens;
à partir pour les occafions de
fon feruice. Il a plus d'vn Sainct
Pierre & plus d'vn Saint Paul,
nous n'en deuons pas douter.
Il a auffi plus d'vn Sainct Thomas. Et à voftre auis n'auroit-
il point enuoyé le Sainct Thomas des derniers temps, aux
fucceffeurs d'Ariftote, afin de
les traiter felon leur humeur,
& de les conuertir à leur mode;
afin de les gaigner par leurs Syl-

logifmes & par leur Dialectique? Ce fainct Thomas de l'E-
cole n'auroit-il point efté choifi, pour eftre l'Apoftre de la Nation des Peripateticiens , qui
n'eftoit pas encore bien affuiet-
tie & bien domtée ? Nation
prefomptueufe & mutine ; qui
defere fi peu à l'autorité ; qui
fe fonde toufiours en raifon ;
qui demande toufiours pourquoy cela eft ; qui eft fi impa-
tiente de repos, fi ennemie de
la paix, fi difpofée aux chofes
nouuelles.

Il me femble que cette derniere Miffion n'a pas efté inutile, & il y a quelque apparence à ce que ie dis. Mais il en

faudra dire dauantage, quand
l'excellent Homme dont ie
vous ay tant parlé, nous aura
communiqué les belles chofes
qu'il a nouuellement meditées.
Il m'a promis de les apporter
icy : Et ie ne doute point que
ces belles chofes ne pefent pour
le moins autant qu'elles bril-
lent; ne foient auffi fortes & fo-
lides qu'elles font fubtiles & de-
liées. Ie l'ay ouy prefcher : Ie
l'ay veü en conuerfation, &
mon tefmoignage ne vous doit
pas eftre fufpect.

C'eft vn homme qui n'a
point de vifions, & qui ne croit
point auoir de lumieres. Sa
Speculation s'accommode le

plus qu'il peut aueque le fens
commun. Il fuit Ariftote, fans
eftre fon Efclaue, & le quitte
fans deuenir fon Ennemy. Ce
n'eft point vn Factieux dans la
Theologie. Il ne fe veut point
faire remarquer par la fingularité de fes opinions. Il defere
beaucoup à la pieté & à la doctrine des Peres ; mais il auoüe
auffi qu'il doit beaucoup à l'ordre & à la methode des Scho-
laftiques. Son équité & fa moderation fe conferuent parmi
les aigreurs & les animofitez
des Partis. Il s'éloigne en égale diftance de l'vne & de l'autre
extremité. Ie vous le redis, &
vous le verifierez quand vous

l'aurez veu. Son esprit ne tient
rien de la lie & de l'impureté
de la Terre : Mais ce n'est pas
pourtant de l'Air que debite
son esprit. Ses subtilitez ont racine & fondement : Celles de
la pluspart de vos Docteurs Es-
pagnols n'ont que des feüilles
& de la montre ; ne font que
des apparences & des couleurs,
qui amusent & qui trompent,
comme celles des Nuées & de
l'Arc-en-Ciel.

ILs croyent pourtant vos Docteurs, que leurs subtilitez font
aussi solides & aussi fermes QVE
LES GONDS SVR LESQVELS

ROVLENT LES GLOBES DES
CIEVX, QVE LES PILOTIS SVR
LESQVELS DIEV A BASTI LE
MONDE : Ce font les termes
magnifiques dont vn d'eux fe
feruit vne fois , me parlant de
luy & de fa raifon. Et le bon
eft qu'en vertu de cette fouueraine Raifon , ainfi leur plaift-
il de l'appeller , ils pretendent
de Regner par tout , de Iuger
de tout , d'eftre les Arbitres de
toutes chofes : Ils veulent conferuer dans la Conuerfation,
& dans les Affaires d'Eftat,
l'autorité qu'ils ont vfurpée à
l'Efcole & aux Actes de Philofophie. Il faut que ie vous le
face voir, auant que nous-nous

feparions, & que ie prenne con-
gé de la Compagnie. Ce fera
par vn exemple de fraifche memoire , & qui ne vient pas de
loin d'icy , quoy qu'il meritaft
de venir de Cordouë ou de Sa-
lamanque. Cet exemple vous
monftrera iufqu'où peut aller
la confiance & la prefomption
d'vn Docteur.

I'eftois il y a quelque temps
à la Rochelle, au logis de Monfieur le grand Prieur de France , où arriua vn Gentilhomme de Saintonge , qui luy dit
pour nouuelles , que Monfieur
le Duc d'Efpernon eftoit de retour d'Angleterre, depuis deux
iours. Le Pere *** fameux &

redoutable Dialecticien, qui se
trouua là, ne donna pas le loisir
à Monsieur le grand Prieur de
parler , & de dire ce qui luy
sembloit de cette nouuelle.
Mais se leuant de sa Chaire ,
auec sa mine & sa desmarche
de Philosophe gladiateur ; Cela
ne sçauroit estre , s'escria-t-il ,
s'adressant au Gentilhomme
Saintongeois, par quatre rai-
sons indisputables , & ie m'en
vay vous prouuer qu'il faut de
necessité que Monsieur d'Es-
pernon soit encore à Londres.
Ie l'ay pourtant veu à Plassac,
respondit le Gentilhomme.
N'importe repliqua le Pere , il
est plus à croire que les Yeux se

trompent que la Raiſon : C'eſt
vn Fantoſme que vous auez
veu , & c'eſt la Verité que ie
ſçay. Ie penſe que vous eſtes
homme d'honneur, & que vous
ne voudriez pas en faire accroire à perſonne : Mais ie ſouſtiens
que les Sens ſont des impo-
ſteurs ; que l'Homme exterieur
eſt ſujet aux illuſions ; que la
Nouuelle dont il s'agit, impli-
que contradiction morale, &
peut - eſtre contradiction phyſique, &c.

Apres cet exemple , fions-
nous à la ſouueraine Raiſon ;
Faiſons conſcience de douter
de l'infaillibilité d'vn Maiſtre és
Arts ; Ne faiſons point de difference

rence entre les vifions de nos
Docteurs, & les oracles de noftre Doctrine : Receuons les
Nouuelles du Monde à venir,
fur la parole de ces gens-là, qui
iugent fi bien des Nouuelles du
Monde prefent. Bon Dieu
qu'Ariftote & que fa Dialectique ont gafté de Teftes ! Qu'il
y a dans le Monde de Foux ferieux ; de Foux qui fe fondent
en raifon ; de Foux qui font dé-
guifez en Sages ! O mon Dieu,
que le filence du Sanctuaire eft
bien meilleur que le babil des
Academies, & qu'il vaut bien
mieux marcher dans la fimplicité de vos voyes, que de s'é-
garer dans les labiryntes d'Ariftote.   F

DE LA LANGVE
DE L'EGLISE,
ET DV LATIN
DE LA MESSE.

DISCOVRS SIXIESME.

A INSI se passa la
Conference, où So-
crate traita vn peu
mal la trop fine &
trop curieuse subtilité. Quelques iours apres il nous vint
voir vn Homme du païs Latin;
homme plein de grands desseins, & qui meditoit plusieurs

ouurages, dont les moindres
eſtoient des Poëmes Epiques,
& des Hiſtoires. Il trauailloit
alors à la continuation de celle
de Monſieur de Thou, & auoit
pour cela, à ce qu'il diſoit, des
Magaſins de choſes & de paroles. Nous ſçeuſmes de luy qu'il
auoit fait ſes Eſtudes en Italie.
Mais ayant harangué deux ou
trois fois dans l'Academie des
Humoriſtes, il penſoit que la
Renommée nous le deuoit a-
uoir appris, & que les acclamations qu'il auoit receuës aux ri-
ues du Tybre, euſſent eſté ouïes
iuſques ſur les bords de la Cha-
rente.

Cet homme ne parloit que
F ij

de la pureté de la diction, & de
la nobleſſe du ſtile. Il ne con-
noiſſoit de veritable Rome que
celle de l'ancienne Republique,
& n'auoüoit pour legitimes Romains, que Terence, Ciceron,
& deux ou trois autres. Tout le
reſte luy ſembloit Barbare; &
à ſon auis, la Barbarie auoit
commencé dés les premieres
années de l'Empire des premiers Ceſars. Seneque eſtoit
vne de ſes grandes auerſions:
Le Latin de Pline luy faiſoit
mal au cœur; celuy de Tacite
luy donnoit la migraine. Il n'a-
uoit donc garde de gouſter celuy du Miſſel & du Breuiaire?
S'eſtant eſchapé là-deſſus, auec

peu de reuerence pour les choses Saintes, Socrate l'arresta sans
le quereller, & l'interrompant
doucement, l'empescha d'acheuer de perdre le respect qu'vn
Chrestien doit à sa Religion.

Ce n'est pas d'aujourd'huy,
luy dit-il, qu'on attaque le
Christianisme par cét endroit,
qui vous semble foible. La sim-
plicité, la rudesse, l'impureté
mesme du langage a esté repro-
chée aux premiers Fideles. Ils
ont esté renuoyez à l'Escole,
aussi bien que nous ; Et ce nous
est de l'honneur qu'on nous menace des mesmes verges, dont
on a battu la Sainteté de nos
Peres.

Ie demeure d'accord auec
vous, que ſi Ciceron reuenòit
au Monde, & qu'il entraſt dans
vne de nos Egliſes, il auroit
bien de la peine à entendre ce
qu'on y recite & ce qu'on y
chante. Il ſeroit ſurpris d'vne
eſtrange ſorte, des meſures de
nos vers, de nos rimes en proſe,
de noſtre *Alleluya*, de noſtre
Amen, de noſtre *Deus Sabaoth*,
de noſtre *Oſanna in excelſis*.
Peu s'en faudroit que le Latin
de la Meſſe ne luy fuſt vne langue inconnuë ; & qu'il n'euſt
beſoin de guide & de truchement en vn Païs où il a regné
par la puiſſance de la Parole.
Mais neanmoins ayant touſ-

jours esté extrémement raisonnable, ie m'asseure que nous le
rendrions capable de nos rai-
sons, & qu'áprés nous auoir
ouïs, il ne s'estonneroit pas si
fort que ce petit changement
fust arriué, dans la grande &
vniuerselle reuolution des choses du Monde.

Pour vous qui n'estes pas Ciceron, pardonnez-moy, si ie
vous dis qu'estant des nostres,
vous auez tort de faire l'estranger parmy-nous. Il me semble
qu'en matiere de Latin, vous
ne deuriez pas estre plus delicat
que le Cardinal Sadolet & que
le Iesuite Maphée. Ils ont esté
tous deux de l'vne & de l'autre

Rome. Comme ils ont escrit
des Histoires, & des Traitez de
Morale, ils ont dit aussi la Messe
& le Breuiaire. Mais l'importance est qu'ils ont dit la Messe
& le Breuiaire serieusement, &
tout de bon : Ils estoient persua-
dez de ce qu'ils disoient. Leur
singuliere pieté, qui fut en si
bonne odeur à l'Eglise de leur
temps, nous oblige de le croire;
Et nous sçauons qu'il y a encore auiourd'huy à Rome de ces
sortes de Romains. Il y a de nos
Prestres & de nos Prelats, qui
trouueroient leur place dans
l'ancienne Republique; qui auroient rang parmy les Cheualiers & les Senateurs; qui se-

roient du nombre des Peres
Confcripts. Mais ces vrays &
legitimes Romains fçauent di-
ftinguer les Temps & les chofes ; Ils font leur deuoir à l'Autel, & fuiuent leur fantaifie
dans le Cabinet : Quand ils
prient & quand ils facrifient,
leur Eloquence ne vient point
troubler leur Deuotion ; Ils ne
font point deftournez de l'attention des facrez Myfteres, par
la rencontre du mauuais Latin.

Ie l'appelle ainfi, pour m'accommoder à voftre mode. Mais
prefuppofez que le Latin qui
vous choque ne foit pas Latin.
Si vous en auez tant de dégouft,

prenez-le comme vne medecine, & aualez-le sans le gouster.
Prenez-le pour vne Langue
nouuelle, que la Religion a
consacrée, & dont l'vsage a
esté receu dans le Royaume de
Iesus-Christ. Vous n'ignorez
pas que parmy les Profanes mesmes il y a tousiours eu vne Langue Sainte, & que les vers des
Saliens n'estoient pas du stile de
Virgile, ni la prose des Pontifes de celuy de Ciceron.

Mais si vous ne trouuez pas
belle la nouuelle langue dont
il s'agit, parce que le son vous
en déplaist, penetrez plus auant
dans sa signification, & ne la
condamnez pas sur le simple

teſmoignage de vos oreilles.
Nos Treſors ne laiſſent pas d'e-
ſtre Treſors, pour eſtre dans
des vaiſſeaux de terre. Dieu qui
s'eſt déguiſé à l'Autel ; qui s'y
eſt comme dégradé ſoy-meſme, ſous de viles & chetiues apparences, iuſtifie & approuue
par ce choix, toute autre ſorte
d'abbaiſſement & de pauureté,
du coſté de l'homme.

Ce dehors qui vous offenſe,
cette eſcorce qui vous paroiſt
ſi vilaine, & ſi raboteuſe, enfer-
ment des biens & des richeſſes
ſans nombre. L'accompliſſe-
ment des plus hautes reſolu-
tions qui ont eſté priſes dans le
Ciel ; Le chef-d'œuure de ce-

luy qui a fait le Ciel & la Terre;
La magnificence de sa Grace,
la profusion de son Amour, les
excés d'vne Puissance qui n'a
point de bornes, & qui ne connoist point de mesure; Tout cela est caché sous le fer de ces paroles; Tout cela est couuert de
cette poussiere, de cette roüil-
le du mauuais temps. Ne vous
mettez point en peine pour l'interest de la Religion : N'ayez
point de peur que la dignité des
Mysteres soit violée. La rudesse
des termes ne gaste rien dans la
Religion. L'ignorance des Ministres n'est point contagieu-
se aux Mysteres : En certains
cas mesme elle a du merite;

& fait partie de la pieté.

Ie veux vous communiquer
vne histoire que i'ay trouuée en
bon lieu, & qui a esté oubliée
par Dion & par Suetone. Il y
eut autrefois vn homme d'vne
petite ville d'Italie, qui en pleine assemblée du peuple Romain, remercia l'Empereur
Auguste, *de ce qu'il luy auoit*
fait vne iniustice, ayant dessein
de le remercier d'vne grace
qu'il luy auoit faite. Le Peuple
qui estoit assemblé, voulut mettre en pieces ce pauure homme, se figurant qu'il auoit offensé l'Empereur. Mais ce sage
Prince arresta la fougue du Peuple irrité, & blasma le zele in-

difcret de ceux qui l'aimoient
fans iugement. Il dit que cette
forte de remerciment ne luy
eftoit pas defagreable, parce
qu'il ne regardoit pas tant à la
parole qu'à l'intention. Penfez-
vous que Dieu foit de plus fâ-
cheufe humeur que les hommes, & plus difficile à contenter que cet Empereur ? Vous
imaginez-vous que fa iuftice
vindicatiue s'eftéde iufques fur
cette efpece de coupables, &
que les fautes contre la Grammaire foient crimes de leze-Ma-
jefté diuine, foient pechez contre le faint Efprit ? Ie voy bien
que vous n'eftes pas affez informé des chofes de l'autre monde.

Ie vous declare de la part de
Dieu, qu'il ne demande point
de Harangues eſtudiées ; qu'il
ſe contente de l'Eloquence de
nos cœurs & de nos ſoûpirs ;
que les Barbariſmes des gens de
bien, le perſuadent mieux que
les Figures des Hypocrites. Il
eſt de ces Peres, qui prennent
plaiſir au jargon & au begaye-
ment de leurs Enfans ; qui ſe
delectent de leurs equiuoques
& de leurs meſpriſes. Il entend
le ſilence de ceux qui l'adorent,
& par conſequent il exauce
leurs ſignes, & leurs penſées.
Deuant luy les Muets meſme
ſont Orateurs. A plus forte raiſon ceux qui n'ont que la lan-

gue empeſchée, & qui ſont de
Balbut en Balbutie, comme diſoit de ſoy-meſme le bon-homme Monſieur de Malherbe : A
plus forte raiſon ceux qui manquent ſeulement d'Eloquence,
& qui n'ont point appris des
Inſtitutions de Quintilien à
parler regulierement, & auec
art. N'en deſplaiſe à l'Art & aux
Artiſans, Dieu eſcoute plus
volontiers ces gens-là, que les
beaux parleurs; que les faiſeurs
de Suaſoires, & de Controuer-
ſes; Il ne les exclud point de ſa
Communication, quoy qu'ils
ſoient excommuniez de vos
Academies d'Italie.

Mais pour vous monſtrer par
vn

vn exemple autentique , que
Dieu reçoit en bonne part , les
incongruitez qui partent d'vne
bonne ame , ie vous feray voir,
quand il vous plaira , dans vne
Relation approuuée, qu'il a fait
faire de grands Miracles , auec
trois mots de mauuais Latin.
Celuy qui les prononçoit ne les
entendoit pas ; Il les difoit mefme à contrefens ; Il prenoit la
negatiue pour l'affirmatiue ; Il
maudiffoit au lieu de benir.
Mais ces maledictions eftoient
rectifiées par fon innocence , &
par fa bonté ; Et Dieu refpon-
doit au cœur de l'homme de
bien , & non pas aux paroles de
l'ignorant.

G

Aprés cela, fcandalifez-vou
de l'ignorance des Preftres, qu
ne fçauent pas lire, & fçauen
encore moins parler. Ie l'ay de
fia dit vne fois; L'ignorance du
Miniftre ne gafte point le My
ftere. La pureté de la chofe fe
conferue parmi les mots impro-
pres, & les locutions vicieufes
La Religion demeure faine &
entiere dans tout ce defordre
de Grammaire, dans tout ce
renuerfement de regles & de
preceptes. Tous ces defauts
font fouftenus par l'excellence
de la Pieté : Toutes ces baffef-
fes font releuées par la hauteur
du Chriftianifme. Vne vertu
fuperieure fe mefle dans tout

cela, qui le change, qui le reforme, qui le perfectionne.
Vne Force inuisible anime ces
foiblesses apparentes.   Cette
Ignorance en humiliant l'homme, donne gloire à Dieu, & fait
voir qu'il n'y a point de petis
instrumens entre ses mains.

Ou disons plustost que Dieu
choisit tout exprés les petis &
les foibles instrumens, pour confondre la Grandeur humaine;
pour mespriser les forces de la
Nature; pour se moquer de nostre industrie, de nos trauaux
& de nos machines. Il veut sou-
tient que dans les plus sublimes
& les plus parfaites actions qu'il
fait faire à l'homme, l'homme

n'y contribuë de sa part, que de
la misere & de la bassesse ; que
de l'infirmité & de l'imperfection.

CE Discours estonna l'homme du païs Latin, iusqu'à luy
donner de l'effroy : Il fut contraint de le confesser. Il auoüa
que nos Mysteres auoient non
seulement en soy, ie ne sçay
quoy de terrible & de redoutable, mais aussi dans la bouche
de ceux qui n'en parloient pas
indignement. Il reconnut que
la Barbarie du Christianisme
ne diminuoit rien de sa Dignité & de sa Grandeur. Mais la

conclusion du Discours ne luy
sembla pas moins estrange &
moins estonnante qu'auoit fait
le reste. Il sentit des aiguillons
dans son ame, qui ne laissoient
point ses opinions en repos. Il
s'écria; Il fit des exclamations,
malgré qu'il en eust. Il ne pût
s'empescher d'admirer des choses qui le faschoient.

Ie conclus (ajousta Socrate,
aprés auoir allegué vn passage
de Theodoret, qui faisoit à son
propos, & où il est fait mention de la langue des Romains.)
Ie conclus que les Hymnes &
les Offrandes ne desplaisent
point à Dieu, mais qu'il n'a pas
pourtant besoin de nos Hym-

nes ni de nos Offrandes : Car
que luy pouuons-nous prefen-
ter qui ne foit à luy ? que luy
pouuons-nous dire qui luy foit
nouueau , & qu'il ne fçache
mieux que nous ? Il n'a que faire de noftre rapport, pour eftre
inftruit de l'eftat des chofes inferieures. Il fe peut paffer fort
aifément de noftre Rhetorique,
& de noftre Genre Demonftra-
tif ; de la force & de la fubtilité
de noftre Efprit ; des ornemens
& de la pompe de nos paroles.
Bien dauantage. Il defire quelquefois la defaillance & la pri-
uation de tout cela ; afin que
par ce volontaire aneantiffe-
ment, nous rendions homma-

ge à la Souueraineté de son E-
ftre ; afin que ne paroiffant en
fa prefence que cendre & pouf-
fiere, fa Gloire foit eftablie fur
les ruïnes de noftre Merite.

Ce ne font pas les dorures de
l'Offrande ; Ce ne font pas fes
guirlandes & fes fleurs, qui font
de l'effence du facrifice ; C'eft
la mort & la deftruction de la
victime. Mais, ie vous prie, quelle plus noble victime qu'vn Efprit domté & affuietti ? Quel
plus agreable facrifice à Dieu,
que celuy que l'homme luy fait
de fa Raifon ; de cette partie al-
tiere & prefomptueufe ; de cet
Animal fier & fuperbe, né au
commandement & à la fupe-

riorité; qui veut toufiours monter & iamais defcendre ; qui
ne fonge qu'à la Victoire, au
Triomphe , à la Couronne;
bien-loin de fe refoudre au
Ioug , à la Captiuité , à la Mort?

Sacrifier ainfi fa Raifon eft
quelque chofe de plus que de
facrifier fon Fils vnique, & Ifaac
n'eftoit point fi cher à Abraham , que nous font cheres nos
opinions. Il n'y a point d'Enfans que nous aimions dauantage , que ceux qui naiffent de
noftre Efprit , & defquels nous
fommes Pere & Mere tout-en-
femble. Ce font pourtant ces
chers & ces bien-aimez qu'il
faut immoler : Il y a de l'inno-

cence, il y a de la vertu en ce
parricide. La violence eſt bonne, qui arrache tout ce qui empeſche, tout ce qui embaraſſe
dans le chemin du ſalut. Eſtouf-
fer la Nature, quand elle s'oppoſe à la Grace ; Chaſſer de l'A-
me le Bien naturel, pour faire
place à vn meilleur Bien, c'eſt
vne Cruauté Heroïque, qui
vaut mieux que la Iuſtice Morale.

Plus nous ſommes vuides de
nous-meſmes, plus nous auons
de diſpoſition à eſtre remplis
de Dieu. D'ordinaire il obſer-
ue ce ſilence de noſtre Raiſon,
pour s'entretenir auec nous,
ſans eſtre interrompu par le ba-

bil & par les queſtions de cette
Importune. Quand l'Ame ſe
trouue dans ces peſanteurs,
& dans ces aſſoupiſſemens, il
prend plaiſir à la réueiller, & à
s'apparoiſtre à elle. Il luy enuoye en cét eſtat-là des Songes
qui ſont des Leçons ; des Songes qui l'auertiſſent & qui l'in-
ſtruiſent ; des Songes ſages &
myſterieux. Il choiſit l'heure
de nos Eclipſes, pour nous communiquer ſes lumieres.

Et partant s'il eſtoit permis
d'opter, i'aymerois bien mieux
cette Raiſon priſonniere de la
Foy, & ſacrifiée par l'Humilité,
cette Raiſon abbatuë & endormie, voire meſme morte & en-

terrée au pied des Autels ; que
cette autre Raiſon iuge de la
Foy ; animée d'orgueil & de vanité ; ſi viue & ſi remuante dans
les Eſcoles ; qui fait tant la Maiſtreſſe & la Souueraine ; qui ne
parle que de regner & de vaincre par tout où elle eſt. On
trouue Dieu bien plus aiſément
dans le calme & dans la douceur de la Pieté, que dans le
bruit & dans les contentions
de la Theologie. Le trauail des
Sçauans n'a garde d'aller ni ſi
viſte ni ſi loin que l'oyſiueté des
Humbles.

C'eſt donc le Monde viſible
que Dieu a abandonné aux argumens, & aux diſputes des

Philofophes, & non pas le Monde caché: C'eft la face exterieu-
re de la Nature, & non pas les
Secrets de la Religion. La connoiffance de ces Secrets n'a
point efté expofée à la curiofité
des beaux Efprits. Il en eft comme de cette Riuiere merueil-
leufe, de laquelle quelques Anciens ont parlé : Elle eft baffe
aux Petis & aux Modeftes, &
profonde aux Grands & aux
Superbes : Les Brebis y paffent à gué, & les Elephans s'y
noyent.

DE QVELQVES PARAPHRASES NOVVELLES.

DISCOVRS SEPTIESME.

OCRATE se con-
noissoit en vers,
comme en tout le
reste des choses hon-
nestes. Mais il n'auoit plus de
passion que pour les Muses chastes & Chrestiennes. Encore
vouloit-il qu'elles fussent tristes
& seueres ; qu'elles armassent
la chasteté de rigueur (d'ordi-

naire il fe feruoit de ces termes)
que leur fimplicité & leur modeftie les diftinguaffent de leurs
autres Sœurs, qui font plus
mondaines & plus enjoüées. Il
vouloit que les Vers, conceus
& nez dans l'Eglife fe fentiffent
du lieu de leur extraction, & de
l'auantage de leur naiffance;
que les Ouurages Chreftiens
portaffent la marque du Chriftianifme; qu'ils fuffent Chreftiens, tant en la forme qu'en la
matiere. Vous le verrez par le
iugement qu'il fit de la Paraphrafe d'vn Pfeaume, qui m'a-
uoit efté enuoyée de Langue-
doc: Elle eftoit de la façon d'vn
des beaux Efprits de ce païs-là,

& on me mandoit que ce bel
Eſprit y auoit trauaillé de toute ſa force; que douze Stances
eſtoient le trauail de douze
mois; & qu'encore ne croyoit-
il pas en eſtre accouché a terme, tant il auoit de peine à ſe
contenter. Socrate garda quelques iours cette Paraphraſe ſur
la table de ſa chambre, & ayant
eſté preſſé de nous en dire ce
qu'il en penſoit, ſon auis fut celui-cy, qui fut la regle du noſtre.

IL falloit ſuiure Monſieur
l'Eueſque de Graſſe, & ne pas
faire effort pour paſſer deuant.

En matiere de Paraphrases, il a
porté les choses, où elles doiuent s'arrester. L'Eloquence qui
entreprend d'aller plus loin, est
à mon auis trop ambitieuse. La
Poësie qui cherche vn autre
chemin, court fortune de trouuer vn precipice. Vouloir encherir sur vn si grand Maistre,
ne me semble pas estre de la
modestie d'vn Apprenti. Celuy-cy ose tout, & hazarde
tout : Vn Poëte si prodigue d'a-
bord n'est pas asseuré de pouuoir continuër : Il doit deuenir
pauure par sa premiere desbau-
che.

Mais d'ailleurs, subtiliser dauantage, & quintessencier les
Textes

Textes facrez n'eft pas vne entreprife bien iudicieufe, ni qui
puiffe mieux reüffir à noftre
langue, qu'à fon Aifnée la langue Latine. C'eft faire le contraire de ce qu'ils pretendent.
Ce n'eft ni faciliter ni efclaircir
la Sainte Efcriture : C'eft l'em-
barraffer & la barboüiller. Au
lieu de raffiner l'or de fes paroles, & de faire hauffer les chofes de prix, ils en alterent la fûb-
ftance, ils en corrompent la pureté.

Le Prophete qu'on m'a fait
voir, dans la Paraphrafe qu'on
m'a monftrée, m'a fait compaf-
fion en l'eftat où ie l'ay veu. l'ay
eu pitié de l'extrauagance de

H

son équipage, de sa ridicule ga
lanterie, de son air de Cour, &
tout ensemble de ses marque
de College. Les fleurs de Rhe
torique, la broderie du stile fi
guré, l'ostentation & la pom
pe de l'Escole pourroient estr
bien en vn autre lieu, mais ic
elles ne sont pas en leur place
Celuy que i'ay veu est vn cher
cheur de pointes & vn faiseu
d'antitheses. C'est vn Sophiste
c'est vn Declamateur, c'est tou
te autre chose qu'vn Prophete

PVis que vous voudriez
sçauoir là-dessus, les sentimens
des Sages que i'ay pratiquez,

cela s'appelle en la languè de la
Raiſon, friſer & parfumer les
Prophetes. Quelle hardieſſe &
quelle licence, ou pluſtoſt quelle effronterie & quelle profanation, de ſe iouër tantoſt d'vn
Prophete, tantoſt d'vn Apoſtre,
en les traueſtiſſant dé la ſorte ?
de donner des habillemens de
Theatre à des perſonnes ſi gra-
ues & ſi ſerieuſes ; de les ener-
uer, de les effeminer, & ſi i'oſe
le dire, de les faire changer de
ſexe ? Car que pretend autre
choſe la foibleſſe eſtudiée de ce
langage forcé ; cette violente
expreſſion, qui met les Auteurs
à la torture, pour ne produire
que de la moleſſe & de l'affete-

rie; pour donner vn Spectac
de nos Mysteres & de nos Sain
à des Caualiers & à des Dame
pour leur faire voir vne beaur
artificielle, appliquée par le d
hors, contraire à la veritab
forme, soit du Prophete soit c
l'Apostre?

Le trauail & la sueur du Pa
raphraste se lisent auec ses poir
tes & ses antitheses. L'inquie
tude & le tourment qu'il se dor
ne, me font de la peine, quo
que ie n'en veüille point pren
dre. Les ciseaux, les marteau
& les tenailles; les dislocation
& les ruptures, se voyent & f
sentent dans châque vers. Il n'y
en a pas vn qui ne gemisse, & n

femblé crier mifericorde, pour
les diuers coups qu'il a receus.
Le Prophéte perfuadoit fans
Rhetorique ; Le Paraphrafte
eft Rhetoricien fans perfuader.
Tant a dauantage la liberté de
l'Eloquence en fa fource, fur
la contrainte de l'Art de parler ; le Bien tout pur & tout
fimple, fur le Bien meflé & fal-
fifié ; la perfection de l'Idée,
fur les defaux du Maiftre, de la
Leçon, & de l'Efcolier! Tant il
eft vray que Dieu eft inimita-
ble à l'Homme, & la Maiefté
à l'Induftrie ! Mais il faut le
prendre d'vn ton plus bas.

Ie vous parlay dernierement
de ce beau Portrait de Thefée,

H iij

qu'auoit fait le Peintre Parrha-
fius. Il eftoit beau, mais il ne
reffembloit pas à Thefée. Il fut
dit par quelqu'vn de ce temps-
là, que le veritable Thefée a-
uoit efté nourry de chair de
bœuf, & que celuy de Parrha-
fius n'auoit mangé que des rofes. On pourroit fe feruir du
mefme mot, fur le fuiet des
Paraphrafes, fi peintes & fi fleuries. Ce font de belles Images,
mais elles n'ont pas efté tirées
aprés le naturel; mais elles n'ont
pas efté faites pour reffembler;
mais ce qu'elles reprefentent
n'y eft pas reconnoiffable. Pareilles Pieces fentent Paris, la
Cour & l'Academie : Mais elles

n'ont rien de Hierusalem & de Sion; rien du Tabernacle & du Sanctuaire?

N'est-ce pas se moquer de L'ANCIEN DES IOVRS, de le vouloir faire parler à la mode; de luy apprendre le iargon des Cercles & des Cabinets; de luy faire dire, quand il nous plaist, nostre *aiuster*, nostre *esplucher*, nostre *se piquer de parfait*, & *se piquer de perfection*, nostre *de belle hauteur & de haut en bas*? Nous voudrions qu'il se seruist aussi souuent que nous, *de nos lumieres & de nos veuës*, que nous employons à toutes occasions & à tous vsages. Nous voudrions que le

H iiij

TERRIBLE, le TRES-HAVT, &
le TRES-FORT, que le DIEV
DES ARME'ES,& le SOVVERAIN
DES SOVVERAINS s'accommo-
daft, comme nous, à la couftume du lieu & au gouft du
Temps; qu'il fe rendift com-
plaifant à toutes les fantaifies
des Caualiers & des Dames;
qu'il prift auffi-toft que nous,
les Nouueautez qu'on nous apporte de la Cour, & qui diftin-
guent dans les Prouinces les
honneftes gens d'auec le Peuple.

Pour ne rien dire de pis, ce
feroit traiter bien familiere-
ment dans le commerce du langage, celuy qui d'vne parole a

fait le Ciel & la Terre; celuy
qui de tout temps a inftruit &
a defpefché les Anges, comme
fes Courriers & fes Meffagers,
pour faire fçauoir au Monde fa
volonté. Mais quand il ne feroit
que celuy qui a enfeigné les Patriarches, & qui a parlé par les
Prophetes, il me femble qu'il
n'y a point d'apparence de ra-
mener à l'Efcole de la Grammaire le plus vieux de tous les Docteurs; de vouloir polir & ciui-
lifer le Sainct Efprit; d'entreprendre de reformer fon ftile &
fa maniere d'efcrire. Quand on
n'auroit point de confideration
pour vne telle Grandeur que
celle de Dieu, il en faudroit

auoir pour vne telle Vieille∫
que celle de ∫a Parole; & recoı
noi∫tre le merite des cho∫es Ar
ciennes, quand on ne pourro
pas comprendre la dignité dε
cho∫es Diuines.

On doit certes plus de re∫peϲ
à cette ∫ainte Antiquité, qu
de la de∫gui∫er, que de la maɪ
quer ain∫i tous les iours; que d
luy faire porter toutes les mar
ques de l'incon∫tance & de lε
legereté de la France. Les ridε
& la terre de ∫on vi∫age plai∫en
dauantage aux yeux des Sages
que no∫tre fard, & que nos couleurs. La ba∫∫e∫∫e de ∫on expre∫-
∫ion vaut mieux que la magnificence de nos figures.

O Rhetoricien, ô Dialecticien, qui faites des Paraphrases, si c'est voftre humeur que de changer à toute heure, qui vous a dit que les Prophetes & les Apoftres foient de voftre humeur? Ils font ennemis des Nouueautez & des Modes, dont vous eftes amateurs. Et ne penfez pas leur faire plaifir de leur prefter fi liberalement, & fans qu'ils en ayent befoin, vos Epithetes & vos Metaphores; de les charger de voftre Alchimie, & de vos Diamans de verre, ou fi vous voulez que i'en parle plus noblement, de voftre bon or, & de vos perles Orientales. Ces ornemens les deshon-

norent : Ces faueurs les des-
obligent. Vous pensez les parer
pour la Cour, & pour les iours
de Ceremonie, & vous les ca-
chez comme des Mariées de
Village, sous vos affiquets &
sous vos bijoux : Vous les acca-
blez de la multitude de vos richesses, ou fausses ou veritables.
Vous voulez leur rendre le visage plus agreable, & vous leur
ostez le cœur. Par l'addition de
l'Estranger & du Superflu, vous
effacez souuent le Propre &
l'Essentiel.

Escoutez vn Oracle, sorti de
la bouche du Cardinal du Perron, que nous allions consul-
ter à Bagnolet les dernieres an-

nées de sa vie. Deux choses, di-
soit-il, qui sont separées par
tout ailleurs, se rencontrent &
s'vnissent dans la sainte Escriture, LA SIMPLICITE' ET LA
MAIESTE'. Il n'y a qu'elle seule
qui sçache accorder deux caracteres si differens. Mais ces caracteres si differens, cette Sim-
plicité & cette Majesté, se conseruent dans les Originaux, &
non pas dans les Copies. On ne
les trouue que dans la Langue
maternelle de l'Escriture, ou
pour le moins dans des Tradu-
ctiôs si fideles, (la politesse de ce
Siecle aura de la peine à souffrir
cecy) dans des Traductions dis-
je , si fideles, si litterales , & qui

approchent de si prés du Texte
Hebreu , que ce soit encore de
l'Hebreu, en Latin ou en François.   Les Huiles vierges sont
les veritables Huiles. Le Baume n'est Baume que tel qu'il
coule de l'Arbre qui le produit:
Ce qui passe par les mains des
Distillateurs, par l'alambic des
Apoticaires, est quelque autre
chose. Ce n'est plus cette premiere & precieuse liqueur ; Ce
sont des drogues sophistiquées:
Ce n'est plus l'ouurage de la Nature , ce sont les inuentions &
les changemens de l'Art.

MAIS si faut-il adoucir ce
qui est rude ; esclaircir ce qui

est obscur ; démesler ce qui est
entortillé ; donner quelque liaison aux paroles pour faciliter le
sens. Voila les pretextes de Messieurs les Paraphrastes, qui feroient bien mieux d'employer
sur vn autre fons, les soins & la
culture qui ne reüssissent pas
en celui-cy. L'Escriture sainte
se contente de sa solidité & de
sa force : Qu'ils aillent porter
ailleurs leur delicatesse & leur
douceur ; leur proportion &
leur regularité.

Il n'y a rien de commun entre la Musique & le Tonnerre.
Ce n'est pas dans ce bruit épou-
uentable qu'on remarque des
accords & des mesures : Ce

n'eft pas auffi dans les mouue-
mens d'vne ame agitée de Dieu,
qu'il faut chercher de l'art &
de la methode. Cét ordre &
cette fuite fi fcrupuleufe font
peu dignes de la liberté de l'efprit de Dieu ; font des marques
de contrainte & de feruitude ;
font des chaifnes & des fers,
que brife & met en pieces du
premier coup cét Efprit dominant & Souuerain: Il ne s'enfer-
me pas dans des bornes fi eftroi-
tes que font celles de noftre
maniere de conceuoir & de dire : Il n'eft pas captif des regles
& des preceptes. La Poëfie des
Pfeaumes & des Cantiques
n'eft pas vn cours paifible,doux
&

& naturel; Il est rapide & impe-
tueux. Ce font des déborde-
mens & des excés. L'effort & la
violence; le defordre mefme &
le tumulte appartiennent à cette Voix qui arrache les Cedres,
& qui efbranle les fondemens
des Montagnes.

MAIS ne penfez pas que ie
fois tout feul de cét auis, & que
ie veüille faire pafler mon chagrin dans la Republique des lettres, pour vne loy fondamen-
tale de la mefme Republique.
Ne vous imaginez pas que i'aye
deffein de donner cours à vne
nouuelle opinion, au defauan-

I

tage de la Nouueauté, & au pr
judice des Paraphrafes. Mo
opinion a efté publiée, cinquai
te ans auant que ie fuſſe né, &
ie vous la veux monftrer dar
ce liure, C'eftoit vn liure efcr
à la main, d'vn des grands hom
mes du dernier Siecle, & peu
eftre fon propre Original, qu'o
auoit apporté fur la table d
Cabinet, pour le conferer a
uec les Editions imprimées. l
y chercha ce paffage qu'il nou
leut.

Piget illorum opera qui Daui
Pſalmos ſuis calamiſtris inuſto
ſperarunt efficere plauſibiliore
Mihi Spiritus Diuinus eiuſmo
di placet quo ſe ipſum ingeſſit

Patre, non quemadmodum ab hominibus diftortus eft. Neque David illa Cantica, admirabilia funt mihi, nifi quibus legibus ab illo dicta fint, hauriantur.

Hors mefme de l'enceinte des chofes faintes, & dans l'eftenduë des lettres profanes, ce mefme grand homme, que nos Amis de Hollande traittent quelquefois de Prince & quelquefois de Heros, a efté peu fauorable aux Traductions fi eloquentes. Et quoy que Muret l'appellaft fon Pere; quoy qu'il euft defendu l'éloquence de Ciceron contre la malignité d'Erafme, il n'eftoit pas neanmoins d'auis qu'on traduifift les liures

d'Aristote du stile de Ciceron.
Voicy à peu prés ce qu'il en a escrit, dans vne Preface qui a esté
sauuée du naufrage de ses autres
Oeuures, par vn homme de ma
connoissance. Ie pense que ie
me pourray souuenir des termes.

Nolim ego Aristotelem Cice-
ronianum. Naturæ enim imita-
tor Philosophus nihilo superfluo
fœdare debet Orationem ; rerum
quippe imago est Oratio. Catoni
statuæ diadema imponas aut cre-
pidas subdas, Græcam aut Persi-
cam putes. Probi ergo Interpretes
castigent superbum & exultans
illud atque adeo confidens genus
Orationis. Repræsentent Au-

ctorem, non ipsi condant. Inter-
pres ille est qui inter prædes duos
sequester interuenit, cuius fides
si fluxa sit, nomen amittit suum.
Nam & mentitur sciens, & plerumque Auctorem mendacem
facit.

I iij

CONSIDERATIONS
SVR QVELQVES
PAROLES DES
ANNALES DE TACITE.

DISCOVRS HVITIESME.

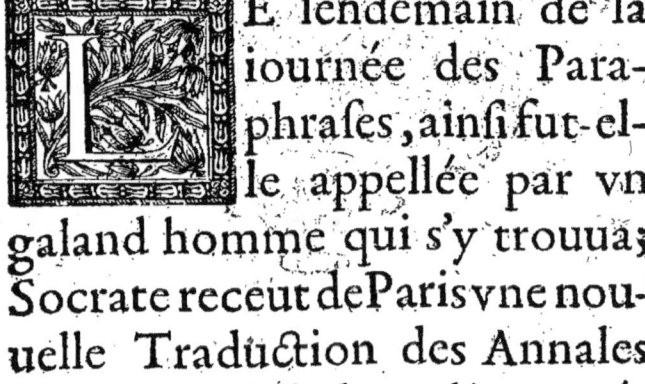

E lendemain de la
iournée des Para-
phrases, ainſi fut-el-
le appellée par vn
galand homme qui s'y trouua;
Socrate receut de Paris vne nouuelle Traduction des Annales
de Tacite : Elle luy plût extrémement : Il en parla comme

d'vn Chef-d'œuure en noftre
langue: Il nous en leut à diuerfes fois, des feüilles entieres: Et
vn iour s'eftant arrefté à l'ouuerture du liure, fur vn endroit
qui luy fembla digne de confideration, voicy à peu prés le
Difcours qu'il fit, en prefence
du Prouincial, gafté de la Cour,
Idolatre de la Faueur & des Fauoris, grand faifeur de Panegyriques & d'Eloges.

C'EST le moyen de faire
fouuent iniuftice que de iuger
toufiours du merite des Confeils, par la bonne fortune des
Euenemens. Croyez-moy, &
I iiij

ne vous laissez pas esbloüir à l'é-
clat des choses qui reüssissent.
Ce que les Grecs, ce que les Romains, ce que nous auons appellé vne Prudence admirable,
c'estoit vne heureuse temerité.
Il y a eu des hommes, dont la
vie a esté pleine de Miracles,
quoy qu'ils ne fussent pas Saints,
& qu'ils n'eussent point dessein
de l'estre : Le Ciel benissoit
toutes leurs fautes ; le Ciel cou-
ronnoit toutes leurs folies.

Il deuoit perir, cét Homme
fatal (nous le considerasmes il
y a quelques iours dans l'Histoire de l'Empire d'Orient) il deuoit perir, dés le premier iour
de sa conduite, par vne telle ou

vne telle entreprife ; Mais Dieu
fe vouloit feruir de luy, pour punir le Genre humain, & pour
tourmenter le Monde : La Iuftice de Dieu fe vouloit vanger,
& auoit choifi cet Homme,
pour eftre le Miniftre de fes ven-
geances. Il falloit donc qu'il
fift, quelque malade, quelque
moribond qu'il fuft, ce que
Dieu auoit refolu qu'il feroit
auant fa mort. La Raifon con-
cluoit qu'il tombaft d'abord,
par les Maximes qu'il a tenuës ;
Mais il eft demeuré long-temps
debout, par vne Raifon plus
haute qui l'a fouftenu : Il a efté
affermi dans fon pouuoir, par
vne Force eftrangere, & qui

n'eſtoit pas de luy ; vne Force
qui appuye la foibleſſe, qui anime la lâcheté, qui arreſte les
cheutes de ceux qui ſe precipi-
tent, qui n'a que faire des bonnes Maximes, pour produire
les bons Succés. Cet Homme
a duré, pour trauailler au deſſein de la Prouidence : Il penſoit exercer ſes paſſions, & il
executoit les Arreſts du Ciel.
Auant que de ſe perdre, il a eu
loiſir de perdre les Peuples & les
Eſtats; de mettre le feu aux quatre coins de la Terre ; de gaſter
le Preſent & l'Auenir, par les
Maux qu'il a faits, & par les
Exemples qu'il a laiſſés.

Ces Exemples ſont conta-

gieux, & leur venin paſſe iuſqu'à la Poſterité. Noſtre amy
de Hollande l'a remarqué deuant nous. Le Dictateur a eſté
le Pedagogue des Trium-virs,
bien qu'il y ait eu quarante ſix
ans entre luy & eux. La premiere Proſcription a eſté la Tabla-
ture de la ſeconde. SYLLA L'A
BIEN PV, POVRQVOY NE LE
POVRRAYIE PAS?

Voila la Politique des mauuais Princes, qui reüſſit admi-
rablement, pourueu qu'elle ne
trouue point d'oppoſition, &
que l'audace du Palais agiſſe ſur
la timidité du Peuple. VN PEV
D'ESPRIT ET BEAVCOVP
D'AVTORITE, c'eſt ce qui a

presque tousiours gouuerné le
Monde; quelquefois auec succés, & quelquefois non; selon
l'humeur du Siecle, plus ou
moins porté à endurer; selon la
disposition des Esprits, plus farouches ou plus apriuoisez.

Mais il faut tousiours en ve-
nir-là: Il est tres-vray qu'il y a
quelque chose de diuin; Disons
dauantage, il n'y a rien que de
diuin dans les maladies qui trauaillent les Estats. Ces disposi-
tions & ces humeurs, dont
nous venons de parler; cette
Fiévre chaude de rebellion, cette Letargie de seruitude viennent de plus haut qu'on ne s'i-
magine. Dieu est le Poëte & les

Hommes ne font que les A-
cteurs: Ces grandes Pieces qui
fe ioüent fur la Terre ont efté
compofées dans le Ciel, & c'eft
fouuent vn Faquin qui en doit
eftre l'Atrée ou l'Agamemnon.
Quand la Prouidence a quelque deffein, il ne luy importe
gueres de quels inftrumens &
de quels moyens elle fe ferue.
Entre fes mains tout eft Foudre,
tout eft Tempefte, tout eft De-
luge, tout eft Alexandre, tout
eft Cefar: Elle peut faire par vn
Enfant, par vn Nain, par vn Eu-
nuque, ce qu'elle a fait par les
Geans, & par les Heros; par les
Hommes extraordinaires.

Dieu dit luy-mefme de ces

gens-là, QV'IL LES ENVOYE
EN SA COLERE, ET QV'ILS
SONT LES VERGES DE SA
FVREVR. Mais ne prenez pas
icy l'vn pour l'autre. Les Verges ne piquent ni ne morden
d'elles-mefmes ; ne frapent ni
ne bleffent toutes feules. C'ef
l'Enuoy, c'eft la Colere, c'eft la
Fureur, qui rendent les Verge
terribles & redoutables. Cette
Main inuifible, ce Bras qui ne
paroift pas, donnent les coup
que le Monde fent. Il y a bien i
ne fçay quelle Hardieffe, qu
menace de la part de l'Homme
mais la Force qui accable, ef
toute de Dieu.

LE Prouincial, faiseur de Panegyriques, fut surpris d'oüir parler de la sorte ce vieux Docteur, qui expliquoit l'Histoire Romaine d'vne si nouuelle façon; qui s'esloignoit si fort du stile ordinaire de la Cour; qui non seulement rendoit si ridicule le Serieux des Panegyriques, mais qui faisoit voir si petite la Grandeur des Roys.

Il est certain que iamais homme ne vit les choses du Monde aueque de meilleurs yeux; ne fut mieux gueri des opinions populaires; ne fut moins Flateur ni moins Admirateur que Socrate. Comme il mesprisoit

extrémement les baſſeſſes de
l'ame des Courtiſans, il n'eſtimoit gueres les eſleuations des
fortunes de la Cour : Cette hauteur luy ſembloit eſtre vne proche diſpoſition à la cheute. Bien
loin de porter enuie à la condition des Fauoris, il auoit pitié
de celle des Princes.

Regardez, nous diſoit-il, s'e-
ſtant arreſté ſur vn autre Paſſage des Annales de Tacite, Regardez au delà de ces Balluſtres
d'argent, ces grands Lits de
drap d'or, en broderie de perles. Il vous ſemble qu'on n'y
ſçauroit eſtre malade : Vous-
vous imaginez qu'on n'y deuroit faire que de beaux ſonges.
Neanmoins

Neanmoins c'est là dedans où
les plus vilaines des Maladies &
les plus sales des Animaux ont
attaqué les Roys & les Dicta-
teurs ; ont triomphé de l'orgueil des Sceptres & de la vanité des Couronnes. C'est là dedans où les Nuits sont pleines de
Spectres & de Fantosmes ; où
vn pauure Prince s'éueille en
sursaut, & crie qu'on le tuë ; où
les remors du Passé viennent a-
giter vne conscience effrayée,
& faire des plaintes & des re-
proches à celuy qui n'a oüi tout
le iour que des acclamations &
des loüanges.

Les ieux, les diuertissemens,
les plaisirs ne guerissent point

K

les ames qui souffrent. Ce ne
font point de veritables remedes ; ce font de simples amuse-
mens de la douleur : Ils ne chaf-
fent point, ils n'emportent
point le Mal : Ils trompent, ils
endorment le Malade : Ils ne
produisent que des interualles
de relasche, que des momens
de tranquillité. Les ioyes qui
font artificielles durent peu :
Pour estre longues & asseurées,
il faut qu'elles viennent de fource, & que la Nature soit contente. Il faut que le contentement
ait sa racine dans le cœur : Autrement ce n'est que du fard sur
le visage : Le moindre accident
l'efface, & l'Apparence tombe

au premier rayon de la Verité.
Auffi voftre Virgile a mis en
Enfer ces fortes de ioye, & les
appelle de MAVVAISES IOYES.
Penfez-vous que celles de la
Cour foient beaucoup meil-
leures?

Reprefentez-vous, ie vous
prie, le cruel Theodoric, apres
la mort du fage Symmaque. Il
eft affis à vne table d'or & d'y-
uoire; chargée des tributs de
plufieurs Prouinces; des dé-
poüilles de la Terre & de la
Mer. Ce n'eft pas tout que cela.
Outre les moiffons de fleurs, &
ce fut peut-eftre en Hiuer que
cette fefte fut celebrée; outre
les fruits eftrangers & ceux du

K ij

païs; outre la rareté & l'abondance en vn mefme lieu, il y a
quelque chofe de plus delicat &
de moins materiel, qui entre
dans le feſtin, & qui va chatoüiller l'eſprit par le paſſage
des fens. Les douces fumées des
Parfums, les charmes rauiſſans
de la Muſique, la compagnie
des Femmes libres, & defireu-
ſes de plaire, les Bouffons & les
Flateurs ne manquent point à
Theodoric, pour la perfection
de la bonne chere. Il croit ſe
pouuoir reſiouïr auec ce grand
appareil de ioye. Mais tout d'vn
coup on fert deuant luy la teſte
d'vn gros poiſſon; Et il s'imagine d'abord, & il s'écrie imme-

diatement apres , que c'eſt la
teſte de Symmaque, qu'on luy
apporte de l'autre Monde ; que
c'eſt Symmaque , qui ſort du
tombeau , & qui s'apparoiſt à
luy,auec ſa teſte ſanglante.

Cette Teſte que Theodoric
a fait couper , ne luy donne ni
paix ni tréue : Ce ſang innocent , qui a eſté verſé par ſes Ordres & par l'Arreſt de ſes Com-
miſſaires , le pourſuit iuſques
dans les lieux priuilegiez ; iuſques dans l'Azile de la Volupté
& du Secret ; iuſques dans le
ſein de ſes Maiſtreſſes & entre
les bras de ſes Fauoris. Il a touſiours en preſence vn objet qu'il
veut touſiours fuïr. Il ſe ſou-

uient fans ceffe de ce qu'il veut
fans ceffe oublier. Il trouue par
tout des images de fon crime :
Et les plus mal peintes, comme
celle-cy, ne laiffent pas de blef-
fer fon imagination ; de faire
douleur à fa memoire ; de corrompre les plaifirs qui luy ont
efté preparez ; d'empoifonner
les viandes qu'on luy a feruies.

Mais puis que vous le trouuez
bon, efloignons-nous encore
dauantage du Temps prefent,
& montons plus haut dans l'Antiquité. Ne fortons point de noftre nouuelle Traduction. En-
trons dans la vieille Rome, où
ceux qui croient que tous les
Sermons parlent contre eux &

contre leur race, ne trouueront
ni parens ni amis ; ne trouueront pas mesme vn seul homme, qui soit de leur connoissance. Ne nous amusons point aux
petits, aux mediocres Tyrans :
Quittons Theodoric, pour con-
siderer Tibere.

Cette longue suite de Condamnez, de laquelle il fut dit,
QV'IL AVOIT FAIT VN PEV-
PLE DE MORTS, se presente à
ses yeux le iour & la nuit. Il
voudroit bien les pouuoir tuër
encore vne fois ; mais ils ne sont
plus en sa puissance. Ils ont esté
les Martyrs de sa cruauté ; ils
sont maintenant les Bourreaux
de son esprit. Ce sont les Fan-

K iiij

tofmes dont ie parlois. Ce font
ces Spectres hideux , qui for-
cent les auenuës de fon Ifle ; qui
affiegent fon Palais ; qui volent
au tour de fon Lit & de fa Chaire ; qui luy monftrent leur fang
& leurs playes ; qui luy reprochent fes crimes & fa Tyrannie.

Ainfi les Hommes & les Elemens obeïffent ; Mais les Ombres & l'Enfer le viennent per-
fécuter de leurs vifions. Il a donné la Paix à toute la Terre , &
n'a pû fe la donner à foy-mefme.
Il a befoin de confolation dans
les Feftes & dans les Triomphes : Ou fi vous aimez mieux
que ce foit vn Poëte qui vous le

die , il a beau eſtre Grand & Victorieux,

    L'Idole de ſon Crime , ame-
        nant la Terreur,
    De Feux & de Serpens épou-
        uante ſon cœur,
    Et le triſte remors, meſme a-
        pres la Victoire,
    Eſt vn autre Ennemy , logé
        dans ſa memoire.
    Ses plus beaux iours ſont
        teints d'vne noire vapeur:
    Il a tout offenſé , tout auſſi luy
        fait peur,
    Et ſon Throſne deuient, ô mi-
        ſere du vice !
    Le public eſchaffaut de ſon ſe-
        cret ſupplice.

Ces vers plurent à la Compa-

gnie; & à la referue du dernier,
ils furent generalement approuuez. Vn certain homme
de bas Poitou , qui auoit oüi
parler de l'Academie de Paris,
s'imagina qu'il y auoit quelque
dureté au *public efchaffaut de*
fon fecret fupplice; à caufe que
tous les mots du vers ne finiffent
pas par des voielles , qui à fon
auis , font plus douces que les
confonantes. Socrate reconnut
le dégouft de cet homme, à la
mine qu'il faifoit, & crût eftre
obligé de luy dire; Ie voy bien
que voftre politeffe ne peut rien
fouffrir de raboteux : La veuë
mefme des cailloux vous fait de
la peine : Non feulement la ru-

deſſe & la dureté, mais l'ombre
de la rudeſſe & le ſoupçon de la
dureté vous choque. Si cela eſt,
ie ne vous conſeille pas d'aller
voir Monſieur le ✳✳✳ de peur
qu'il ne vous aſſomme des vers
qu'il fait à coups de marteau , &
du plus vilain fer qui ſe tire de
nos Mines. Mais comment vous
pouuez-vous accommoder aue.
que les Muſes du Cardinal du
Perron , qui ſont ſi ennemies de
la molleſſe des ſons, & de la muſique effeminée; qui ſont ſi au-
ſteres & ſi difficiles ? Il y a de
l'apparence que vous auez bien
fait des grimaces, quand vous
auez leu dans ſes Poëmes

Des Regnes & des Roys au

nom de Chrift rebelles,

Et

   Des Mores d'Occident dete-
   ftable Spectacle.

Mais nous parlerons vne autre fois de l'harmonie & de la
iuftefle des mefures. Ie veux
croire cependant, pour l'honneur de l'excellent Poëte, dont
i'ay allegué les vers, que leur
fubftance & leur fens vous ont
contenté l'efprit, quand leur ef-
corce & leur fon vous auroient
égratigné les oreilles. Au moins
m'auoüerez-vous que tous vers
qu'ils font, ils ne font point fabuleux, & qu'ils fe contiennent
dans la fidelité de la Profe.

   Il eft certain que les Hifto-

riens ne defmentent point en
cecy les Poëtes : Auffi bien
qu'eux, ils nous font voir le Tyran, qui tremble au milieu de
ie ne fçay combien de Legions;
qui a des Armées & des Cita-
delles, & n'a point d'affeurance ni de feureté ; qui n'eft pas
moins timide que redoutable.
Ils parlent auffi tragiquement
qu'eux, des frayeurs & des mauuaifes nuits de Tibere ; de fes
miferes fecrettes ; de fes fuppli-
ces interieurs ; des Serpens &
des Tygres de fa confcience.
Que ne difent-ils point de cette troupe de Beftes farouches ?
Car à leur dire, ce ne font plus
de fimples Paffions & de fim-

ples Vices : Ce sont des Animaux sauuages & furieux, à qui
l'ame des Tyrans est donnée en
proye ; ce sont des Dents & des
Griffes, qui déchirent, qui mettent en pieces l'ame de Tibere.

TYBERIVM NON FORTVNA,
NON SOLITVDINES PROTEGE-
BANT, QVIN TORMENTA PEC-
TORIS SVASQVE IPSE POENAS
FATERETVR. QVIPPE SI RECLV-
DANTVR TYRANNORVM MEN-
TES, POSSE ASPICI LANIATVS
ET ICTVS, & ce qui s'enfuit.
Il faudra voir vne autre fois, fi
la Traduction a bien reüfli en
cet endroit.

SVITE
DV MESME
SVIET.

DISCOVRS NEVFIESME.

PRES vne petite
pause, Socrate con-
tinua ainſi ſon diſ-
cours. Ces paroles
de Tacite ſont tragiques &
pompeuſes : Elles ne laiſſent pas
pourtant d'eſtre hiſtoriques &
veritables, & les mauuais Princes ſont encore plus mal-heu-
reux que l'Hiſtoire ne le dit, &

que le Monde ne le croit. Mais
voicy vne Propofition d'éter-
nelle verité, qui explique l'intention de l'Hiftoire, & celle
du Monde; qui confirme noftre
Difcours, & y ajoufte vn article effentiel.

Que les Princes fe glorifient
tant qu'il leur plaira, de ne voir
rien que le Ciel qui foit plus é-
leué que leur Throfne ; Qu'ils
parlent tant qu'ils voudront,
de l'independance de leurs
Couronnes ; Il y a deux Tribu-
naux, dont ils ne peuuent de-
cliner la Iurifdiction, & deuant
lefquels il faut toft ou tard, qu'ils
fe reprefentent; C'eft au dehors
le Tribunal de la RENOMME'E,

&

& celuy de la CONSCIENCE
au dedans. Quoy qu'ils facent,
quoy qu'ils difent, ils font du
reffort de ces deux Iuges : Ils ne
fçauroient s'empefcher de com-
paroiftre deuant l'vn & l'autre
Tribunal, & d'y rendre conte
de leurs actions.

Tibere a humilié toutes les
ames ; Il a dompté tous les courages ; Il a mis fous fes pieds toutes les teftes : Il s'eft efleué au
deffus de la Raifon, de la Iuftice & des Loix. Il penfe auoir
ofté à Rome iufqu'à la liberté
de la voix & de la refpiration :
Ou les pauures Romains font
Muets, ou ils n'ouurent la bouche que pour flater le Tyran.

L

Mais vn Homme poſſeder
t-il ſans trouble la gloire d'eſt
plus craint que les Dieux? (c
parloit ainſi en ce temps-là.
Gouſtera-t-il ſans contrad
ction, le fruit de cette victoi
inhumaine, qu'il a remporte
ſur les Eſprits? Ioüira-t-il paiſ
blement des auantages de
cruauté; de la peur & du ſiler
ce de ſes Suiets? de la laſchet
& des menſonges de ſes Court
ſans? La Verité qu'on retien
captiue, ne ſortita-t-elle poin
par quelque endroit? Ne paroi
ſtra-t-elle point en quelqu
lieu, à la honte & à la confuſioi
de Tibere? Oüi certes, & d'v
ne eſtrange ſorte.

Des extrémitez de l'Orient
il luy vient vne grande Lettre,
qui deliure la Verité opprimée;
qui la venge des Espions & des
Delateurs; qui efface les Odes
& les Panegyriques de la Flate-
rie. Cette Lettre iniurieuse est
escrite de la main du Roy des
Parthes, & il n'y a pas moyen de
la supprimer. Ce n'est point vn
Cartel d'Ennemy à Ennemy :
C'est vne Satyre ; c'est vn Pas-
quin ; c'est quelque chose de
pis. Ou plustost ce sont les premieres pieces d'vn Procés criminel, intenté par le Genre humain, que les vices de Tibere
auoient offensé. Au nom de
toute la Terre, vn Roy se decla-

re Partie, & prend la parole
contre vn Empereur.

Apres luy auoir reproché sa
mauuaise haleine, sa teste pelée,
son visage pestri de boüe & de
sang, les Monstres & les Prodiges de ses débauches, en vn mot
les plus visibles defaux de sa personne & les crimes les plus connus de sa vie; cette grande Lettre, cette Lettre iniurieuse luy
conseille pour conclusion, *de*
mettre fin par vne mort volon-
taire, à tant de maux qu'il souf-
fre & qu'il fait souffrir; l'exhor-
te de donner par là à toute la
Terre, la seule satisfaction qu'el-
le pouuoit receuoir de luy.

Vous voyez comme la Re-

nommée condamne Tibere,
par la bouche des Estrangers :
Mais la Conscience souscrit à
cet Arrest, par le propre tesmoignage de Tibere : Car enuiron
ce temps-là il escrit luy-mesme
vne autre Lettre au Senat, dans
laquelle il maudit sa mal-heu-
reuse Grandeur ; auec des parol-
les de desespoir. Il descouure à
nû les inquietudes & les peines
d'vne ame ennuyée de tout, &
mal-satisfaite de soy-mesme ;
abandonnée de Dieu & des
Hommes ; qui a perdu iusqu'à
ses propres desirs ; qui ne peut
ni viure ni mourir. Il semble
qu'il veuïlle faire pitié à ceux à
qui il faisoit encore peur.

QVID SCRIBAM VOBIS, PA-
TRES CONSCRIPTI, AVT QVO-
MODO SCRIBAM, AVT QVID
OMNINO NON SCRIBAM HOC
TEMPORE. DII ME DEÆQVE
PEIVS PERDANT QVAM PERIRE
QVOTIDIE SENTIO, SI SCIO.
L'Histoire ajouste, ADEO FA-
CINORA, ATQVE FLAGITIA
SVA IPSI QVOQVE IN SVPLI-
CIVM VERTERANT.

Les Saintes Escritures, & les
Saints Peres qui les expliquent,
font par tout de l'opinion de
l'Histoire, & ne trouuent point
de pareil supplice à celuy de
la Conscience. Si nous les en
croyons, la mauuaise chose
que c'est, quand le Bourreau

est la mesme personne que le
Criminel. La Iustice diuine paroist quelquefois auec éclat,
& fait des Exemples, qui sont
veus de tout le Monde : Quelquefois aussi elle s'exerce secre-
tement, & abandonne les Meschans à leurs propres cœurs, &
à leurs propres pensées.

Cette impunité apparente,
n'est ni grace ni faueur. L'entrée du Palais ne monstre rien
de funeste, & tout rit par le dehors : Mais le lieu du suplice
c'est le Cabinet, c'est l'interieur
de l'Homme, c'est le plus pro-
fond de l'Ame. Et là dedans il
y a vne Solitude affreuse & terrible, qui est plus à craindre que

L iiij

les Spectateurs & que l'Eschaffaut, parce qu'elle n'a ni qui la console ni qui la plaigne. Sans parler de ce qui se doit faire en l'autre Monde, Dieu a diuers moyens de se venger de ses Ennemis en celui-cy : Mais il ne sçauroit mieux les punir, qu'en laissant leur peine à leur discretion.

REMARQVES
SVR DES SERMONS,
ET SVR DES TRAITEZ
DE CONTROVERSE,
IMPRIMEZ A LION L'AN M. DC. XXIII.

DISCOVRS DIXIESME.

 E L V Y qui auoit ap-
porté à Socrate la
Traduction des An-
nales de Tacite, luy
fit present de trois ou quatre
Sermons, & de quelques Traitez de Controuerse, imprimez

à Lion l'année mille six cens
vingt-trois , & reliez enſemble
dans vn meſme Liure. Nous e-
ſtant trouuez au Rendez-vous,
vne demie-heure apres ſoupé,
à cauſe des continuelles viſites
de l'apreſdinée, nous viſmes ces
Sermons & ces Traitez ſur la
Table du Cabinet. Ils eſtoient
marquez de la main de Socrate
& de ſon crayon : Mais il falloit
deuiner ſon chiffre ; Et nous
creûmes auoir pluſtoſt fait d'en
demander & d'en receuoir l'eſ-
clairciſſement, que de le chercher & de le trouuer.

En cecy il ſe fit vn peu plus
prier qu'à l'accouſtumée. La reuerence qu'il portoit à la parole

de Dieu, par quelque organe
qu'elle fortift, l'empefchoit de
iuger des Predicateurs auec liberté : Il fupportoit beaucoup
de chofes qu'il n'approuuoit
pas, & comme il ne refufoit iamais fes loüanges au merite, il
donnoit volontiers fon filence
à ce qui ne meritoit pas d'eftre
loüé. Il euft bien voulu demeurer dans les mefmes termes :
Mais il fallut contenter la Compagnie, & les violentes Interro-
gations que noûs luy fifmes à
diuerfes fois, tirerent de fa bouche ces Refponfes, que ie mis
par ordre le lendemain. Elles
peuuent tenir lieu de Commentaire, fur quelques endroits du

Liure, affez remarquables & affez beaux : Mais outre cela, elles peuuent feruir d'Adreffe à
quiconque veut aller droit
dans la lecture des autres Liures, & apprendre à iuger finement de la valeur des chofes &
des paroles.

IE ne touche point à la Doctrine du Predicateur : Elle eft
faine & Catholique : Elle vient
des anciennes fources, & n'a
pas efté prife dans les nouuelles
cifternes. Mais ce n'eft pas tout
que la Doctrine. Ce n'eft pas
affez de fçauoir la Theologie,
pour efcrire de la Theologie; il

faut encore ſçauoir eſcrire, qui
eſt vne ſeconde ſcience. Il faut
que l'art des paroles ſerue de
guide & de truchement à la
connoiſſance des choſes : Cette connoiſſance deſcouure les
grãdes veritez, & cet art les met
à la portée des petits eſprits.

L'Auteur des Traitez s'y eſt
trompé : Il s'eſt arreſté à la moitié de ce qu'il deuoit : Il s'eſt
contenté d'auoir acquis, & de
iouïr à ſa mode, & n'a pas conſideré que la poſſeſſion n'eſtoit
pas l'vſage. Il a crû qu'entendre les Myſteres & les faire entendre aux autres dépendoit
d'vne meſme intelligence. Ainſi faute d'art & de methode des

Veritez extrémement hautes
font peu heureufement expli-
quées. Les Oracles deuiennent
Galimatias, par la mauuaife
difpofition de l'organe qui les
rend. Ils perdent l'opinion de
leur premiere diuinité, & n'ac-
quierent point les graces de l'é-
loquence humaine. La Doctrine du Predicateur paroift
moins que quand elle n'eftoit
pas defcouuerte : Son filence
la cachoit, & fes paroles la ga-
ftent. Le defaut de la Grammaire des-honnore toute fa
Theologie.

Qu'il y a de difference entre
ces fortes d'Efcrits, & ceux
d'vn homme qui fçait efcrire;

entre ces Traitez de Controuerſe, & les Actes de la Conference de Fontainebleau, dont
vous auez leu les endroits que
ie vous ay marquez. Dans ces
Actes les Raiſons ſont en bataille, & combattent l'Auerſaire :
Icy elles ſont en foule & s'em-
peſchent elles-meſmes. Voila
ce que cauſe le defaut de la Diſcipline & le manquement de
l'Art. Pour produire vn Ouurage regulier, il falloit débroüil-
ler la maſſe & partager la matiere ; ſçauoir ſouſtraire & dimi-
nuer. Il falloit d'vne periode en
faire pluſieurs, & ſonger plus à
l'ordre qu'à l'abondance. Nous
aurions beſoin de cette Hache

fameufe dont parlent les Grecs,
qui retranchoit les fuperfluitez
de leur ftile. Nous efcririons
moins fi nous meditions dauantage. Si nous-nous confeillions
aueque le Temps, il reduiroit
nos excés à la mediocrité, outre
les autres bons offices qu'il nous
rendroit. CET HOMME, difoit-
on à Paris, lors que i'y eftois, A
FAIT VN GRAND LIVRE, PAR-
CE QV'IL N'A PAS EV LE LOI-
SIR D'EN FAIRE VN PETIT.

DANS les Traitez & dans
les Sermons il y a des termes qui
me font fufpects, & fur lefquels
ie veux encore deliberer. Vn
Iuge

Iuge moins indulgent que moy
les condamneroit abſolument.
Il y a d'autres termes qui ſont
tout à fait inſouſtenables, &
la plus grande indulgence du
monde les doit abandonner à la
rigueur des Grammairiens ;
L'Auteur ne feroit pas mal de
s'en deffaire : Mais ie voy qu'il
y a de l'attache, & que c'eſt par
inclination & par choix, que
ces termes luy ſont plus fami-
liers que ceux dont il pourroit
vſer ſans ſcrupule. Ie n'ay pas
deſſein, d'eſplucher tout le Liure par le menu : Ie veux ſeulement ſuiure mon Crayon, &
vous déchiffrer les Marques
que Monſieur le Vicaire pour-

M

roit prendre pour des caracteres de Magie.

LE mot de *Religionnaire*
n'eſt pas François. Il vient du
meſme païs que celuy de *Do-*
ctrinaire, & ce fut ſans doute
vn Predicateur Gaſcon, qui le
debita le premier dans les chaires de Paris. De dire auſſi *Cal-*
uiniſte, il me ſemble que ce ſeroit faire trop d'honneur à Caluin. Ce ſeroit faire iniure aux
Rohans & aux Colignis, & à
tant d'autres grands Seigneurs,
de leur faire porter le nom d'vn
petit Sophiſte, qui ne pouuoit
pretendre qu'à la qualité de

leur Aufmonier, s'ils fuffent demeurez fermes, comme ils deuoient, dans la Religion de
leurs Peres.

Mais d'ailleurs *Heretique*,
Schifmatique, *Ennemy de l'E-*
glife, *Deferteur & Rebelle de*
l'Eglife, font des termes qui font
peur : Ils effarouchent ceux
qu'on veut appriuoifer. La paffion de la Caufe paroift à def-
couuert en femblables termes :
Et cette paffion, quoy que ie
la trouue bonne & legitime, ne
feroit pas approuuée par le Critique Cafteluetro. Il trouue
mauuais que Tite-Liue parlant des Carthaginois, lès appelle *les Ennemis*, à caufe que

l'Hiſtoire, qui à ſon auis doit eſtre neutre, ſe declare partiale, en ſe ſeruant de ſemblables termes.

Il faut auſſi auoüer qu'il ſeroit bien long & bien ennuieux d'obeïr touſiours regulierement aux Edits du Roy, & de dire *ceux de la Religion pretenduë Reformée*, ayant à les nommer ſouuent, ſoit dans vne Narration continuë, ſoit dans vn Diſcours de Controuerſe, où la repetition de leur nom pourroit eſtre vne piece eſſentielle de la matiere. De l'autre coſté d'accourcir ce nom compoſé de trois, & de reduire *ceux de la Religion pretenduë*

Reformée à ceux de la Religion; ie ne penfe pas que cet Abbregé fuft agreable à l'Eglife Catholique, particulierement dans vn Acte public, & hors de la Conuerfation priuée.

Mais pourquoy, fans auoir recours à des termes odieux, ou à des locutions figurées, ne dirat-on pas les *Huguenots*, auffi bien que *les Guelphes* & *les Gibelins?* Pourquoy parlant en public, nous abftiendrons-nous d'vn mot qui eft dans la bouche de tout le monde; que les Eftrangers ont emprunté des François; qui a cours deçà & delà les Monts ? l'Hiftoire de Dauila en eft femée d'vn bout

iufqu'à l'autre : Il fe lit en grof-
fes lettres, à la tefte d'vne des
Relations du Cardinal Benti-
uoglio, RELATIONE, fi ie ne
me trompe, DE GLI VGONOT-
TI DI FRANCIA.

Ie ne voudrois dire ni *les
Gueux*, comme on faifoit aux
Païs-bas, au commencement
des troubles de la Religion, ni
les *Parpaillaux*, comme on fit
en France, dans nos dernieres
Guerres ciuiles, & durant le
Siege de Montauban. Ces deux
mots ont efté de courte vie, &
leur deftin n'a pas voulu qu'ils
duraffent ; outre qu'ils me femblent vn peu trop Comiques &
trop populaires, Mais encore

me defplaifent - ils moins que
Religionnaire, qui n'eſt ni Latin
ni François, ni plaiſant, ny ſe-
rieux ; qui ne ſignifie point ce
qu'ils veulent qu'il ſignifie. Le
mot de *Religieux* vient de Religion, par la voye legitime &
naturelle; Celui de *Religionnaire*, en vient auſſi, mais par vne
licence vicieuſe. Il eſt baſtard
& monſtrueux. Pour le moins
il n'eſt pas François, comme ie
l'ay dit d'abord , & n'a garde
d'eſtre ſi bon que *Sectaire*, duquel neantmoins on ne ſe ſert
pas. La meilleure partie du Peuple ne l'entend point ; le bon
Vſage ne l'a point receu ; Il a
eſté fabriqué dans vn coin du

M iiij

Quercy ou du Perigort; Et par
conſequent il doit eſtre condamné comme Barbare,& ren-
uoyé à Sarlat ou à Cadenac,
d'où il eſt venu.

Si i'auois vne ſi violente a-
uerſion pour les mots vulgaires, & ſi i'eſtois abſolument re-
ſolu de ne parler pas en France, comme on parle en France,
ie voudrois ſuiure l'Exemple
de l'Egliſe Grecque, qui employoit en pareilles occaſions,
vn terme extremement doux:
Elle ne diſoit point d'iniures
à ceux qui s'eſtoient ſeparez
d'elle, & ne leur donnoit point
de noms odieux : Elle ſe contentoit de les appeller LES

GENS DE L'AVTRE OPINION,
sans dire de la mauuaise; comme si çeust esté pour les distin-
guer, plustost que pour les offenser, n'y ayant rien de formel-
lement ennemy entre Orthodoxe & Eterodoxe.

Cette façon m'a semblé digne de la ciuilité de la Grece,
& il me souuient d'auoir leu ie
ne sçay quoy de semblable
dans les Despesches de Monsieur de Foix , Ambassadeur
pour le Roy prez du Pape Gregoire treziesme. *Sire* (c'est dans
vne Relation qu'il enuoye au
Roy son Maistre) *ie fis entendre à nostre Saint Pere, comment
ceux de la nouuelle opinion de-*

mandoient à voftre Majefté, &

Ainfi parloit-on à Rome
deuant le Pape, de la Caufe c
Caluin, en vn temps où elle v
noit d'eftre condannée, & c
fa premiere nouueauté la rei
doit encore plus odieufe qu'e
le n'eft auiourd'huy, à vn
Puiffance, dont elle auoit l'au
dace de difputer la Souuera
neté, apres en auoir fecoüé l
ioug. Ce Monfieur de Foix e
ftoit vn perfonnage de grand
naiffance, de rare vertu, & d'e
minente doctrine. Hors de
fonctions de l'Ambaffade, 8
aux heures de diuertiffement, i
s'entretenoit auec les bons Li
ures, & noftre Muret eftoit vn

des ſes Lecteurs. Ayant, comme il auoit, particuliere connoiſſance des Lettres Grecques, ſon François pouuoit bien quelquefois viſer au Grec.

Mais ie vous prie, quelle delicateſſe de pieté, ou quelle affeterie de langage, dans les Sermons du Predicateur & dans ceux des autres, d'oppoſer touiours *Demon à Dieu*, & de n'oſer iamais dire ni le *Diable*, ni *Satan*? Ont-ils peur d'offenſer le Diable, quand ils l'appellent par ſon nom propre? Au moins eſt-ce vn nom que luy a donné noſtre Seigneur; Et voudroient-ils reformer ces redoutables paroles, rapportées par ſaint Mat-

thieu , & sorties de la bouche
qui ne peut faillir, ALLEZ MAV-
DITS AV FEV ETERNEL, QVI
A ESTE' PREPARE' AV DIABLE
ET A' SES ANGES. Voudroient-
ils corriger Iesus-Christ , &
changer Diable en Demon,
dans ce passage de l'Euangile, &
en tant d'autres passages, soit
de l'Escriture Sainte , soit des
Saints Peres ?

Ce seroit vne belle chose,
s'ils auoient dessein de flater le
Diable , en luy choisissant vn
nom qu'ils estiment plus doux
& plus agreable que le sien;
Quoy que ie ne voye pas ce
qu'ils trouuent de si rude & de
si fascheux en ce nom, dans le-

quel la plus delicate de toutes
les langues modernes a trouué
quelque chofe qui luy a plû. Car
vous fçauez que fouuent elle fe
fert *della Cafa del Diauolo*, &
qu'elle ne prend pas en mauuaife part *Vna cofa diauolica*,
Vna memoria diauolica, &c. Il
me fouuient qu'il y a vn Perfonnage dans les Comedies de
Plaute, & vn perfonnage amoureux, fi ma memoire ne me
trompe, qui fe nomme *Diabo-
lus*, comme Phamphilus ou
Phedria. Comme fi à la Come-
die Italienne il y auoit vn *Signor
Diauolo*, auffi bien qu'vn Signor Lelio,ou vn Signor Tan-
credi.

La licence & l'Audace font
à blafmer: Mais il y a des fcrupules qui ne fe peuuent fouffrir:
Et ie vous auouë que i'ay leu
auec defpit dans les Lettres La-
tines du Ciceronien Longolius,
QVE LES INDIENS AVOIENT
PARTAGE' LE GOVVERNE-
MENT DV MONDE ENTRE LA
DEESSE ET LA FVRIE, pour
dire entre Dieu & le Diable:
Où vous voyez que contre la
foy de l'Hiftoire, & par vne temerité encore plus grande que
fon fcrupule, à caufe que Furie
eft du genre feminin, il a mis
Deeffe au lieu de Dieu, afin
que l'oppofition fuft plus iufte.
    Ce font des fuperftitions ri-

dicules, & vne affectation im-
pertinente, de laquelle les Ci-
ceroniens ne feroient pas a-
uoüez par leur Ciceron.

L'ancien Vfage reconnoift
de bons & de mauuais De-
mons, de bons & de mauuais
Anges, de bons & de mauuais
Genies. Pourquoy defobeïra-t-
on à l'autorité de cet Vfage ?
Et fi Demon fe prend toufiours
en mauuaife part, n'y a -t -il pas
vn notable inconuenient à apprehender ? Car en effet garde
l'Equiuoque pour les ieunes Al-
lemans, qui commencent à apprendre noftre Langue , & qui
difent quelquefois des Botes
equitables pour des Botes *iuftes.*

Croyant sur la parole des esprits
doux, que Diable & Demon
ne sont qu'vne mesme chose; &
par exemple ayant ouy dire que
la Peine & la Recompense sont
les deux Demons qui gouuer-
nent les choses humaines; qu'A-
ristote est le Demon de la Nature; que le Fauory est le Demon de l'Estat, &c. ils rediront
innocemment, & sans craindre
de parler mal François, que
la Peine & la Recompense sont
les deux Diables qui gouuer-
nent les choses humaines; qu'A-
ristote est le Diable de la Nature; que le Fauory est le Diable
de l'Estat, &c.

Le

LE *Dominus Regnauit* du Pſeaume 95. ne me ſemble pas traduit comme il faut. Prendre poſſeſſion de ſon Regne, eſt Italien, & non pas François. Il faut dire, prendre poſſeſſion de ſon Royaume, & c'eſt vne faute dans laquelle noſtre defunt Maiſtre eſt tombé deux fois en moins de deux lignes,

Et vray Roy Tres-Chreſtien
ſon Regne aggrandira.
Des Regnes & des Roys, au
nom de Chriſt rebelles.

Royaume eſt le païs où regne le Prince ; *Regne* eſt le temps que regne le Prince ; & la lo-

N

cution ne feroit pas plus impr
pre de dire la premiere & la f
conde année de fon Royaum
que la premiere & la fecon
ville de fon Regne. Autref
à la Cour ceux qui Italianifoie
en François , appelloient l
Courfiers de naples,les cheuar
du *Regne* , parce qu'en Italie
Regne eft le Royaume de N
ples. En ce pays - là , le Regr
eft encore pris pour vne aut
chofe , & on donne ce nom
la triple couronne du Pape. l
vis mettre le REGNE fur l
tefte de Paul cinquiefme,quan
ie le vis couronner à Rome.

LES Eminences ont esté receuës en ce Royaume; Mais les
Eminentissimes, les Excellentis-
simes, &c. n'ont point encore
passé les Monts. Lors que Monsieur le Cardinal du Perron re-
uint de Rome, apres la Nego-
tiation de Venise, il en apporta *l'Illustrissime Cardinal, & la*
Seigneurie Illustrissime, mais personne n'en voulut. Il fut leur
Introducteur à la Cour: Il leur
donna place à la teste de ses
Despesches, & dans ses autres
Escrits: Il les imprima dans ses
Liures. Tout cela inutilement;
Il n'eut pas assez de credit, pour
faire naturaliser ces Nouueaux

N ij

Venus , & les faueurs partic
lieres qu'il leur faifoit , ne p
rent leur acquerir celle du P
blic. En cecy , comme au r
fte, Monfieur le Cardinal de R
chelieu a efté plus heureux qu
fes Compagnons. Rien ne lu
a efté impoffible. Ayant entr
pris auec fuccez des chofes au
quelles tout le monde s'efto
manqué, la Grammaire ne por
uoit pas feule defobeïr , dans l
generale foumiffion. Il fallo
que noftre langue fubift le ioug
auffi bien que nos Efprits , &
que nos Courages. Sans fe met
tre en peine de la fortune de
autres Superlatifs , qu'il n'a pa
iugez dignes de luy, il a employ

ſon autorité pour faire reüſſir
le plus important de tous, celuy
de GENERALISSIME, l'in-
dependant, & le tout-puiſſant
GENERALISSIME. Et à dire
vray, il a mis en vſage ce Superlatif d'vne admirable maniere, depuis le grand & ample
Pouuoir qu'il receut du Roy,
allant commander les Armées
de France en Italie. Vous ſçauez que feu Monſieur le Duc
d'Eſpernon diſoit de ce grand
Pouuoir, que le Roy ne s'eſtoit
rien reſerué, que la vertu de
guerir des Eſcrouëlles.

GENERALISSIME eſt donc
noſtre vnique Superlatif, &
nous ſommes obligés de l'hono-
N iij

rer en la perſonne de Monſieur
le Cardinal de Richelieu. La
langue Françoiſe, qui a rejetté
tous les autres, n'a pas oſé s'oppoſer à celui-cy, pour le reſpect
qu'elle porte à vn ſi puiſſant & ſi
redoutable Inſtituteur. Hors de
là elle ne connoiſt point de Superlatifs, & c'eſt vn defaut que
luy reprochent les Italiens. Ils
croyent qu'elle manque de ce
moyen pour porter les choſes
par la vertu d'vn ſeul mot, iuſques dans la derniere extremité
du blaſme & de la loüange. Ils
croyent de plus que pour repa-
rer ce defaut en quelque façon,
nous appellons à noſtre aide, le
Ter des Latins (car ainſi expli-

quent-ils noſtre *Tres*) qui ſignifie bien nombre & multitude, ,
mais qui eſt eſtranger , auxiliai-
re , & venu de loin, mais qui eſt
pluſtoſt vne attache iointe à
vn corps, qu'vn membre qui
luy ſoit naturel. Ainſi diſcourt
l'Italie au deſauantage de la
France. Et en effet elle a raiſon de nous reprocher noſtre
pauureté, elle qui eſt ſi heureu-
ſe & ſi riche , particulierement
en Superlatifs. Elle fait des excés les iours meſmes qui ne ſont
pas de deſbauche : Elle eſt prodigue iuſqu'à donner du VO-
STRISSIMO ET DV SVISCERA-
TISSIMO SERVITORE dans ſes
complimens & dans ſes ciuilités
N iiij

ordinaires. La licence des Siecles Gothiques n'a pas esté si
auant, & ceux qui ont dit PIEN-
TISSIMVS , PRAEGLORIOSSI-
MVS, VICTORIOSSIMVS, n'ont
pas osé dire TVISSIMVS & VE-
STRISSIMVS.

I'Ay esté effrayé du *Prodige de
deuotion* , & immediatement
apres de la *prodigieuse pieté*. Sans
quelque temperament & quel-
que precaution de Grammaire,
Prodigieux ne peut estre pris en
bonne part. *Merueilleux* , *Admirable* , *Extraordinaire* sont les
termes receus & approuuez. Ils
contentent suffisamment la pen-

fée de l'Efcriuain & l'attente du
Lecteur. Ils ne laiffent point de
remors aux efprits qui fe hazar-
dent le moins , & qui apprehen-
dent le plus de faillir.

Penfez-vous qu'on puiffe dire vn Orateur & vn Poëte *prodigieux*, vne Harangue & vne
Elegie *prodigieufe*, quand on a
deffein de loüer les Orateurs &
les Poëtes, les Harangues & les
Elegies? Pour moy ie ne le penfe
pas, & il me femble que *Prodige*
& *Prodigieux* ne font gueres
plus obligeans ni plus propres
à loüer que *Monftre* & que *mon-*
ftrueux. Les Statuës qui fortoient de la main de Phidias
eftoient admirables, mais celles

que Steficrates conceuoit en
fon efprit euffent efté prodigieu-
fes. Les Heros font de belle taille , mais la ftature des Geans eft
prodigieufe. Moyfe faifoit des
Miracles , & les Magiciens de
Pharaon faifoient des Prodiges.
Dans le langage figuré , on peut
dire les Prodiges de la Vie de
Neron , mais il faut dire les
Merueilles de la Vie d'Augufte.

PRODIGIALE RVBENS fe dit
d'vne Comete, dont la cheuelu-
re menace la Terre; & ne fe peut
pas dire du Soleil , dont les
rayons meuriffent les Fruits :
Quand mefme le Soleil feroit
plus rouge que la Comete;
quand il feroit entré dans le fi-

gne de la Canicule, & qu'il ver-
feroit fur la Terre plus de feu
que de lumiere. Vne femme ac-
couchée d'vn ferpent, vn corps
nay auec deux teftes, vne pluye
de pierres ou de fang, font des
Prodiges, qu'on expioit par des
actes de Religion, comme des
marques de la colere des Dieux.
Et vous fçauez qu'il y auoit autrefois à Rome vn IVPITER
PRODIGIALIS, non pas qui fift
des prodiges, mais à qui on faifoit des facrifices, pour deftour-
ner le mauuais effet de ces mauuais fignes.

Ciceron aiant dit en quelque
lieu, que les actions de Pompée eftoient *femblables à des*

prodiges, a teſmoigné par là
qu'il n'oſoit dire qu'elles fuſſent *prodigieuſes*. Il a fait voir
qu'en telle rencontre il redou-
toit le mot de *Prodige*, puis
qu'il s'eſt contenté de s'en approcher, & n'a pas voulu aller
iuſqu'à luy. Par des actions ſemblables à des prodiges, il entendoit qu'elles eſtoient d'auſſi
dure & d'auſſi difficile creance
que les choſes qui arriuent contre le cours ordinaire de la Nature. Mais par des actions prodigieuſes on pouuoit entendre,
qu'elles eſtoient contraires aux
Loix & à la Raiſon, & qu'elles
porteroient malheur à la Republique. Lors que Claudian eſle-

ue Stilichon iusques au Ciel,
il parle des Miracles de ses a-
ctions. Mais quand il fait descendre Eutropius, plus bas, s'il
se peut, que les Enfers, il dit,
que toutes ses actions estoient
des Prodiges, PRODIGIVM EST
QVODCVMQVE GERIT.

Enfin il faudroit vne figure
extremement violente, pour faire changer de place au mot de
Monstre & à celuy de *Prodige*;
Et sans estre accompagnez de
quelque Epithete bien particulier & bien efficace, ils ne peuuent passer de leur signification,
qui est mauuaise, en vne autre
signification, qui soit ou bonne ou indifferente.   Pour le

moins il ne me souuient point
de l'auoir veu , si ce n'est à la
verité dans les Liures du Pere
✳✳✳ , qui sont tous pleins de
Prodiges , aussi bien que d'*Augures* & d'*Auspices* , d'*Orages*
& de *Tempestes*. Il ne se des-
poüille iamais dans ses Liures ,
de cette pompe de langage , &
de ces termes illustres (ainsi les
appelloit - il) On les y trouue
sans les y chercher : Et c'est ce
qui obligea vn grand Prince à
dire de luy , que pour vn Pre-
stre de la Religion Chrestienne, il vsoit vn peu trop souuent
d'*Auspices* & de *Prodiges* ; &
que dans ses Oeuures il n'y a-
uoit gueres moins d'*Orages* que

dans la Mer. Mais Orages, Auſpices, & Augures à vne autre fois. Contentons-nous auiourd'huy de dire qu'en la langue du Pere ★ ★ ★ Salomon eſt vn *Prodige* de Sageſſe; qu'vn autre eſt vn *Prodige* de Sainteté; qu'il y a des *Prodiges* de beauté & des Beautez *Prodigieuſes*. Sans doute s'il euſt eſté Poëte, il euſt chanté dans ſes vers *vn ieune Prodige*, comme Malherbe a chanté *vne ieune Merueille*.

Cela n'empeſche pas que ce bon Pere ne fuſt vn bon Theologien, & vne des Lumieres de noſtre Egliſe : Mais il n'eſtoit pas pour cela la Regle de noſtre Langue. Et il ne faut pas

plus le fuiure, quand il dit, vne
prodigieufe pieté, que quand il
dit de l'Imperatrice Liuie, *Cet-*
te habile Courtifane, & quand
il parle des *Onguens* de Sainte
Marie Madeleine. En quoy
pourtant le Predicateur a voulu encore l'imiter, & mal, fi ie
ne me trompe. Car il eft certain qu'il y a grande difference entre vne Courtifane, & vne
femme de Cour, entre des Onguens & des Parfums. Outre
que ceux-là offenfent les fens,
& font bondir le cœur à ceux
qui ont l'imagination delicate;
fe feruir d'Onguens au lieu de
Parfums, c'eft parler Latin en
François; c'eft prendre vne inuention

uention de la Volupté pour vne composition de la Medecine.

I'auois oublié que le mot de Prodige , & mesme celuy de Monstre pourroient estre employez en bonne part dans les occasions de la Guerre , où il entre non seulement du desordre & de la confusion , mais aussi de la cruauté & de la fureur ; toutes choses mauuaises en elles-mesmes , mais qui sont loüées du Monde , quand elles seruent à la Victoire.

Poi ch'eccitò della Vittoria il gusto
L ppetito del sangue è de' le morti

O

Nel fiero Vincitore; egli fè cosè
Incredibili , horrende è mo-
struose

A mon auis on ne parleroit pas
ainsi des actions de bonté , de
moderation & de prudence ; de
ce qui se seroit passé à l'Hostel
de Ville ou dans le Senat, pour
conclure vn Traité de Paix , vne
alliance entre deux Couronnes,
&c. Reüssir *prodigieusement ,*
monstrueusement dans les Conseils, dans les Negociations; quel
Prodige bon Dieu , & quel
Monstre de langage ! I'aimerois
mieux dire *faire vn excés de mo-*
deration, estre furieusement sage,
estre grandement petit, comme

parle d'ordinaire vne bonne
Dame que ie connois.

NOSTRE homme parfume
d'Ambre-gris les habillemens
de la Reyne dans le Pseaume
quarante-quatriesme, quoy que
la Traduction vulgaire porte
mirrha, gutta, & casia, & que pas
vn de ces trois mots ne puisse signifier l'Ambre-gris, quelque
mot des trois qu'on veüille
choisir pour cela. Cette precieuse odeur n'a point esté connuë
de l'Antiquité, non pas mesme
de l'Antiquité Romaine, qui est
inferieure à celle des Iuifs. Et
i'auoüe bien que dans les cabi-

nets d'yuoire , chantez par le
Pſeaume quarante-quatrieſme;
que dans la Garderobe du Roy
D'auid, & dans celle du Roy Salomon , il pouuoit y auoir des
parfums tres-rares & tres-ex-
quis : Mais ie ſouſtiens qu'on ne
parloit pas plus d'Ambre-gris
en ce temps-là , que des peaux
d'Ambrete & des gans de Fran-
gipane.

Ce n'eſt pas que l'Ambre-gris
ne fuſt au nombre des choſes ;
mais il n'eſtoit pas dans le commerce des hommes. C'eſtoit vn
Enfant de la Nature, qu'elle a caché long-temps dans ſon ſein
auant que d'en manifeſter la
naiſſance, & de l'expoſer ſur le

riuage de la Mer, comme ont
esté exposez ces Enfans illustres,
dont l'Histoire a tant parlé. Cette bonne Mere a fait vn secret de
ce cher Enfant, durant ie ne sçay
combien de siecles, pour le faire
paroistre tout d'vn coup dans le
Cabinet des Roys, auec auantage sur ses Aisnez, les autres Parfums connus de l'Antiquité. Car
il est certain, ie le dis pour la seconde fois, que c'est vne piece
qui a manqué au luxe de Rome,
& à l'elegance de la Grece. Et
qu'ainsi ne soit, ny l'vne ny l'autre n'ont point de terme de leur
crû, pour exprimer ce qu'elles
ne connoissoient pas, vn thresor
non encore descouuert, des deli-

O iij

ces reseruées à la Posterité, le
dernier present que peut-estre
la Nature vouloit faire au Monde. *Ambar* ou *Ambara* est vn
mot originaire d'Arabie, & ne
se trouue que dans les Liures des
nouueaux Grecs: Et c'est encore vne des mesprises de nostre
faiseur d'Onguens, le bon Pere
*** lors qu'il parle dans son Histoire Romaine, des Bains de
l'Empereur Heliogabale. Il asseure qu'ils estoient parfumez
d'Ambre-gris, qui est vn pur don
qu'il fait à ce siecle-là, & vne
marque de sa liberalité, que
nous pourrions appeller prodigieuse.

De cette sorte les Historiens,

ou pour mieux dire les Tradu-
cteurs de l'Hiſtoire ſe permettent d'embellir la Verité : Ils or-
nent ainſi & enioliuent les choſes de l'Antiquité, quand elles
leur ſemblent trop rudes & trop
groſſieres. Parce que l'Ambre
eſt plus eſtimé que la *Caſia*, que
quelques-vns penſent eſtre la
Canelle, le Predicateur croit
bien faire de parfumer d'Ambre
le Pſeaume quarante-quatrieſme. Et par la meſme raiſon, où
il y aura du *Miel* dans vn autre
Pſeaume, vn autre Predicateur
changera ce Miel en Sucre, à
cauſe que le Sucre ſera plus à ſon
gouſt, & qu'il eſt plus nouueau
& en plus grande reputation.

O iiij

A La page 150. il fait son
idole de son sujet , & tombe
dans l'intemperance de ces Orateurs violents , qui vont touf-
jours plus loin que leur but , &
ne croyent iamais en dire affez,
s'ils n'en difent trop. Chofe
eftrange , qu'ils ne puiffent efti-
mer vn Saint , fans mefprifer
tous les autres Saints. Quelquefois mefme dans la chaleur de
leur Eloquence , il leur efchape
quelque mot , peu auantageux
au Saint des Saints, & qui bleffe-
roit la gloire du Dieu jaloux , fi
l'innocence de l'intention n'ex-
cufoit l'imprudence du mot. Ce

n'eſt pas vn vice de noſtre Siecle. l'ay remarqué le meſme dé-
reglement dans le Chœur d'vne
ancienne Tragedie, où vn Deuot inuoquant Hercule, receu
depuis peu au nombre des
Dieux, *O Hercule*, luy dit-il, *à*
cette heure que tu habites le Ciel,
tu lanceras la Foudre auec plus de
force que Iupiter. Ainſi le Deuot
ſe laiſſe emporter à la violence
de ſon zele, & offenſe le Pere
pour loüer le Fils.

IE voy que vous auez pris
garde au coup d'ongle que
i'ay donné ſur les *Gaulois de la*
Deeſſe Cybele. Il eſt vray qu'en

cet endroit le Predicateur s'est
mespris, & a fait vn equiuoque. Mais s'il a failly, sa fauté
n'est pas sans consolation, ayant
failli apres saint Hierosme, qui
s'est equiuoqué le premier. *Galli Cybeles* ou *famuli Cybeles* se
doiuent rendre en François, par
les Prestres ou les Ministres de la
Deesse Cybele. Et on ne les appelloit pas *Galli*, pour estre nais
dans la Prouince des Gaules,
mais à cause d'vn fleuue de la
Phrygie nommé *Gallus*, dont
l'eau mettoit en fureur ceux qui
en beuuoient, & sur le riuage duquel ces Prestres furieux
vacquoient au seruice de leur
Déesse.

Vous voyez l'Equiuoque, causé par la ressemblance du mot. Mais combien en voyons-nous de mesme nature ? Nous sommes en vne saison si fertile en equiuoques, que nouuelle-ment le premier homme de no-stre Siecle a pris le Grammairien Terentianus Maurus pour vn personnage des Comedies de Terence, & l'a appellé *le Maure de Terence*. Vn autre a crû, tant il est bien versé en l'Histoire Ec-clesiastique, que saint Epiphane & l'Epiphanie auoient esté le frere & la sœur. Vn autre ex-cellent Geographe , comme vous pouuez penser, s'est ima-giné que Sodome estoit la capitale Ville de Bulgarie.

Mais pour reuenir à saint Hierosme , son opinion me semble
remarquable par sa singularité,
& ie ne croy pas que personne
ait dit deuant luy que les Romains se voulant venger de la
prise de Rome contre les Gaulois, prissent des gens de cette
Nation, pour les faire Prestres
de Cybele, apres les auoir fait
Eunuques. Vne opinion si particuliere se trouue dans son Commentaire, sur le quatriesme Chapitre du Prophete Osée , & le
passage merite que vous le li-
siés. Socrate fit apporter le
cinquiesme tome des Oeuures
de saint Hierosme , & nous

donna à lire ce qui s'enfuit.

QVONIAM IPSI CVM MERE-
TRICIBVS CONVERSABANTVR,
ET CVM EFFOEMINATIS SA-
CRIFICABANT. *Hi sunt quos ho-
die Romæ, Matri non Deorum,
sed Dæmoniorum seruientes Gallos vocant. Eo quod de hac gente
Romani truncatos libidine in honorem Atys (quem Eunuchum
Dea meretrix fecerat) Sacerdo-
tes illius manciparint. Propterea
autem Gallorum Gentis homines
effœminantur, vt qui vrbem Ro-
mam ceperant, hac feriantur
ignominia.*

Saint Hierofme, aioufta Socrate, n'euft pas debité cette Hiftoire, s'il fe fuft fouuenu de ces
vers,

Cur igitur Gallos, qui se exci-
dere vocamus,
Cum tantùm à Phrygia Galli-
ca distet humus?
Inter, ait, viridem Cybelen al-
tasque Celenas,
Amnis it insana, nomine Gal-
lus, aqua:
Qui bibit inde, furit, Procul hinc
discedite queis est
Cura bonæ mentis, qui bibit in-
de, furit.

Vous diriez qu'Ouide par vn
esprit de diuination, & pre-
uoyant que saint Hierosme
prendroit l'vn pour l'autre, a fait
ces vers tout exprés, pour empescher qu'il ne se mesprit.

Neanmoins comme vous voyés,
il s'eſt eſgaré en beau chemin, &
quoy qu'il ne manquaſt pas de
guide. Tirons de l'inſtruction de
cette remarque, & n'en prenons point de vanité. Recon-
noiſſons auec beaucoup de reſpect pour la perſonne de ſaint
Hieroſme, qu'il n'y a point de
force qui ne ſoit accompagnée
de foibleſſe, point de ſcience qui
ne ſoit meſlée d'erreur. Conſo-
lons-nous en cette rencontre,
mais ne triomphons point de
cet exemple. Vne faute de memoire ou d'attention ; Vn peu
trop de credulité, ou trop de de-
ference au teſmoignage d'autruy, n'effacent pas la gloire de

tant de gros volumes d'excellentes chofes; ne ruinent pas le
merite d'vn iugement exquis,
& d'vne Doctrine extraordinaire. Pour vne legere béueuë, pour
vn petit equiuoque, faint Hierofme ne doit point perdre fon
rang, parmy ceux qui ont veu
plus clair que les autres : Il n'en
eft pas ny moins grand Saint ny
moins grand Docteur. Les hommes ne font pas les mefmes hommes à toutes les heures du iour :
Comme les Fous ont quelquefois de bons interualles, les Sages en ont quelquefois de mauuais.

O

O Gouffres! ô Abiſmes de l'a-
mour de Dieu ! Iettons-nous dedans ſans apprehender; il y a du
plaiſir à s'y perdre.)

Ie ſuis de l'auis du Predicateur, & ne blaſme point cette
belle fougue de deuotion. Les
abiſmes de l'amour de Dieu
ſont les ſeuls abiſmes où il y a du
plaiſir à ſe perdre, parce qu'vne
telle perte eſt auantageuſe, &
qu'on ſe retrouue en ſe perdant.
Quand vn mouuement extraordinaire de pieté pouſſe les ames
hors de leur aſſiette naturelle,
elles changent de place pour
eſtre en vn meilleur lieu. Les
cheutes ſont heureuſes quand

P

on tombe de la Terre dans le Ciel. Il n'y a point d'esleuation qui soit si haute que pareilles cheutes, & ce n'est pas de la mesme sorte qu'Agrippine *fit descendre son Mary dans le Ciel.*

Vn iour nous pourrons dire quelque chose de cette descente que vous auez veuë dans les Satyres de Iuuenal. Disons maintenant que c'est vn desespoir heroïque, que c'est vne diuine fureur de se precipiter dans la Souueraine felicité. Disons que l'infinité de ce bon-heur ne sçauroit estre mieux representée que par la vaste estenduë de l'Ocean, que par la profondeur de ses gouffres & de ses abismes. Les

choſes de l'autre Monde ſont ſi
grandes, qu'il n'y a point d'excez qui ne deuienne mediocrité, lors qu'il eſt queſtion de les
faire entendre à ce Monde icy.
Il n'en eſt pas de meſme des choſes inferieures, qui ont leurs pro-
portions & leurs meſures, ſelon
leſquelles il en faut parler. Rien
n'eſt ſi voiſin du haut ſtile que le
Galimatias: Le Ridicule eſt vne
des extremitez du Subtil. Et ie
ne puis approuuer ce Poëte Italien, qui apres auoir loüé toutes
les beautez d'vne riuiere, pour
couronner toutes ſes loüanges
par vne ſubtilité merueilleuſe,
conclut *que l'eau en eſt ſi belle,*
qu'il y auroit de la volupté à s'y

noyer. Vn autre Italien, parlant
de la mort de Marulle qui fut
emporté par le courant d'vne autre riuiere, la voulant paſſer à
gué; *Il meritoit*, dit-il, *de ſe noyer
dans la riuiere des Muſes*

　*Aonio mergi flumine debue-
rat.*

Comme ſi on ſe noyoit plus
doucement & plus agreablement en vne riuiere qu'en vne
autre. Comme ſi mourir en Grece eſtoit plus de la dignité d'vn
grand Perſonnage, que de mourir en Barbarie.

　Ie receurois mal ces ſortes de
ſubtilitez, quand elles me vien-
droient de Rome & du Vatican. Et ie n'ay garde de trouuer

bon qu'on redie en France, *se
noyer dans vn fleuue de delices,*
quoy que celuy qui l'a dit la
premiere fois , foit vn de mes
chers amis : Ne luy en defplaife,
ce n'eft pas penfer à ce qu'on
dit. Se noyer eft vne mauuaife
chofe, fuft-ce dans vne pipe de
Maluoifie qu'on fe noyaft: Vous
fçauez l'exemple de l'Hiftoire
d'Angleterre. Le terme de fe
noyer ne peut exprimer la poffeffion d'vn bien , la ioüiffance
d'vn plaifir , vn eftat où l'on fe
trouue à fon aife. L'image d'vn
homme qui fe noye, en quelque
lieu que ce foit, en quelque liqueur que ce puiffe eftre, ne peut
iamais eftre que funefte:Elle of-

fenſe touſiours les yeux & l'eſprit? Elle n'eſt gueres plus agreable que celle d'vn homme qui
ſe pend ; quand il ſe pendroit
auec vne corde d'or & de ſoye;
quand ce ſeroit auec vn collier
de diamans ou de perles, & qu'il
choiſiroit pour cela le plus beau
Cedre du mont Liban.

LE peu de reſpect que les Miniſtres portent aux Peres en les
alleguant, &c.)

Ils commencent pourtant à
eſtre vn peu plus honneſtes, &
à les traitter plus ciuilement.
Depuis quelque temps ils s'ac-
couſtument à ſaint Hieroſme, à

saint Auguftin , & à faint Ambroife. De dire comme ils di-
foient autrefois, Hierofme, Auguftin, & Ambroife, il me femble que c'eft dégrader les Peres,
en les alleguant. Mais non feulement c'eft les dégrader, & leur
ofter vne qualité que l'Eglife &
leconfentement desPeuples leur
a donnée : C'eft de plus leur dé-
rober vne partie de leur nom;
c'eft en retrancher la premiere
& la plus importante fillabe.
Saint eft tellement ioint & lié,
tellement colé & incorporé à
Ambroife, à Hierofme, & à Auguftin, qu'il en fait comme vn
membre effentiel: Il en fait mefme la tefte, & le refte n'eft plus

que son tronc. Ce seroit donc les
décapiter que de leur rauir ce
tiltre, sans lequel ils ne sont
pas reconnoissables au Monde
Chrestien. A mon gré ils ne seroient pas plus défigurez, si on
les appelloit *Broise*, *Rosme & *
Gustin, qui si on les appelle sim-
plement Ambroise, Hierosme,
& Augustin.

Mais auoüons la verité toute
entiere. Comme c'est estre trop
Huguenot, que de nommer ainsi
les saints Peres, aussi c'estoit faire trop le Catholique, & vouloir
estre trop opposé aux Huguenots, que d'aiouster le nom de
Monsieur à celuy de *Saint*, &
d'appeller Monsieur saint Am-

broiſe, Monſieur ſaint Hieroſme, & Monſieur ſaint Auguſtin.
Dans la lumiere de la gloire qui
les enuironne & qui les penetre
de tous coſtez; dans la Souueraine Grandeur, dont ils ſont en
poſſeſſion, ils ſont eſleuez d'vne
diſtance infinie, au deſſus de nos
qualitez & de nos tiltres: au deſſus de noſtre Monſieur, de noſtre Monſeigneur, & meſme de
noſtre Sire. Neanmoins au
temps de nos Peres, les Egliſes
de Paris retentiſſoient de pareils
Meſſieurs : Le Barreau ſuiuoit
l'exemple des Chaires, & l'Auocat General de la ſainte Ligue, le
celebre Louys d'Orleans, n'alle-
guoit iamais les Peres d'vne au-

tre façon : Ce Ligueur zelé penfoit par là , faire honneur aux
Saints , & faire dépit aux Huguenots.

C'*Est la beauté de l'Eglise &
la Gloire de l'Humilité , de voir
les Roys prosternez deuant les
Prestres; de les voir descendre de
leur Throsne pour se soufmettre au
Tribunal de la Confeßion.*)

Cela s'appelle parler noblement des affaires de l'Eglise &
des choses de la Religion. I'approuue bien plus ce langage,
que celuy du Pere que nous
auons veu à la Cour, & qui apres
en estre forti, auoit accoustumé

de parler de cette forte , *Du
temps que i'auois l'honneur de feruir le Roy en fa confcience ,* pour
dire *du temps que i'eftois Confeffeur du Roy.* La Phrafe me femble bien delicate. En cette occafion le mot de *feruir* eft inferieur
à la chofe qu'il fignifie : Il au ilit la
nobleffe de l'action & la dignité
du Miniftere; Il eft trop Courti-
fan, & fent trop la Milice Pa-
latine.   Le Confeffeur du Feu
Roy d'Efpagne connoiffoit bien
mieux la grandeur de fa Charge , & la Souueraineté de la Iurifdiction qu'il exerçoit.   Vn
iour le Duc de Lerme le voulut
traitter de petit Compagnon, &
luy parler aueque mefpris.   A

qui pensez-vous auoir affaire,
luy respondit-il : Voſtre faueur
eſt bien moindre que la mienne:
SÇACHEZ QVE VOVS VOVS
ATTAQVEZ A VN HOMME,
QVI A TOVS LES IOVRS DIEV
ENTRE LES MAINS, ET VNE
FOIS LA SEMAINE LE ROY A
SES PIEDS. Nous apprenons de
là, le ſtile du Confeſſeur, dans la
brouillerie qu'il eut auecque le
Fauory, & la deuotiõ du Roy,
qui ſe confeſſoit toutes les Se-
maines.

EN ce temps-là la Prouidence diuine eſtoit accuſée par les
hommes, de la longue proſperité

d'vn si mauuais Prince.)

Il est vray qu'on parloit ainsi,
auant que la Religion Chrestienne eust reformé le langage.
On accusoit les Dieux de tout le
mal que faisoient les hommes.
La Prouidence diuine estoit prise tous les iours à partie, par quelqu'vn qui se plaignoit que les
choses du monde n'alloient pas
comme il eust voulu. CE TY-
RAN HEVREVX PORTE TES-
MOIGNAGE CONTRE DIEV.
C'est vn ancien mot allegué par
vostre Ciceron ; Et il n'est rien
de si vulgaire dans les vers des
Poëtes payens , que le crime de
leurs Dieux & de leur Destin:
Crimen Deorum , Fatorum cri-

men, &c. Cinthia est malade, &
si elle meurt de sa maladie, dit le
Poëte amoureux de Cinthia,
vne si belle Morte sera le crime
du Dieu de la Medecine.

> *Tam formosa tuum Mortua*
> *crimen erit.*

Depuis Constantin mesme,
& sous les enfans de Theodose,
il y a des exemples de ces blas-
phemes Poëtiques, & de cette
profane liberté. Si Rufin n'eust
esté puni de ces crimes, on alloit
appeller les Dieux en iustice,
comme fauteurs & complices
de Rufin :

> *Abstulit hunc tandem Rufini*
> *pœna timorem,*

Abſoluitque Deos.

Vn de nos Poëtes a dit ie ne
ſçay quoy de ſemblable; Mais en
verité d'vne excellente maniere, & ſa copie paſſe tous ſes originaux. Ie vous la propoſe comme vn chef-d'œuure, dans cette
Ode qu'on peut oppoſer aux
plus belles & aux plus acheuées
de l'Antiquité. Le Dieu de Sei-
ne parle à vn Fauory, qui paſſoit
ſur le Pont-neuf.

> *Va-t'en à la mal'heure, excre-*
>   *ment de la Terre,*
> *Monſtre qui dans la Paix fais*
>   *les maux de la Guerre,*
> *Et dont l'orgueil ne connoiſt*
>   *point de loix;*

Abſoluitque Deos.

Vn de nos Poëtes a dit ie ne
ſçay quoy de ſemblable; Mais en
verité d'vne excellente maniere, & ſa copie paſſe tous ſes originaux. Ie vous la propoſe comme vn chef-d'œuure, dans cette
Ode qu'on peut oppoſer aux
plus belles & aux plus acheuées
de l'Antiquité. Le Dieu de Sei-
ne parle à vn Fauory, qui paſſoit
ſur le Pont-neuf.

Va-t'en à la mal'heure, excre-
    ment de la Terre,
Monſtre qui dans la Paix fais
    les maux de la Guerre,
Et dont l'orgueil ne connoiſt
    point de loix ;

& que ie voudrois auoir changé
pour vn autre.

Excrement de la Terre me
semble trop bas pour vn Tyran,
c'est à dire pour vn Criminel illustre, nay à la ruine de la Patrie,
alteré du sang des Citoyens, &
partant plus haï que mesprisé.
Engeance de la Terre seroit
peut-estre mieux, parce qu'il feroit allusion à la naissance des
Geans, que la Fable appelle enfans de la Terre. Le mot *d'excre-*
ment est d'ailleurs assez vilain, &
d'assez mauuaise odeur : En sa
plus honneste signification, il ne
peut signifier que les rats, les
mousches, les vermisseaux, &
autres creatures imparfaites,

Q

qui se forment de la corruption
de la Terre.

*SI Alexandre n'eust pas esté
Alexandre, il eust voulu estre
Diogene. Tant la Pauureté ver-
tueuse se fait estimer par la
Royauté mesme & par la Gran-
deur.)*

Pour moy, en cette occasion
ie ne sçaurois estre complaisant
à la Royauté mesme & à la
Grandeur. Celuy que toutes les
Nations & que tous les Siecles
ont loüé, n'aura point icy de mes
loüanges. SI IE N'ESTOIS ALE-
XANDRE, IE VOVDROIS ESTRE
DIOGENE. Le Predicateur a

trouué ce mot extrémement
bon, & moy ie le trouue extrémement mauuais. Car à voftre
auis, & dans la verité de la chofe, qu'eft-ce que d'eftre Diogene?Ie vais vous le dire, en tradui-
fant feulement le Texte Grec,
fans aucune addition de mapart.

Eftre Diogene, c'eft violer les
Couftumes eftablies & les Loix
receuës; c'eft n'auoir ny pudeur
ny honnefteté; c'eft ne connoiftre ny parent, ny hofte, ny amy;
c'eft ou iapper, ou mordre touf-
jours; c'eft manger en plein
marché vne fole cruë ou de la
viande toute fanglante ; c'eft
offenfer les yeux du Peuple par
des actions encore plus fales &

Q ij

plus vilaines ; des actions pour
lesquelles il ne doit point y auoir
d'assez grand secret ny d'assez
profonde solitude. Voila ce que
c'est que d'estre Diogene, & ce
qu'Alexandre vouloit estre, s'il
n'eust esté Alexandre.

Il ne pouuoit pas sortir vn
plus mauuais mot de la bouche
du Disciple d'Aristote, & le Predicateur ne pouuoit pas desobli-
ger dauantage ceux qu'il auoit
dessein de loüer, qu'en se ser-
uant d'vne comparaison si o-
dieuse, pour le moins à quiconque n'est pas estranger dans les
bons Liures. La modeste Pauureté des Philosophes Chrestiens n'a rien de commun auec

la Gueuſerie effrontée des Philoſophes Cyniques. Ces Philoſophes extrauagans faiſoient
profeſſion d'orgueil, d'impudence & d'impureté : Ils haïſ-
ſoient les Hommes, ſous pretexte de haïr les Vices : Ils vouloient
que leur barbe, que leur miſere,
que leurs ordures fuſſent ado-
rées. Tout ce que ie viens de dire eſt bien eſloigné de la douceur, de la chaſteté, de l'humilité du Chriſtianiſme : Nos Philoſophes ſont les Antipodes de
ceux-là.

CHoſe deplorable ! Ils nient
celuy qu'ils ne peuuent ignorer.

Q iij

La Cour, les Villes, & la Campa-
gne sont pleines de ces gens-là.
Autrefois l'Impieté n'alloit que
de nuit, & ne parloit qu'à l'oreil-
le : Auiourd'huy elle triomphe en
plein iour, &c.)

Ie ne puis luy accorder ce
qu'il dit. Son exageration est
trop iniurieuse à la France, & au
temps present. Il n'est point de
Siecle, ie le sçay bien, qui ne soit
remarquable par quelque Monstre : Mais le bon est que les Monstres ne font point d'espece, &
qu'ils finissent sans multiplier.
Quand mesme ils ne seroient
pas steriles, & que la corruption
des mœurs les voudroit faire
durer dans le Monde, la Police

de France pouruoit à cet inconuenient, & les Parlemens cha-
ftient ceux qui font efchapez à
l'Inquifition.

Ie vous diray à ce propos que
i'ay efté fpeétateur de l'horrible
Tragedie, dont vous auez efté
Auditeurs plus d'vne fois, puis
que vous auez veu fouuent le
Cheualier de l'Efcale. Ie parle
de la mort de Lucillio, à laquelle ie ne fonge iamais qu'il ne me
reffouuienne de celle de Capanée. Cette Fable deuant Thebes eft deuenuë Hiftoire à Tho-
lofe: Et vous ne ferez pas fafchés,
ie connois voftre curiofité, que
ie vous face la Comparaifon de
deux Speétacles, qui ont tant
Q iiij

de rapport l'vn à l'autre.

Confiderés dans le dixiefme Liure de la Thebaïde, cet enne-my de la Religion receuë & des Loix de fon Païs. Il fait profef-fion de n'adorer que fon bras & que fon efpée. Ce font les feules Diuinitez qu'il reconnoift, & qu'il inuoque allant au combat. Voyez comme il défie Iupiter & fon Tonnerre ; comme il fe moque d'Apollon & de fes Ora-cles ; comme il ne fçauroit ou-urir la bouche, fans brauer les Puiffances Superieures. A la fin vne fi haute infolence ne pou-uant plus eftre fupportée, & le Ciel eftant las d'eftre outragé par vn enfant de la Terre, il fal-

lut luy faire fentir la foudre qu'il
mefprifoit : & le punir de la peine des Geans. Capanee eft donc
abbatu, à la veuë de Thebes, &
de l'Armée, par vn coup qui fait
trembler les Affiegez & les Af-
fiegeans. Mais il eft tout en feu,
& il blafpheme encore en cet
eftat-là. N'ayant plus ni parole
ny voix, il murmure & fouffle
contre le Ciel. Il voudroit ton-
ner auffi bien que luy. Il luy fafche que Iupiter ait le dernier
mot ; Et pour conclure auecque
le Poëte, qui a reprefenté vne extrauagance fi furieufe,

Si le premier efclat ne l'auoit
mis en poudre,

Il alloit meriter vne seconde
foudre.

L'Original Latin porte.

Et si iam tardius artus
Cessissent, poterat fulmen me-
ruisse secundum.

Apres auoir leu dans les Traductions d'Amyot,

Elle produit drogues medeci-
nales
Tout pesle-mesle, autant bonnes que males

Et

Cétuy, malgré Phebus, a seme
des enfans,

Ie me suis hazardé de traduire
aussi à ma mode les vers des Anciens, & de dire en rime, QVE

LES TOVRMENS NE CONVER-TIRENT POINT LE COVPABLE.

Mais pour venir à la seconde
piece de noſtre comparaiſon,
Capanée n'a-t'il pas eſté la figure de Lucillio, & Lucillio n'a-t'il
pas ioüé, tout de bon, le Capanée de ſon Siecle ? N'a-t'il pas
fini par la meſme Cataſtrophe ?
Il eſt certain qu'il conſerua ſes
abominables opinions iuſques
dans la mort & dans les ſupplices. N'ayant plus de langue ſur
l'eſchaffaut (car elle luy fut coupée dés la priſon) il faiſoit des
ſignes d'impieté.   Son obſtina-
tion & ſa dureté ne purent eſtre
vaincuës, ny par la ſeuerité des
Iuges, ny par la doctrine des

Theologiens, ny par la presence du feu, ny par le voisinage de l'Enfer. Cet homme visiblement reprouué a noirci son Siecle par sa naissance; a souillé par sa vie & par sa mort, nostre pays & le sien. Mais quoy qu'il en soit, ce n'estoit qu'vn homme, & cet homme n'a laissé ny Race ny Secte.

On ne peut donc pas dire que la Cour, les Villes & la Campagne soient pleines de ces gens-là: Beaucoup moins que l'Impieté triomphe en France, puis que les Impies y sont bruslez tous vifs, quand on les defere à la Iustice, comme Lucillio à Tholose; & qu'ils sont traisnez à la voi-

rie apres leur mort, quand leur
mort preuient leur condamna-
tion, comme Cosme Roger à
Paris. Vous verrez à loisir, cette
autre Tragedie, dans les Liures
de la Vie de Monsieur de Thou.
Mais auouëz-moy cependant
que voila vn Triomphe bien tri-
ste & bien funeste au Triom-
phateur. Et remarquez de plus,
s'il vous plaist, qu'outre que ces
exemples sont rares en ce
Royaume, ils sont de deux hommes venus de de-là les Monts.
L'vn estoit de Florence, & l'autre de Naples : Et i'aime beaucoup mieux encore que le troisiesme Exemple que i'ay à vous
alleguer, & que ie vous promis

il y a quelques iours, foit d'vn
Prince eftranger, que s'il eftoit
d'vn Prince François.

Vne heure auant que ce Prince rendift l'efprit, le Theologien
Proteftant, qui prefchoit d'ordinaire deuant luy, l'eftoit venu
vifiter, accompagné de deux ou
trois autres de la mefme communion. S'approchant de fon
lit auec vne profonde reuerence, il le coniura au nom de toute leur Eglife, de vouloir rendre
quelque tefmoignage de la Religion qu'il profeffoit, & de faire
vne efpece de confeffion de Foy,
qui puft eftre recueillie de la
Compagnie: Afin, difoit-il, que
les dernieres paroles d'vn fi

grand Perſonnage ſe conſeruaſ-
ſent dans la memoire des hommes, & donnaſſent de l'autorité
à l'opinion qu'il auoit ſuiuie. A
cette demande le Prince ſe mit
vn peu à ſous-rire, & luy reſpon-
dit incontinent apres, *Monſieur*
mon amy, i'ay bien du deſplaiſir
de ne vous pouuoir donner le con-
tentement que vous deſireȥ de
moy. Mais vous voyeȥ que ie ne
ſuis pas en eſtat de faire de longs
diſcours, ny de vous rendre conte
de ma Creance par le menu. Je
vous diray ſeulement en peu de
mots , QVE IE CROY QVE
DEVX ET DEVX FONT QVA-
TRE , ET QVE QVATRE ET
QVATRE FONT HVIT : *Mon-*

sieur Tel, monstrant du doigt vn Mathematicien qui estoit là present, *vous pourra esclaircir des autres points de nostre Creance.*

Cette Histoire, connuë de peu de personnes est vn secret domestique, que ie tiens d'vn Gentil-homme d'honneur & bien informé. Ie ne vous nomme point le Prince qui auoit vne si belle Religion : Il me suffit de vous dire qu'il ne manquoit pas des vertus morales. Il ne iuroit que Certes, & ne buuoit que de la Tisanne. Il estoit extrémement reglé en tout ce qui paroissoit de luy au dehors. Et c'est dequoy ie m'estonnerois extrémement

mement, ſi ie n'auois vn peu
eſtudié le Monde. C'eſt ce qui
m'oblige d'auouër à la honte de
la Nature humaine, que l'Homme eſt vn animal bien diuers &
bien bigarré ; que les Centaures
& les Chimeres ne l'eſtoient pas
dauantage; que non ſeulement il
eſt compoſé de pieces differentes , mais quelquefois auſſi de
pieces contraires.

Ie ne trouue point eſtrange
que la Santé s'eſchape de la ſu-
jetion des Loix ; que la Deſbauche ſoit oublieuſe de ſon deuoir,
que le Vice engendre l'Impieté.
Mais de voir au milieu de la
mort vne froide & tranquille
meſcreance ; Mais de dire qu'on

R

puiffe eftre furieux fans efmotion; que la Douceur & la Modeftie fe rencontrent auec les derniers effets de la Rage & du Defefpoir, auec le renuerfement des Temples & des Autels, c'eft en verité ce que ie ne puis pas bien comprendre. Sera-ce vn Sobre & vn Continent, qui viendra efbranler les fondemens de l'eftat du Monde; qui fe declarera·Ennemy de l'ordre & des reglemens de la grande Republique? Ces derniers Impies font encore plus rares que les premiers, & à Dieu ne plaife qu'il y ait multitude des vns ny des autres. Ie ne fçaurois le croire pour l'honneur de noftre Siecle.

SVR la fin du dernier Sermon il y auroit bien de la matiere à remuër, pour vne humeur reprenante, & pour vn Grammairien pointilleux. Mais ne ſoyons ny trop ſeueres ny trop indulgens. Arreſtons-nous à quelque terme douteux, & qui vaille la peine d'eſtre examiné : Paſſons ſur les autres, qui ſont abſolument bons, ou abſolument mauuais. Mais ie vous demande premierement, du nombre deſquels vous croyez que ſoient ceux-cy ; *La Superbe* pour l'Orgueil, *Emperiere* pour Imperatrice, *Affectueuſement* pour

R ij

Paſſionnément, &c. Toute la Compagnie trouua qu'ils n'eſtoient pas abſolument bons. Il n'y eut que le Vicaire de la Parroiſſe, qui s'oppoſa à ce iugement: Et là-deſſus ayant allegué des Auteurs, dont perſonne que luy ne reconnoiſſoit l'autorité, Socrate ſe contenta de luy reſpondre par vn ſigne de teſte, & continua ſon Examen.

A Voſtre aduis eſt-il permis à vn Orateur, & meſme à vn Poëte de dire que *Godefroy de Boüillon*, *& tant d'autres Heros Chreſtiens ont eſté planter leurs lauriers iuſques ſur les ri-*

ues de l'Euphrate?

Planter des lauriers n'est autre chose, ce me semble, en sa plus noble signification, que de faire des allées ou des pallissades, & cette action appartient à l'Agriculture, & non pas à l'Art de la Guerre. Les Iardiniers plantent les lauriers, & on en couronne les Victorieux. C'est à quoy peu de nos gens ont pris garde, & ces belles phrases sont imprimées dans les plus beaux Ouurages que nous ayons. Ne croyez-vous pas que pour bien parler, il faudroit parler plus correctement? Cesar a merité mille lauriers & mille statuës : Il y a pourtant grande difference en-

R iij

tre Cefar & vn planteur de lauriers, entre vn Conquerant &
vn faiſeur de ſtatuës. Les Iardiniers & les Bouquetiers, les
Sculpteurs & les Doreurs four-
niſſent l'eſtoffe, & les ornemens
du Triomphe; trauaillent à la
decoration des Theatres, & au
reſte de la ceremonie, qui doit
honorer les actions militaires:
Mais ceux qui ont fait ces
actions, & qui doiuent triom-
pher, ne ſe meſlent point de ce
trauail.

SAinte Paule, cette braue Veuue, cette Heroïne de ſaint Hieroſme.

C'eſt l'opinion d'vn de nos amis
que l'epithete de *Braue* ne ſe
peut donner à vne femme, qui
ne va point à la Guerre, & par
conſequent qu'il n'appartient
de droit qu'à Pentheſilée, Reyne des Amazones, qu'à Tomyris
Reyne des Scites, qu'à Zenobie
Reyne des Palmyreniens, &c.
Au deça de la riuiere de Loyre
on dit *vn braue Auocat*, & *vn*
braue Predicateur. Et peut-
eſtre qu'en quelque lieu plus eſloigné de Paris, & plus voiſin
des Monts Pyrenées, on dit vn
vaillant Auocat, & vn vaillant
Predicateur. Nous auons veu à
la Cour vn Autheur de ce pays-là,
qui ſe vantoit de tailler ſa plume

auec son espée : N'estoit-ce pas
vn vaillant Auteur ? Vn Prelat
du mesme païs , Deputé à l'Af-
semblée des Estats generaux te-
nuë à Paris, respondit à vn autre
Deputé, qui luy contestoit quelque chose , dans l'Assemblée;
Hors d'icy vous n'oseriez me le
soustenir l'espée à la main. Ce
Prelat n'estoit-il pas vn vaillant
Prelat ?

PVIS-QV'IL se sert de *Reli-*
ques où il deuroit se seruir de *Re-*
stes , ie m'imagine qu'en quelqu'autre lieu , il prend les *Restes*
pour les *Reliques.* Comme il dit
icy les Reliques de la Guerre,

recueillir les Reliques de ſon Naufrage , ſauuer les Reliques de ſa Fortune, il y a de l'apparence qu'il dit ailleurs, les Reſtes de ſaint Pierre & de ſaint Paul , honorer les Reſtes des Martyrs, aller à l'adoration des Reſtes , le iour du Ieudy abſolu. Il y a certains mots conſacrez à la Religion & aux choſes ſaintes : Il ne faut pas les profaner en les employant à vn autre vſage , & il me ſemble que le mot de *Reliques* eſt vn de ceux-là.

SAint Paul auoit fort bonne grace quand il diſoit.)
Ou ie me trompe, ou la bon-

ne grace n'eſt pas plus icy en ſa
place que la beauté. I'aimerois
autant qu'il diſt, ſaint Paul eſtoit
bien ioli de dire, ou, ſaint Paul
nè fut iamais plus agreable que
quand il diſoit.

MAIS la nuit eſt deſia bien
auancée, & dix heures viennent
de ſonner. Laiſſons vn Examen
ſi peu important, pour ſonger à
celuy de noſtre conſcience. Pour
vacquer à la choſe, qui eſt ſeule
neceſſaire, quittons les autres
choſes, qui ſont toutes inutiles. Ce que nous allons faire
dans la Chapelle, vaut bien
mieux que ce que nous venons

de faire dans le Cabinet.

Vous vous souuenez du vieux
Pedagogue de la Cour, & qu'on
appelloit autre-fois le Tyran
des mots & des fillabes, & qui
s'appelloit luy-mefme, lors qu'il
eftoit en belle humeur, le Grammairien à lunettes & en che-
ueux gris. N'ayons point deffein
d'imiter ce que l'on conte de ridicule de ce vieux Docteur. Noftre ambition fe doit propofer
de meilleurs Exemples. I'ay pitié d'vn homme qui fait de fi
grandes differences entre *pas* &
point; qui traitte l'affaire *des Ge-
rondifs* & *des Participes*, comme fi c'eftoit celle de deux Peuples voifins l'vn de l'autre, & ia-

loux de leurs frontieres. Ce Docteur en langue vulgaire, auoit
accouftumé de dire que depuis
tant d'années, il trauailloit à dé-
gafconner la Cour, & qu'il n'en
pouuoit venir à bout. La Mort
l'attrapa fur l'arrondiffement
d'vne Periode, & l'an climaterique l'auoit furpris, deliberant fi
Erreur & *Doute* eftoient maf-
culins ou feminins. Auec quelle
attention vouloit-il qu'on l'ef-
coutaft, quand il dogmatifoit
de l'vfage & de la vertu des Par-
ticules?

Croyons-en les anciens Peres, & fi vous le voulez, croyons-
en mefmes les Peres Modernes.
Suiuons le confeil que le Pere

Leonard Leſſius donnoit à ſon
ami Iuſte-Lipſe. C'EST ASSEZ
FAIRE L'ENFANT, ET S'AMV-
SER A CE IEV DE MOTS ET
DE SILLABES; IL FAVT VIEIL-
LIR PLVS SERIEVSEMENT, ET
DANS DE PLVS GRAVES ET
DE PLVS IMPORTANTES PEN-
SE'ES. La proprieté, la regularité, la beauté meſme du langage ne doit pas eſtre la fin de
l'homme. Il ne faut pas ſonger aux roſes & aux violettes,
quand la ſaiſon de la recolte eſt
venuë.

DE LA LECTVRE
DES
SAINTES ESCRITVRES,
ET DES SAINTS PERES.

DISCOVRS ONZIESME.

V de-là du Cabinet, où nous auions accoustumé de nous assembler, il y a vne petite Galerie, qui regarde sur la Riuiere, & qui est détachée du reste de la Maison. On y monte par vn escalier desrobé, & le Maistre du logis la pourroit ap-

peller fa Bibliotheque, s'il vouloit donner au choix le nom qui
fe donne à la multitude. Il n'y a
que de bons & de faints Liures
en cette Galerie, & Socrate
n'ayant plus de commerce qu'a-
uec ces derniers, les vifitoit d'ordinaire le matin, apres auoir fait
fes prieres dans vne Chapelle
proche de là.

Durant ce temps priuilegié,
dont il ne faifoit part à perfonne,
il s'entretenoit auec les Prophetes & les Apoftres; auec les Peres Grecs & Latins. Il s'adreffoit
tantoft à l'vn & tantoft à l'autre;
eftans tous ouuerts fur de grands
Pupitres de fapin, verni d'vn
verd extremement vif, la pluf-

part à trois & à quatre faces. Vn
iour qu'il nous tardoit à venir,
& que l'heure de sa sortie appro-
choit, quelqu'vn de la troupe
plus libre & plus hardi que les
autres, nous conseilla de monter
dans la Galerie. Nous le trouuaf-
mes aupres d'vn de ces Pupitres;
le vieux Testament, les Oeuures
de saint Denis, & vn Tome des
Homilies de saint Chrisostome
deuant luy. Il ne fut pas fasché
de nous voir, encore qu'il ne
nous attendist pas : Et apres
quelques ciuilitez qui durerent
peu, il nous fit ce Discours, pour
nous rendre conte de ce qu'il
faisoit.

Donnons

DONNONS pour le moins ce qui nous reſte, à Celuy à qui nous deuions auoir tout donné. Nous auons veſcu auec Herodote & auec Homere: Mourons aueque Moïſe & aueque Iob. Ie cherche icy dequoy me rendre plus homme de bien, & non pas plus eloquent; quoy que l'eloquence ſe trouue icy, auſſi bien que la vertu; quoy que la Critique payenne ait remarqué ſon Genre ſublime, dans le ſtyle de Moïſe. Mais cette ſublimité de ſtyle n'eſt pas auiourd'huy l'objet de ma paſſion. Ie viſe à vne plus haute ſublimité. I'ay

S

besoin de quelque autre chose
pour estre heureux. Ie suis en
queste de la Verité, mais de l'importante & de la necessaire Verité. Il faut apprendre la langue
du Ciel, où nous auons à trafi-
quer, où doit estre nostre commerce, où sont nos veritables affaires. Il faut estudier en la science des Saints, dont nous voulons
augmenter le nombre.

Que s'il se rencontre des difi-
cultez aux auenuës de cette
science, ce n'est pas vne excuse
qui puisse iustifier la paresse &
la laschetè des Ignorans. Si la
parole de Dieu est quelquefois
raboteuse; si elle heurte le sens
& fait peine à la raison, ne nous

rebutons point pour ſes pierres
& pour ſes eſpines. Au lieu de les
eſplucher & de les conter, ie les
laiſſe-là, & taſche de paſſer outre. Ie ſaute aux endroits où ie
ne puis pas cheminer facile-
ment. Ie veux ſuiure Moïſe, à
quelque prix que ce ſoit, & dans
le deſſein que i'ay de le ſuiure,
ie ne deſeſpere point du ſuccez
de mon voyage. Ie ne perds
point cœur pour voir de la fumée, des nuages, & des broüil-
las, qui enuironnent le lieu où
Dieu parle. Il a toûſiours pris
plaiſir à parler de cette ſorte, &
en cecy la Sainte Montagne a figuré la ſainte Eſcriture. I'adore
la lumiere de cette Eſcriture,

mais i'en adore auſſi les tenebres. Ce que i'ay entendu ie l'ay
admiré; Ce que ie n'entends pas
ie l'admire encore dauantage.
Quelqu'vn a dit autrefois cela
de la Phyſique d'vn Philoſophe
payen; Ne me ſera-t'il pas permis de le dire de la Metaphyſi-
que Chreſtienne?

La Parole de Dieu ſera touſ-
jours dificile, ſera touſiours ob-
ſcure, apres mille & mille Expo-
ſitions, apres des Montagnes de
Commentaires & des Legions
de Commentateurs. En voulez-
vous ſçauoir la raiſon? C'eſt afin
que Dieu enſeigne touſiours, &
que l'Homme eſtudie touſiours
ſous luy: C'eſt afin que Dieu ſoit

touſiours le Maiſtre , & que
l'Homme ſoit touſiours l'Eſcolier.

Il eſt certain que pour reüſſir
en vne lecture ſi dificile , il n'y
faut pas apporter des yeux purement humains,& vn eſprit ordinaire ; beaucoup moins des
yeux de Grammairien, & vn eſprit de Sophiſte. Là dedans on
ne voit rien par ſa propre veüe:
On ne diſcerne rien ſans vne lumiere qui vient d'enhaut;qui ne
ſe communique pas à toutes ſortes de Regardans; qui choiſit les
Yeux & les Lecteurs. Cette Lumiere eſclaire la ſimplicité & la
ſoumiſſion du cœur , mais elle
aueugle la vanité & l'éleuation

de l'efprit : Et non feulement la
voix de Dieu crie HORS D'ICY
PROFANES, mais auffi HORS
D'ICY PRESOMPTVEVX. Dans
l'explication des lettres faintes,
les petits Enfans de l'Eglife, les
fimples Cathecumenes ont de
l'auantage fur les Geans de l'Efcole, fur les vieux Rabins, fur
ceux qui croyent eftre affis dans
la chaire de Moïfe. La Science
du Ciel, auffi bien que le Royaume du Ciel, eft le partage des
Pauures d'efprit de l'Euangile,
& pour en auoir vne parfaite intelligence, il s'en faut approcher
auec vne extréme Humilité.

Mais cette vertu d'Humilité
ne fe trouue point dans les Ethi-

ques à Nicomachus : Elle n'a
point esté connuë d'Aristote.
Aussi sa connoissance, quelque
releuée qu'elle ait esté, n'est pas
montée plus haut que le globe
de la Lune; & comme il n'a presque rien ignoré des choses inferieures, il n'a presque rien sceu
de celles du Ciel. Pour aller là, il
estoit trop regulier & trop me-
thodique. En matiere de Religion, on ne sçauroit s'esleuer
qu'en se faisant plus petit qu'on
n'est; qu'en s'abaissant au dessous
de soy-mesme & de sa raison;
que par des moyens qui sem-
blent contraires à leur fin, &
qui eussent paru absurdes à Aristote.

S iiij

Difons-le donc, & redifons-
le à la honte de l'Academie &
du Licée. L'Humilité des Chreftiens eft appellée dans le Sanctuaire, parce qu'elle s'arrefte
fur les premiers degrez du Portique ; & la Confiance des Philofophes eft repouffée de ce lieu fa-
cré, parce qu'elle y veut aller
d'elle-mefme, & entrer fans paf-
fe-port. On fait bien plus de progrez dans la connoiffance de
Dieu, par l'exercice de la Priere,
que par l'eftude de la Theologie. Et comme à la Cour des
Roys, vne heure de faueur vaut
mieux que dix années d'affidui-
té, il en arriue icy tout de mefme. Il s'en faut bien que le tra-

uail des Curieux ne penetre auſſi auant que la patience des
Humbles, & que l'Homme ne
puiſſe autant acquerir que Dieu
peut donner.

C'eſt de pareils dons & de pa-
reillés largeſſes que ſe ſont enri-
chis les premiers Fideles; auant
que Charlemagne euſt fondé
des Vniuerſitez; auant qu'il y
euſt d'Eſcoles de Theologie &
de Sommes de Theologie; auant
que les Eſcoſſois fuſſent venu
crier à Paris au milieu des ruës,
LATIN ET SCIENCE A VEN-
DRE. C'eſt en cette Source
qu'ont puiſé les Apoſtres; & les
Diſciples des Apoſtres, les anciens Peres Grecs & Latins,

Saint Denis que voila fur mon
Pupitre.

LA Compagnie euft bien
voulu defcouurir le fentiment
de Socrate fur le fujet de Saint
Denis, & fçauoir ce qu'il croyoit
au vray, de la naiffance de ce fu-
blime Efcriuain; du merite de
fes Efcrits; du temps où il a efcrit. Mais Socrate ne fe fit entendre là deffus qu'auecque referue, & fans prendre part aux
diuers procés qui fe font meus
entre les Sçauans du dernier Siecle.

A quoy bon, dit-il, s'agiter fi
fort, & combatre auec tant de

chaleur, fur des Queftions fi peu
importantes ? De là ne dépen-
dent pas les Deftinées de l'Eglife, le falut des Fideles, & la Felicité que ie cherche. Pourquoy
former des partis & des factions
dans la Republique des Lettres,
foit pour maintenir ou pour difputer à Saint Denis la qualité
d'Areopagite; foit, comme dernierement en vne Compagnie
où ie me trouuay, pour ofter ou
pour conferuer aux Mages qui
vinrent adorer Iefus-Chrift, les
couronnes que les Peintres mettent fur leurs teftes ? Ie ne pro-
nonce point là deffus, quoy que
l'occafion m'y conuiaft, & que
vos yeux & voftre vifage m'en

follicitent. Ie ne veux condan-
ner ny l'vn ny l'autre party. Mais
il me femble que la qualité de
Saint eft bien plus noble & bien
plus illuftre que celle d'Areopagite ; & quand tous les Roys de
la Terre le deuroient trouuer
mauuais, i'eftime beaucoup plus
la Sageffe que la Royauté.

Le Tribunal de l'Areopage
eft trop peu de chofe, pour releuer la dignité du nom Chreftien. Le Chriftianifme donne
de l'efclat & de la nobleffe à qui
que ce foit, & n'en reçoit de perfonne. Il n'y auoit point de
Chreftien, en ces temps heroïques de la primitiue Eglife, qui
ne valuft plus que tout l'Areo-

page d'Athenes, que tous les
Ephores de Lacedemone, que
tous les Peres Conscrits, & tout
le Senat de Rome.

De l'autre costé, faut-il remuër Ciel & Terre, & faire
la guerre à outrance, contre
des gens qui aiment si fort les
beaux Noms & les beaux Offices; qui ont tant de passion pour
les dignitez, & pour les emplois
de la Republique ? Ils pensent
auec la pluspart des gens de Paris, que c'est vn grand malheur
que de n'estre pas Officier : Et
pour quelque consideration se-
crette, l'interest de Saint Denis
leur estant aussi cher que le leur
propre, ils veulent luy conseruer

vne Charge qui luy a esté donnée, ou par son Siecle ou par la
Posterité. Ce qu'ils disent ils le
sçauent peut-estre de bonne
part, comme disoit vn honneste
homme de ma connoissance. Ils
ne l'asseureroient pas si affirmatiuement aux autres, s'ils n'en
estoient eux-mesmes bien asseurez. Et sans parler des Reuela-
tions que de plus Hardis allegue-
roient sur ce sujet, ils ont peut-
estre quelque Tiltre de foy irreprochable, quelque Manuscrit
de venerable vieillesse, outre les
premieres Pieces qu'ils ont pro-
duites.

Mais d'ailleurs tous les Escrits
du Volume qui porte le nom de

Saint Denis, sont-ils de la mesme
main & du mesme esprit ? Vne
partie ne peut-elle pas estre de
Saint Denis l'Areopagite, & vne
partie de quelque autre Autheur?
Ce qui est rapporté contre la
foy de l'Histoire, & qui ne s'accorde pas bien au Siecle de l'A-
reopagite, ne peut-il pas estre
d'vn Estranger, qui s'est intro-
duit dans la possession d'autruy,
& qui a pris vn autre nom que
le sien ?

Pour moy, bien loin de disputer à Saint Denis la qualité d'A-
reopagite, ie ne m'oppose pas
mesme au Cardinalat de saint
Hierosme : Et quand il ne tien-
droit son chapeau rouge que de

la faueur des Peintres, & de la
credulité du Peuple, ie ne veux
point luy faire vn proces sur les
ornemens de son portrait. Ie ne
touche point à vne piece que
l'Eglise ne propose pas comme vn article de foy, mais
qu'elle souffre comme vne fantaisie de pieté. Ces marques
d'honneur & de respect; ces faueurs & ces graces faites à des
Morts, c'est à dire à des gens qui
ne sont plus en estat de s'en re-
uancher, viennent d'vne cause
tres-honneste; partent d'vn principe de courtoisie & de liberalité, mais de courtoisie desinteres-
sée & de liberalité toute pure.
Pour le moins ce sont des excés
louables

loüables d'vne inclination bien-
faifante, portée à donner, & à
obliger; & ie n'ay garde de prendre à partie des perfonnes fi bonnes & fi officieufes.

Il y a des Docteurs plus fins &
plus penetrans que ceux-cy dans
les chofes Greques & Romai-
nes, mais il n'y en a point de plus
foufmis à l'autorité de Rome, ni
de mieux intentionnez. Ils ont
crû que la Verité eftoit quelquefois trop courte & trop maigre,
& qu'en ce cas-là, il n'y auoit
point de mal de l'allonger ou de
la groffir par leurs inuentions.
Sur ce fondement, ils ont efté
encore les Mediateurs de cette
belle amitié, contractée entre

T

saint Paul & Seneque, quelque
temps apres leur mort : Ils se
sont imaginez qu'ils faisoient
vne bonne Oeuure, de mettre
bien ensemble deux hommes si
vertueux, & que ces deux hommes viuant en mesme temps &
dans vne mesme ville, s'ils n'ont
esté amis, ils le deuoient estre. Il
n'y a rien en cela qui offense la
vray-semblance, ni qui choque
la Chronologie. Vos gens de
l'Antiquité profane, sont bien
plus licencieux & plus temeraires. Vostre Virgile a bien marié
vn Homme & vne Femme, qui
non seulement ne se sont iamais
veus en toute leur vie, mais qui
ont esté esloignez l'vn de l'autre,

de plus de cent ans. Ie ne dis rien
pour cette fois du Regent Py-
thagore & de l'Escolier Numa.

Ouy, mais les Epistres qu'on
a debitées sous le nom de Seneque & de saint Paul, ne sont ni
de Seneque ni de saint Paul. Ie
n'oserois pas vous nier ce que
vous asseurez si fortement:Mais
il se trouuera vn Docteur aussi
asseuré que vous, & qui vous
soustiendra auec vne force pareille à la vostre (i'ay veu autrefois ce Docteur) que si ces Lettres ne sont ni de Seneque ni de
saint Paul, elles sont de quelques-vns de leurs amis;elles peuuent estre de leurs Secretaires;
quoy qu'à mon auis, ils les ayent
T   ij

escrites sans commandement,&
sans en auoir eu ordre de leurs
Maistres. Des choses si peu importantes ne deuroient point
semer de querelles parmy les
Citoyens d'vne mesme Republique, ne deuroient point déchirer en partis & en factions
les sçauantes Assemblées. Pour
cela il ne faut battre personne,
ni sauter aux yeux de ses amis.
Il ne faut pas faire des affaires
d'Estat, de tous nos petis differens; ni traitter de criminel de
leze-Majesté, comme fait quelquefois Scaliger, des personnes
qui ne sont coupables que de
leur innocence, que de leur bonté, que de leur facilité à croire.

Tout le monde se trompe, de
façon ou d'autre. Tout homme
se sent de l'infirmité humaine; &
les Hebreux disent que Iacob
leur Pere a esté boiteux. Scaliger luy-mesme a fait de faux
pas;il a fait des iugemens temeraires. Que feront donc les De-
mi-sçauans , les Docteurs du
second & du troisiesme Ordre,
des gens qui ont estudié tard,
qui estudient peu, qui viuent
dans la Prouince,parmy la contagion des mauuais Exemples,à
six vingts lieuës de la Biblioteque
que de Monsieur de Thou, & de
la Conuersation de Messieurs
Dupuy ?·Bien que la lumiere de
ce Siecle nous ait esclaircis de

beaucoup de chofes, dont nos
Peres ont douté, il refte touf-
jours quelque petit nuage de
l'ancienne Barbarie. En certains
lieux il n'eft pas encore bien
iour : Cette efpaiffe obfcurité,
venuë fur le declin de l'Empire,
des dernieres parties du Septen-
trion, couure encore vne partie
de la Terre. Les Vandales & les
Goths ont corrompu toutes les
belles & bonnes chofes. Ils ont
mis la pefte dans le Monde rai-
fonnable ; & il y a beaucoup
d'endroits de ce Monde, qui ne
font pas encore bien purifiez.

MAIS c'eft affez, & peut-
eftre trop de ces opinions conte-

ſtées. En pareilles rencontres ie
n'opine point : Ie me contente
de raporter les auis des autres.
Ie vous diray ſeulement de moy,
vne choſe aſſez particuliere, &
de laquelle quelqu'vn pourra
s'eſtonner. Pour voir cet homme
extraordinaire, ce S. Denis dont
on m'auoit tant parlé, ſans partir
de France, ie fis autre-fois vn
voyage en Grece, ie veux dire,
que i'appris exprés la langue Greque, pour auoir plus d'accés aupres de luy. Ie vis donc & conſi-
deray cet Homme, que les vns
croyent eſtre d'Athenes, les autres d'Alexandrie, & les autres
de Corinthe. C'eſt vn Homme
qui vole plus haut que les Aigles.

Il n'apporte rien sur la Terre,
qu'il n'ait esté prendre dans le
Ciel. Ie le vis, mais ie le perdis
aussi-tost de veuë.

Apres ces paroles, Socrate se
teut quelque temps, & prit le
troisiesme Volume qui estoit
sur son Pupitre. Iusques-là s'e-
stant peu ouuert, & ayant parlé
auec retenuë, ce fut en suite, &
sur le sujet de saint Chrisostome,
dont il auoit les Homilies entre
les mains, qu'il se declara & qu'il
s'espandit ; que son esprit & que
ses paroles se desborderent. Et
certes d'vne si estrange sorte,
qu'on peut dire qu'il commença
son Discours, par vne espece
d'Entousiasme, & qu'il passa de

la Prose à la Poësie, comme fait
quelquefois l'autre Socrate,
dans les Dialogues de Platon.

C'eft cet Homme, nous dit-
il, qui vole encore bien haut ;
Mais fon vol eft fi reglé & fi iufte, qu'il y a toufiours plaifir à le
voir voler : On peut le fuiure des
yeux & de la penfée : Il fend les
Airs, fans fe perdre dans les
Nuës : Car vous fçauez que les
Efprits font vne efpece dans le
genre des Oyfeaux, & que ç'a
efté l'opinion des fages Hebreux.
Celuy-cy a de grandes aifles toutes peintes & toutes dorées. Il
chaffe deuant luy les Nuages, la
Nuit, & l'Obfcurité. Il fait naiftre le Iour en fe monftrant, &

par ſa ſeule preſence. Il crie, il
gronde agreablement. Ses plaintes & ſes coleres ſont belles. En
blaſmant le Vice, il plaiſt aux
Pecheurs. Il n'eſt pas moins Citoyen du Ciel, ni moins compagnon des Anges que le premier ; Mais il s'accommode
mieux à l'vſage du bas Monde,
& s'appriuoiſe dauantage auec
que les Hommes. Les Grecs l'ont
appellé Chriſoſtome, & les Barbares l'appellent cóme les Grecs.

  Voulez-vous que nous diſions
encore quelque choſe de cet
Homme ? Expliquons pour le
moins ce que nous venons d'en
dire. Ayant acquis les plus rares
connoiſſances, par la force de la

meditation, il en rend capables les plus vulgaires esprits, par la facilité du Discours. Ou il sçait abbaisser la Verité iusqu'à nous, ou il sçait nous esleuer iusqu'à elle: Ou il a la vertu d'esclairer & de subtiliser les Ames, ou il a le don d'esclaircir & de démesler la Doctrine.

O l'excellente & l'admirable maniere d'instruire les Ames, & de debiter la Doctrine! Ces animaux de Gloire, ces ennemis de la Foy, ces superbes enfans d'Aristote, trouueroient le Christianisme raisonnable; en l'estat que Saint Chrisostome le fait voir à la Raison : Leur Philosophie s'humilieroit deuant nos Myste-

res, si nos Mysteres leur estoient
descouuerts de cette maniere.
Pour moy, ie les adorois auec
frayeur, dans leur naturelle ob-
scurité; & ie les regarde maintenant auec plaisir, dans la lumiere
de ses paroles: I'auois du respect
pour des choses que ie n'enten-
dois point, & il m'a donné de l'a-
mour pour ces mesmes choses,
en me les rendant intelligibles.

I'ay trouué dans ses Homilies, mille graces & mille beautez; mais toutes chastes & toutes viriles; vne infinité d'ornemens, mais que la grauité souffre, & que la bien-seance conseille. Ce sont des ornemens tres-
honestes, & tres-dignes de celle

qui les porte; de la vraye, de l'ancienne, de la venerable Theologie. Ils ne font pas du Theatre;
ils font de l'Autel ; Ils ne font
point de la Reyne des Sciences,
vne Baladine des places publiques ; vne Comedienne de la
Cour.

Ma matiere croift entre mes
mains, & i'ay quelque opinion
que le Saint m'infpire en parlant
de luy. Ie vous l'auouë, c'eft vn
de mes Saints, & ie fuis vn de fes
Deuots. Ie l'inuoque, ie m'adreffe à luy : Et peut-eftre qu'il me
fera la mefme faueur, que quelques-vns ont crû que luy fit
Saint Paul : Peut-eftre qu'il me
communiquera fes fecrets, qu'il

m'allumera de son feu, qu'il rem-
plira mon esprit de l'abondance
du sien. Mais en attendant vne si
chere faueur, ne laissons pas d'en
parler à nostre mode, & d'en dire encore quelque chose.

Sans tomber dans l'excés que
cherche le luxe, son Eloquence
a toute la grandeur que peut permettre la modestie. On ne connoist point en ses Escrits la corruption de la langue de son Siecle, la foiblesse de l'expression
humaine, la misere & l'infirmité de l'esprit de l'homme. Il ne se
vit iamais tant d'ordre dans la
multitude; plus de force auec
plus de subtilité, plus d'œconomie auec plus de pompe : Iamais

Iesus-Christ ne fut seruy auec
vne telle magnificence : Et si cet
ancien Profane qui pilloit l'E-
glise, eust vescu quelque temps
plus qu'il ne fit ; s'il eust veu l'es-
clat & les richesses , l'or & les
pierreries qui m'ont esbloüi, il se
fust escrié encore vne fois, quoy
qu'en vn autre sens que la premiere, O QVE LES VASES SONT
PRECIEVX DANS LESQVELS
ON SERT LE FILS DE MARIE!

VOILA le iugement que So-
crate fit dans la Galerie, de l'esprit & de l'eloquence de Saint
Chrisostome. Sur tout il en esti-
moit la douceur & la netteté, &

prenoit plaifir à nous les faire
confiderer fous differentes figures : Il auoit toufiours des images agreables, pour nous repre-
fenter le merite de cette bien-
heureufe facilité. Il eft clair, difoit-il, fuft-ce dans la region des
Tenebres, & au païs des Cim-
meriens: Il eft aifé, dans l'embarras mefme de fa matiere, dans les
deftours, dans les labirinthes des
plus difficiles Queftions de la
Theologie. Auec vn Commentaire de deux fyllabes ; auec vn
petit mot, qui tempere la rigueur des chofes ; auec vne par-
ticule de Charité, qui adoucit
les menaces de la Iuftice, il dé-
friche les plus dures & les plus
                              fauuages

sauuages expressions. Il console
& rassure les Esprits que le Texte de Saint Paul auoit effrayez.
Par tout où il passe, il laisse des
traces de blancheur, & vne impression de lumiere, qui change la nature des lieux où il a
passé. Auparauant c'estoient des
Precipices, c'estoient des Ca-
chots; apres luy ce sont des Iardins de fleurs; ce sont des Cabinets de cristal.

IL se trouua vn homme en la
Compagnie, venu de Paris depuis peu de iours, qui ayant es-
couté Socrate auec beaucoup
d'attention, nous surprit tous

V

par ce langage qu'il luy tint. Ie n'ay point fait comme vous de voyage en Grece . Mais ie fuis fort trompé , ou i'ay veu nouuellement au lieu d'où ie viens, celuy dont vous nous contez de fi grandes chofes. Ie ne connois point voftre Saint Iean Chrifoftome ; Mais vous ne dites rien de luy , qui ne fe verifie en noftre Monfieur l'Abbé de Rais, l'Eloquence auec laquelle il explique les Myfteres du Chriftianifme , n'eft point inferieure à celle que vous nous auez figurée : Elle n'inftruit pas moins, & ne plaift pas moins. On y remarque la mefme beauté, la mefme douceur, la mefme force. Car il

tonne & il foudroye quelquefois : Mais les orages de ses figures ne gastent point la pureté de
sa diction : Dans ses Sermons,
le Calme subsiste auec la Tempeste, aussi bien que dans les Homilies de Saint Chrisostome.
Ainsi vous ne pensiez faire qu'vn
Eloge, & vous en auez fait deux.
Ce sont des coups de Socrate :
En loüant l'Antiquité, vous
auez obligé nostre Siecle : Et s'il
se trouue quelque Platon, qui
publie vn iour vos entretiens, la
France vous remerciera de tout
ce que vous auez dit à la gloire
de la Grece.

V ij

SVITE
DV MESME
SVIET,
OV IL EST PARLÉ
DE L'INVOCATION
DES SAINTS.

DISCOVRS DOVZIESME.

OVTRE l'Homme ve-
nu de Paris, vn vieux
Huguenot de nos
voisins s'estoit trou-
ué à nostre derniere Conferen-

ce, de laquelle il fuſt demeuré
entierement ſatisfait, ſans cette
inuocation qu'il ne pût gouſter,
& ces Vœux adreſſez à Saint
Chriſoſtome. Comme il auoit
eſté en ſa ieuneſſe grand tireur
d'eſclairciſſemens, il n'oublia
pas ſon ancienne couſtume en
cette rencontre ; & dés le iour
meſme ayant tiré Socrate à
part, il luy parla aſſez long-
temps ſeul à ſeul.

Du lieu où i'eſtois, ie les ap-
perceus au bout de la ſalle ; &
ayant remarqué de l'agitation
ſur leur viſage, & quelques ge-
ſtes vn peu violens, ie voulus
ſçauoir ce que c'eſtoit. Ie m'ap-
prochay donc d'eux; ou pour les

feparer, s'ils venoient aux
mains, ou pour m'offrir à mon
Amy s'il auoit lié quelque partie, comme on parle en femblables occafions. Mais à vous dire
le vray, ie trouuay qu'il n'auoit
pas befoin de fecond. Le vieux
Huguenot eftoit defia hors de
combat, & Socrate qui ne vouloit iamais de triomphe, apres
l'auoir vaincu, effayoit de le perfuader. S'eftant ferui auec fuccés
des armes du Cardinal du Perron, fous la difcipline duquel il
auoit efté nourri, il employoit
d'autres moyens plus populaires, & d'autres armes toutes à
luy, pour acheuer ce qu'il auoit
fait.

En me voyant, il s'eſchauffa
de nouüeau. Il eſtala les choſes
qu'il auoit ſeulement deſpliées :
Il les porta plus auant par des in-
terrogations oratoires & preſ-
ſantes. Et adreſſant ſa parole de-
rechef au Gentilhomme vaincu,
qui auoit remué la queſtion de
l'inuocation des Saints. Le Cardinal du Perron vous a ſatisfait
par ma bouche, luy dit-il; & il
me ſemble qu'il ne ſe peut rien
adjouſter aux preuues & aux argumens de ce grand Docteur.
Comme ie vous l'ay deſia declaré, ie ne fais point de fondement
ſur l'Allegorie: Laiſſons-là les Eſprits qui montent, & qui de-
ſcendent : Ne leur demandons

point ce qu'ils font, & ce qu'ils
representent dans cette Eschel-
le mysterieuse. Pour la Chaisne
d'Homere, ie trouue bon qu'on
la casse, & tout le profane attirail de la Theologie des Payens,
dont l'Autheur moderne s'est
voulu seruir. Auoüons neantmoins qu'il y a de vieilles Fables,
qui sont fondées dans l'ancienne
Verité, & que les Grecs ont esté
les larrons des Hebreux.

Quoy que puissent dire vos
Ministres, il y a tousiours eu liaison, il y a tousiours eu attache de
la Terre au Ciel. Pourquoy veu-
lent-ils rompre le commerce entre les deux Eglises ; entre l'E-
glise qui combat & l'Eglise

qui triomphe ? Les Miserables Viuans n'auront-ils aucune
communication auecque les
Morts bien-heureux ; auecque
les Morts qui viuent de la veritable vie, & de la meilleure partie d'eux-mesmes, de celle qui
peut soulager les miseres, & con-
soler les afflictions des Viuans,
qui languissent plustost qu'ils ne
viuent ?

Pense-t-on que les Saints de
Iesus-Christ menent vne vie pareille à celle des Dieux d'Epicu-
re ; aussi oisiue, aussi endormie,
aussi paresseuse, aussi negligente
des choses du Monde ? Est-il à
croire que ceux qui ont esté en
perpetuelle action, & qui ont

pris par force le Paradis, y iouïs-
sent maintenant d'vne molle,
d'vne stupide, d'vne languissan-
te Felicité? Ont-ils perdu là haut
le credit qu'ils auoient icy bas?
Pour estre residens à la Cour,
sont-ils moins gratifiez du Prince? Leur assiduité & leur sujé-
tion peuuent-elles moins que ne
faisoient leur esloignement &
leur absence? Ont-ils moins de
Faueur ou moins de Charité
qu'ils n'auoient? Estant à la source du Bien, l'abondance les rend-
elle pauures? Se fait-on auare
dans le Ciel? Deuient-on en-
uieux dans la plenitude de la
Gloire?

Il n'y a point d'apparence

que cela soit. Ie ne sçaurois m'i-
maginer que le secours de ces
veritables Amis nous manque
au besoin : Ie ne puis croire que
leur protection finisse, que leurs
prieres cessent, à cette heure
qu'elles peuuent agir plus forte-
ment, & estre plus puissantes &
plus efficaces. Ils sont vnis à
Dieu, mais ils ne sont pas pour
cela separez des Hommes : Et
Dieu qui a pardonné à tout vn
Peuple, à la recommandation
de Moïse; de Moïse mortel & sujet aux infirmitez humaines, fera bien quelque chose, à mon
auis, pour vn autre Moïse, beaucoup meilleur & beaucoup plus
parfait que le premier; pour vne

infinité de Moïses, qui viuent en
sa presence, qui sont proches de
sa personne, & qui le regardent
face à face.

S'il n'y auoit point de Commerce establi entre le Ciel & la
Terre ; point de Correspondan-
ce entre l'vne & l'autre Eglise,
que voudroient dire les Exhor-
tations que nous font les saints
Peres, DE FAIRE AMITIE'
AVEQVE LES ANGES ; de con-
firmer par nos prieres celle qui
est desia faite ; d'entrer d'auance
& par esprit, dans la celeste Ie-
rusalem ; de prendre place dés
cette vie, dans cette diuine Republique, aux droits & aux priuileges de laquelle nous pre-

tendons apres noftre mort.

Que fignifieroit cette Societé, cette Alliance, ces Entretiens, ces Conferences auec les
Patriarches & les Prophetes,
auec les Apoftres & les Martyrs;
toutes perfonnes eftrangeres fur
la Terre; inuifibles à nos yeux;
efloignées du lieu où s'affem-
blent les Fideles, d'vne diftance
prefque infinie; tous gens de l'autre Monde, & non pas de celuy-
cy? Cette brigue de leurs Suffrages qui nous eft confeillée, qui
nous eft ordonnée en termes exprés, dans les anciennes Homilies, feroit-ce vn trauail inutile
& vne peine perduë, apres laquelle on prendroit plaifir d'a-

muſer noſtre zele, & de laſſer
noſtre deuotion? Seroit-ce pour
neant, qu'on auroit crié ſi ſouuent, & il y a ſi long-temps, dans
la Metropolitaine de l'Vniuers,
ſur le Throſne des Apoſtres, dans
la Chaire de ſaint Pierre, AMBI-
TE, AMBITE ILLORVM SVFFRA-
GIA, VT CVM QVIBVS VOBIS
FVERIT CONSORTIVM DEVO-
TIONIS, SIT ET COMMVNIO
DIGNITATIS.

Mon bon Gentil-homme,
pourſuiuit Socrate, en finiſſant
ce diſcours, rendez-vous à ce
Latin: Il ne vous doit pas eſtre
ſuſpect: Il eſt des premiers ſiecles de l'Egliſe; il eſt de Rome
veritablement Orthodoxe; de

voſtre Rome , auſſi bien que de
la noſtre. Prenez le conſeil que
vous donne vn Pape, que les Miniſtres meſmes ne ſçauroient
s'empeſcher d'appeller Saint ;
qui parut deuant Attila auec vne
forme plus qu'humaine ; armé
de Vertu , de Religion & de
Sainteté; du viſage duquel ce redoutable Barbare vit ſortir des
eſclairs qui luy firent peur.

Il n'eſt point d'Oracle plus
certain que celuy du Vatican de
ce temps-là ; Et ſur le ſujet dont
il s'agit, cet Oracle ne s'eſt point
expliqué douteuſement ; n'a
point voulu tromper le Monde,
par des termes ambigus & ca-
ptieux. Il n'a point entendu vne

Societé impoſſible; des Voix en
l'air & iettées au vent; des Paroles adreſſées à des ſourds ; vn
Commerce en des lieux inacceſ-
ſibles ; vne Amitié ſterile, im-
puiſſante, defectueuſe; vne por-
tion & vne moitié d'amitié;
vne Amitié toute d'vn coſté,
ſans reuanche ni retribution de
l'autre.

MAIS nous auons tort de
nous eſchauffer là deſſus, & vos
Miniſtres ſe moquent de s'arreſter à ſi peu de choſe. Il ne faudroit pas ſeulement leur laiſſer
ouurir la bouche en cette rencontre : Nous deurions les traitter

ter de ridicules, apres les Auan-
ces qu'ils ont faites, & les Refer-
ues qu'ils veulent faire. Puis
qu'ils nous ont accordé le Plus,
nous fçauroient-ils refuser le
Moins ? Nous ayant donné le
Myftere de la Trinité, & celuy
de l'Incarnation, ils ne fe font
rien referué apres cela. Par la
conceffion de ces deux grandes,
eftranges, eftonnantes Veritez,
ils ont renoncé à la liberté de
leur efprit ; & cette liberté eft
vne chofe qui ne peut ni fe perdre ni fe conferuer que toute
entiere. La mefme Autorité
qui les affeure de la certitude du
Symbole des Apoftres, les affeure de la validité de toutes les au-

X

tres pieces de la Religion, & i
ne font pas mieux fondez de
contefter icy que là.

L'Autorité eftant infaillibl
elle eft infaillible par tout; el
eft également infaillible. I
Chreftien eftant Captif de
Foy, & non pas Iuge de la Do
ctrine, doit obeïr à la Voix qu
parle, fans deliberer fur les Parc
les, parce que les Paroles ne l
perfuaderont pas, fi la Voix n
l'a defia perfuadé. On n'a plt
de droit de rentrer dans les ter
mes de la premiere franchife d
l'homme, quand on a fubi l
ioug de Dieu dominant & vi
ctorieux. Il n'eft pas temps d
vouloir fe feruir de la Raifon

apres l'auoir foûmife à la Foy.
Quel ieu, ie vous prie, feroit celuy-là, de quitter tantoft fa Raifon, & tantoft de la reprendre;
de choifir dans le Chriftianifme,
certains endroits qui plaifent, &
de reietter les autres qui ne plaifent pas; d'eftre demy Incredu-
le, & demy Croyant? Ce feroit
capituler auec Iefus-Chrift, &
faire des conditions aueque l'E-
glife. Ce feroit faire quelque
chofe de pis, & paffer de la complaifance au defmenti, en luy
auoüant vne partie de ce qu'elle
nous propofe à croire, & luy fou-
ftenant que le refte eft faux.

Difons-le encore vne fois,
pour ne plus rien dire à vos Mi-

nistres, & pour couper la gorge
à tous nos Procés. On ne se défend plus dans vne Place renduë.
Lors qu'on a mis les armes bas,
& qu'on a presté le serment de
fidelité, ce n'est pas estre Braue
& bon Citoyen que d'insister
sur ses priuileges, & de songer à
sa premiere liberté ; c'est estre
Rebelle & mauuais Suiet : Ce
n'est pas Guerre, c'est Sedition.
Les Philosophes payens, & les
autres Estrangers du Royaume
de IesusChrist, sont nos vrays &
nos legitimes Ennemis : Les
Chrestiens qui ne sont pas Ca-
tholiques, sont nos Mutins &
nos sousleuez. Ce qu'ils font
n'est pas acte d'Hostilité ; c'est

crime de Felonnie, c'eſt vne eſ-
pece de Parricide. Car en effet
oſeroient-ils nier, que ce ne ſoit
de noſtre Egliſe qu'ils ont receu
la vie & l'eſtre ſpirituel ; qu'ils
ont tiré leur premiere nourriture & leur premier lait ? C'eſt ſous
ſon Empire qu'ils ſont nez, &
dans l'eſtenduë de ſa Iuriſdi-
ction, qu'ils font leurs courſes &
leurs rauages : C'eſt en ſon nom,
& aueque ſes liurées qu'ils luy
ont commencé, & qu'ils luy
continuënt la guerre. Ainſi en
attaquant noſtre Egliſe, ils font
la guerre en meſme temps, &
contre vne meſme perſonne, à
leur Mere & à leur Nourrice, à
leur Souueraine & à leur Mai-

ftreffe: Combien de crimes en
vn feul crime !

SOCRATE acheuant ces pa-
roles , receut vne Dépefche
dont il fut furpris , & à laquelle
nous donnafmes bien des maledictions, parce qu'elle l'obli-
geoit à partir le lendemain, pour
s'en retourner en fon païs. Il
nous auoit fait efperer vn plus
long feiour, qui nous euft fourni matiere d'vn plus gros Volume. Mais l'intereft d'autruy le
rauit à fon propre contentement ; Car il eft vray qu'il ne fe
defplaifoit pas icy ; & outre l'inclination qu'il auoit pour nous,

noſtre Valée rioit à ſes yeux. Il
en fut rappellé par la neceſſité
des affaires de ſa Maiſon, dont il
apprit d'aſſez mauuaiſes nouuelles : Et s'il n'euſt preuenu en
diligence les deſordres qui la
menaçoient, elle eſtoit ſur le
point de ſe broüiller dauantage,
par la diuiſion que l'artifice des
Valets auoit fait naiſtre parmy
les Freres. Quoy que l'eſtude de
la Sageſſe le détachaſt du ſoin
des choſes humaines, pour le
renfermer en luy-meſme preſque touſiours, il en ſortoit toutes les fois que le Monde auoit
beſoin de luy. Quelque grand
Philoſophe qu'il fuſt, il ne laiſ-
ſoit pas d'eſtre bon Parent, & de

donner beaucoup aux deuoirs
du fang & de la Nature. Iamais
Solitaire ne fut plus fociable
que luy , ni plus capable des
vertus ciuiles , ni plus fenfible aux belles & honneftes paffions.

Nous-nous feparafmes donc
auec tendreffe & douleur. Les
couftumes de l'ancienne Hofpitalité furent obferuées de part
& d'autre, par les petis prefens
qu'on fe fit. Le Maiftre du logis
regala Socrate du Tableau de la
Natiuité de Noftre Seigneur,
s'imaginant qu'il en auoit eu enuie, dés la premiere fois qu'il le
vit; Et d'ailleurs,il luy fembloit
que ce deuoit eftre le prix des

Difcours qui auoient efté faits,
comme c'en auoit efté l'occafion. Socrate receut auec ioye
cette rare piece. Mais il ne voulut pas fe laiffer vaincre de liberalité. Pour vn Tableau il en
rendit deux, l'vn & l'autre tiré
du mefme fujet que celuy qu'il
emporta. Ces deux Peintures
parlantes font de la main de
deux Ouuriers, dont la France
connoift le Nom, & ne mefprife
pas les Ouurages: Elles s'adref-
fent A IESVS-CHRIST NE´: Et
peuuent eftre iointes aux douze
Conuerfations, foit pour la ref-
femblance de la maniere, puis
que Socrate ne parloit iamais
fans quelque forte d'infpiration,

soit pour la conformité de la
chose, dont la fin aura du rapport au commencement.

A TE PRINCIPIVM
TIBI DESINET.

CHRISTO
NATO,
DEI OPTIMI MAXIMI
FILIO OPTIMO
MAXIMO.

 *IVE Puer, quem*
venturum post sæ-
cula, Vates
Tot dixere pij, mihi
tune indictus abibis,
Iam præsens, Patris ætherei iam
cognita proles?
Iuro ego, nobiliorque agitat me
cura futuri,

Et iuuat antiquum in melius mu-
tare laborem,
Amplius haud facta Heroüm Re-
gumque Triumphos,
Te potius mea Musa canet. Non
Martia corda
Pellæi iuuenis, natosque ad Sce-
ptra potentes
Æneadas, Spartæque loquar pu-
gnacis alumnos,
Immemor Jsacidæ magni. Fortis-
sime rerum,
Monstrorum in cunis domitor,
quæ Terra ferebat,
A Cælo promisse immitis victor
Auerni,
Perpetuum mihi scis carmen.
Nec Græcia mendax
Ipsa neget, nondumque aras

exosa profanas
Roma vetus : Primis tremuit te
    Iupiter orsis,
Fulminaque aterno cesserunt ficta
    Tonanti.
Te Populi delapsum Astris in
    Virginis aluum
Mirati , ingentique aliàs spe-
    ctante corona ,
Nubibus inuectum famulis , pa-
    tria Astra petentem,
Saturni senis exilium turpesque
    latebras ,
Et tumulum Iouis & manes rise-
    re sepultos.
Prima elementa oris teneri post-
    quam auribus hausit,
Vagitusque tuos obmutuit augur
    Apollo,

Et Tripodes cecidere, & DI re-
sponsa negarunt,
Attoniti toto orbe, & tacti Nu-
mine vero.
O Victor sine cæde, ô non morta-
lia telaʒ
O Puer imbellis, summi sed ma-
xima Virtus
Vt vox certa Patris, rerumque
nouißimus hæres!
Hæc colere, hæc Sæclis fas est me-
morare futuris,
Casta iubet sic Religio, cætusque
Piorum:
Incipiam, & maneat nostros ea
cura Nepotes,
Quos sanctum seruare fideli pe-
ctore morem,
Et meminisse velim semper pie-

tatis auitæ.

Sed quo concipiam vota & diuina
 capeſſam
Iuſſa animo, ſi non animum men-
 temque miniſtres?
Chriſte, meæ vires, mea ſola po-
 tentia, Chriſte,
Da velle & da poſſe mihi, nam
 neſcit vtrumque
Te ſine, progenies hominum. Quos
 dicere verſus
Aggredior, quæ thura paro, quos
 offero flores,
Hos etiam artifici debemus, vt
 omnia, dextra.
Auctorem te cuncta probant. Tu
 carmina dictas;
Per te Terra parit quicquid Ver
 educat almum,

Quicquid odoris Arabs mittit,
    Nil denique noſtrum eſt,
Nec meus ipſe ego ſum. Tua ſcili-
    cet accipe dona,
Theſauroſque agnoſce tuos, fon-
    teſque Bonorum,
Qui largi, qui facundi, latumque
    per orbem,
Donec Sol erit atque ardebunt ſy-
    dera Cœlo,
Perpetuis current, fixo ſemel or-
    dine, riuis.
Munera ſufficies, nos hæc ad
    Templa feremus,
Atque tuis ſacras opibus cumula-
    bimus aras,
Mortales miſeri, & nudi, & re-
    rum omnium egentes,
Ni tu Chriſte fores in noſtros pro-
    digus vſus.   A

A
IESVS-CHRIST
NE'.

SAINT & diuin Enfant, promis par les Prophetes,
Ne me ioindray-je
point à ces grands Interpretes,
Dont l'esprit esclairé d'vn celeste flambleau,
A tiré, sans te voir, ton celeste tableau?
Nous ayant descouuert ta puissance future,
Et les biens dont tu dois ho-

norer la Nature,

Maintenant que mes yeux ont
veu ce que ie croy,

Puis-je, sans estre ingrat, ne parler pas de toy ?

Quand tu descends en Terre, &
qu'on t'y voit paroistre

Comme Dieu, Fils du Dieu que
le Ciel a pour Maistre,

Esleuant mon esprit, dois-je pas
dans mes Vers,

Te rendre mon hommage auec
tout l'Vniuers ?

Ie le iure, Seigneur, deuant ta
Creche augufte,

Vn soin de l'auenir, & plus noble & plus iufte,

Allume vn feu nouueau dans le
fond de mon sein;

Ie change de trauail, d'objet, &
  de deſſein.

Ie ne veux plus tirer des anti-
  ques tenebres,

Des Roys qui ne ſont plus, les
  Triomphes celebres :

Ie ne veux plus parler du ieune
  Conquerant,

Qu'on vit dans l'Vniuers courir
  comme vn torrent,

Et par de beaux dangers, par
  d'illuſtres trauerſes,

Monter auec ſplendeur ſur le
  thrône des Perſes.

Ie ne veux plus vanter ces merueilleux Romains,

Qui ſembloient eſtre nez le
  Sceptre dans les mains;

Ni ces Fils courageux , dont

fous fa Loy feuere

Sparte fut la Nourrice, auffi bien
que la Mere.

Diuin Fils d'Abraham, à ta feule
Grandeur

Ma Mufe, en ce beau iour, con-
facre fon ardeur.

De toutes mes chanfons tu feras
la matiere,

Toy qui pour vn effay de ta
Guerre premiere,

Fis cacher en naiffant, par ton
Nom glorieux,

Ces Spectres infolens, ces Monftres furieux,

Qui de Captifs qu'ils font dans
vne nuit profonde,

S'eftoient rendus Tyrans de
l'Empire du Monde.

Vainqueur promis du Ciel, pour
 dompter les Enfers,

Ie veux chanter ta gloire en cent
 Hymnes diuers.

Ni la fçauante Grece, en men-
 fonges fertile,

Ni Rome où l'on trouuoit le
 Monde en vne Ville,

Auant mefme qu'elle euft abbatu les Autels,

Qu'elle auoit erigez à ces faux
 Immortels,

Ne peuuent pas nier que c'eft
 par ta Parole,

Qui vola comme vn trait de l'vn
 à l'autre Pole,

Que leur grand Iupiter, fi fort, fi
 triomphant,

Trembla fous ton pouuoir quand

tu n'eſtois qu'Enfant,

Et que c'eſt par ta main qu'on
vit reduire en poudre,

Celùy qui dans la Fable eſt maiſtre de la Foudre.

Le Monde s'eſtonna, quand des
voutes des Cieux

La Vierge te receut dans ſon
ſein precieux;

Mais il fut plus ſurpris de te voir
ſur la Nuë

(Ton eſclaue & ton char ſous
tes pieds deuenuë)

Remonter auec pompe au Palais
eternel,

Où ton throſne eſt égal au throſne paternel.

Apres ces grands Exploits, ces
Triomphes celebres,

On se moqua par tout des hon-
   teuses tenebres
Qui seruirent d'asyle au vieux
   Pere des Dieux,
Et du sombre tombeau d'vn Fils
   ambitieux,
Qui comme vn Immortel, des
   vœux se faisoit rendre,
Mais qui d'homme qu'il fut, n'est
   plus qu'vn peu de cendre.
A peine, en begayant, quelques
   mots tu formois,
Qu'Apollon effrayé dans Del-
   phes fut sans voix ;
Que ses fameux Trepiez de peur
   se renuerserent,
Et que de tous costez les Oracles
   cesserent,
Les faux Dieux ne pouuant resi-

fter aux efforts

Du vray Dieu que l'Amour cachoit deſſous vn corps.

O celeſte Vainqueur, de qui la
main vaillante

Perça tant d'ennemis, ſans en
eſtre ſanglante !

O traits victorieux de cette au-
guſte Main,

Dont les coups ſont plus forts
que tout pouuoir humain !

O nompareil Enfant, en quil[e]
Monde eſpere,

Et qui, bien que ſans force, és l[a]
Vertu du Pere;

Qui ne pouuant parler, és ſa diuine Voix,

L'Heritier de ſon ſceptre, & l[e]
Maiſtre des Roys;

Dont le souffle est pour eux vn
   horrible tonnerre,
Et deuant qui leur Throsne est
   fresle comme verre.
   Voila les Titres saints que ie
     veux adorer,
Les Grandeurs que ie veux par
     mes vers honorer,
Les Beautez dont ma Muse, à la
     Race future,
Par de nobles efforts veut laisser
     la peinture.
La sainte Pieté la demande de
     moy,
Et le desir des Bons m'en impose
     la Loy.
Hardiment i'ouuriray cette no-
     ble carriere,
Et nos Neueux, conduits par la

mesme lumiere,

Epris de mesme ardeur, vn iour
  la fourniront,

Et d'vn zele innocent ta gloire
  beniront,

Suiuant, selon mes vœux, auec
  des cœurs fideles,

Au culte des Autels, les traces
  paternelles.

Mais dans la belle ardeur qui
  m'agite le sein,

Comment puis-ie acheuer mon
  genereux dessein?

Comment puis-je, Seigneur, te
  rendre cet hommage,

Que ma foy me demande, où
  mon amour m'engage,

Si ton ayde diuine, en cet illustre
  iour,

Ne me donne vne force égale à
  mon amour ?
   O Iesus!ma Vertu, ma Force
    & ma Puissance,
Au pitoyable estat où m'a mïs
  ma naissance,
Ie demande & i'attens de ta
  sainte bonté
Le pouuoir de bien-faire auec la
  volonté.
L'homme que le peché rend foi-
  ble & miserable,
Sans toy de tous les deux a le
  cœur incapable.
Ie veux, pour m'acquiter de tes
  bien-faits diuers,
Tirer de ta Grandeur, le tableau
  dans mes vers :
Ie t'offre de l'Encens, des fleurs,

& des Couronnes ;
Mais ie ne t'offre rien que ce que
tu me donnes :
C'eft toy dont mes tableaux em-
pruntent leurs couleurs ;
Le Printemps amoureux te doit
toutes fes fleurs,
Et les plus doux parfums dont
l'Arabe fe vante ,
Ne tirent leur odeur que de ta
main fçauante,
Qui d'vn art merueilleux ref-
pand dans tous les Corps,
Sans iamais s'efpuifer, fes fuper-
bes trefors.
Enfin , rien n'eft à nous , ie fçay
ton droit fuprefme,
Et moy-mefme ne puis me dire
eftre à moy-mefme,

Reçoy donc pour present, Vnique Bien-faiteur,

Les biens dont ma Raison te
confesse l'Autheur :

Reconnois tes Tresors , & la
source feconde

Des faueurs que ta Grace espand par tout le Monde,

Et qui,comme vn grand fleuue,
eternel en son cours,

En faueur des Mortels se respan-
dra tousiours.

Tandis que chasque iour l'Astre
de la lumiere

Dans vn char de rubis fournira
sa carriere,

Et que l'obscure Nuit d'Estoiles
s'allumant,

D'vne pasle clarté peindra le Firmament,

Tu donneras sans cesse aux desirs des Fideles,

Pour te faire des dons, des richef-
ses nouuelles,

Et nous viendrons sans cesse, ô
Roy des Immortels,

De tes propres bien-faits couronner tes Autels.

Nous-nous confesserons, ainsi
que nous le sommes,

De Pauures, d'Ignorans, & de
Fragiles hommes,

Qu'vn crime hereditaire a pri-
uez de tout bien,

Et qui manquant de tout, ne
sont dignes de rien;

Si tu n'estois venu, par des graces insignes,

Chaſſer la Pauureté, donner à
   des Indignes,
Et ſi ton chaſte Amour, dans ſes
   ardens tranſpors,
N'auoit pour nos beſoins, prodi-
   gué ſes treſors.

APOLOGIE
CONTRE
LE DOCTEVR DE LOVVAIN.
A MONSIEVR
DE MARCA,
PRESIDENT AV
PARLEMENT DE PAV.
DEPVIS,
CONSEILLER D'ESTAT
ORDINAIRE, ET NOMME'
par le Roy à l'Euesché
de Couserans.

APOLOGIE
CONTRE
LE DOCTEVR
DE LOVVAIN, &c.

 ST-CE dureté ou
force? Est-ce pesan-
teur d'esprit ou soli-
dité de iugement?
La Teste du Docteur de Louuain a esté impenetrable à toutes mes Preuues : On peut le
vaincre, mais on ne peut pas le

Z ij

perfuader. Dans cette Tefte de
Brabant ie n'ay iamais pû faire
entrer la Raifon de France.

Puis que Pau n'eft pas de l'o-
pinion de Louuain, ie me confo-
le, Monfieur, du mauuais fuccez
de mes Argumens, & du Temps
que i'ay perdu à crier inutilement vn iour tout entier. Ie ne
fuis plus en peine des trois endroits de mon Liure qu'on a at-
taquez. I'auois peur de m'eftre
mal expliqué: Mais vous m'af-
feurez que c'eft le Docteur qui
ne m'a pas bien entendu, ou qui
ne m'a pas bien voulu entendre.
Ie fuis fondé en Arreft, ayant receu vne fi fauorable parole de
voftre part. Refte maintenant à

expliquer par le Commentaire
que ie vous adreſſe, le Iugement
que vous auez donné. Ce ſera
pour vous eſpargner la peine de
faire ſçauoir au Monde les raiſons que vous auez euës de iuger
en ma faueur.

LE Docteur de Louuain
m'accuſe d'auoir offenſé la dignité de la Foy, & d'auoir eſcrit
qu'elle eſt *vne Speculation ſe-
rieuſe , de laquelle vn Philoſophe
Payen peut eſtre capable.* A quoy
ie vous iure, Monſieur, que ie
n'ay iamais ſongé: Et quiconque
prendra la peine d'aller chercher mes paroles dans le lieu où

ie les ay mifes, verra qu'elles en
ont efté tranfportées auec vne
vifible corruption. Ie dis que les
Dogmes du Chriftianifme font
peu vtiles aux Chreftiens, fans
les actions conformes aux Dogmes; & que cette fimple, nuë,
& folitaire connoiffance des
Myfteres, eft vne Speculation
curieufe, dont vn Philofophe
Payen peut eftre capable. C'eft
ce que ie dis en termes exprés. Et
en le difant, comme vous voyez,
ie ne parle pas de la Foy, ie parle
de la Theologie : Ie ne parle pas
de la Religion, ie parle de la
Science. Ie parle de ce qui a efté
reuelé aux hommes au com-
mencement, mais qui depuis a

esté enseigné aux mesmes hommes, sans reuelation.

Il m'a esté impossible de faire
comprendre cette distinction
au Docteur. Ie n'ay iamais pû
luy persuader que la Connoissance dont ie parle, fust ce qui
s'apprend à l'Escole, par la voye
ordinaire des Preceptes, & dequoy non seulement tout Philosophe, mais aussi tout homme
est capable, pourueu qu'il ait des
oreilles passablement bonnes, &
qu'il apporte à l'Escole vn peu
de memoire, & vn peu d'attention. l'auouë donc que i'ay dit
en ce sens-là, qu'vn Philosophe
Payen peut connoistre nos Mysteres ; Mais ie n'auouë pas que

cela veuille dire que le mefme Philofophe puiffe eftre efclairé de noftre Foy. Ce feroit vouloir faire luire le Iour à Minuit, & mefler le Soleil aueque la Lune. Ce feroit vne abfurdité trop groffiere, de fe figurer qu'vn mefme homme fuft Fidele & Infidele en vn mefme temps. Qui pourroit s'imaginer, bon Dieu! que la Foy & l'Infidelité, deux Contraires fi oppofez & fi ennemis, fe puffent accorder enfemble?

Ie fçay, Monfieur, qu'il y a des Connoiffances reuelées, & des Theologiens qui font particulierement efclairez du Ciel. Mais encore vne fois, ce ne font

pas de ceux-là de qui il est question : Il ne s'agit icy que d'vne
façon de connoistre purement
humaine , encore qu'elle ait
pour obiet les choses diuines, &
le mot de Connoissance est pris
dans sa vulgaire signification.
Connoistre les Mysteres n'est
pas les croire. Remplir sa memoire & sa fantaisie de quelques images agreables, n'est pas
assuiettir son esprit & sa volonté aux Veritez reuelées. Lire la
sainte Escriture , comme Histoire, n'est pas la receuoir comme Parole de Dieu.

Aussi ce Dieu , qui a parlé &
qui a escrit par Moïse , & par les
autres Prophetes , ne propose

pas ses recompenses aux Doctes
& aux Intelligens, mais aux Fideles & aux Iustes. Il ne dit pas
dans le Leuitique, *Si vous estu-*
diez mes Ordonnances, & si
vous connoissez mes Commande-
mens. Mais il dit, *si vous chemi-*
nez dans mes Ordonnances, &
si vous gardez mes Commande-
mens. Et en effet, vous le sçauez
mieux que moy, Monsieur,
la pluspart des Philosophes
auoient leu les Liures de Moïse.
Ils auoient fait des voyages exprés en Iudée, pour s'instruire
des secrets de la Religion, &
pour s'informer, quel estoit ce
Dieu qui ne pouuoit compatir
auec les autres Dieux.

De là vient que Clement Ale-
xandrin appelle les Philofophes
Grecs LES LARRONS DES
IVIFS. Il les accufe d'auoir dé-
robé la Verité en Iudée, & à fon
dire, Pithagore fe fit mefme cir-
concire, afin de fe faciliter ce
commerce, & de meriter vne
plus eftroitte confidence de
ceux dont il vouloit fçauoir le
fecret. Platon a efté nommé le
Moïfe Athenien. Apparemment
il auoit appris des Docteurs Hebreux, la Theologie Myftique,
que depuis on a reprife de luy.
La Vie purgatiue, la Vie illumi-
natiue, la Vie vnitiue n'ont pas
efté ignorées de ce Philofophe:
Il fe voit dans fes Liures vn ef-

bauchement, & comme les premieres couleurs du Christianisme ; Et sans alleguer le tesmoignage de saint Augustin, s'il en faut croire Pic de la Mirande, Marcile Ficin, & quelques autres du dernier Siecle, ils y ont trouué la diuinité du Verbe, la cheute des premiers Anges, les peines de l'Enfer & du Purgatoire. Presupposé que cela soit, Platon estoit Escolier de nos premiers Maistres : Il auoit la connoissance des Mysteres, mais il n'auoit pas pour cela la Foy. Il trafiquoit en la Maison de Dieu; mais il n'estoit pas des Domestiques; Sa connoissance estoit vne Speculation curieuse , & non pas vne Science furnaturelle.

Le Philofophe Peregrin, dont
il eft parlé dans les Liures d'Au-
le-Gelle, & dans les Dialogues
de Lucien ; Lucien mefme, &
quantité d'autres Philofophes
voulurent goufter de noftre Religion au commencement. Ils
entrerent dans l'Eglife par curiofité; Mais ce furent des Trai-
ftres & des Efpions parmy nos
Peres. Apres qu'ils eurent appris
ce qu'ils defiroient fçauoir, ils fe
feparerent d'eux, & retourne-
rent auec les Prophanes, faire
des contes de nos Myfteres.

D'autres plus fages & plus mo-
derez, viuans fous des Empereurs Chreftiens, n'ofoient pas

offenſer l'opinion de leurs Maiſtres. Ils s'accommodoient au
Temps & au Lieu : Ils parloient
diſcretement & auec reſpect de
la Religion dominante. On peut
dire que ces Sages Mondains
ont reueré ce qu'ils n'ont pas
crû. Ils ont fait dauantage; ils
ont profité du bien des Fideles,
& ont tiré de nos Liures, ce
qu'ils y trouuoient de propre à
l'embelliſſement des leurs.

Par exemple, le Philoſophe
Themiſtius allegue dans ſes Harangues, deux ou trois fois, cette
celebre Sentence du Sage Hebreu, & la rapporte aux Sages
Aſſyriens, LE COEVR DV ROY
EST EN LA MAIN DE DIEV. Et

il y a de l'apparence qu'il ſçauoit beaucoup d'autres Sentences de meſme nature, puis qu'il ſer-uoit des Princes Chreſtiens; qu'il eſtoit tous les iours meſlé parmy des Theologiens & des Eueſques, & qu'il faiſoit particu-liere profeſſion d'amitié auec Gregoire de Nazianze, comme nous apprenons de pluſieurs lettres, que ce ſaint Perſonnage luy a eſcrites.

Vous ſçauez auſſi, Monſieur, que le Poëte Claudien, qui fleu-riſſoit ſous les Enfans du grand Theodoſe, & qui eſtoit vn des plus aſſidus Courtiſans de la Princeſſe Serene, a parlé parfai-tement bien de Ieſus-Chriſt, &

en a escrit particulierement ces beaux vers, qui ne peuuent estre d'autre que de luy, parce qu'il n'y a point d'autre que luy, qui en ce temps-là fist de si beaux vers.

Christe potens rerum, redeun-
tis conditor aui,
Vox summi sensusque Dei,
quem fudit ab alta
Mente Pater, tantique dedit
consortia Regni.

Saint Augustin neantmoins tesmoigne en quelque endroit de ses Liures de la Cité de Dieu, que ce Claudien viuoit dans vne Cour Chrestienne, sans estre Chrestien. Par consequent il estoit

eſtoit ennemi de la Diuinité qu'il
auoit chantée. Et de fait, il ſe
moque des Chreſtiens, dans vne
Epigramme, qu'il adreſſe à vn
certain Colonel de la Caualerie,
dont voicy le commencement.

Per cineres Pauli, per cani li-
    mina Petri,
Ne laceres verſus, Dux Iaco-
    be, meos.

C'eſt pour dire au Docteur de
Louuain, que la Foy & la Connoiſſance des Myſteres ſont
deux qualitez diſtinctes & ſeparées. Claudien ſçauoit des choſes, dont il n'eſtoit pas perſuadé.
Pour plaire à la Princeſſe Serene, grande Catholique & habile

A a

femme, il contrefaifoit quelquefois le Chreſtien, & auoit voulu apprendre de la Religion, autant qu'il en falloit pour en diſcourir & pour en eſcrire agreablement. Cette Connoiſſance n'eſtoit-elle pas vne Speculation curieuſe ? Les Myſteres n'eſtoient-ils pas dans la bouche des Prophanes ? Vn Payen ne traittoit-il pas de la Theologie ?

Et quand Mahomet ſecond, à la priſe de Conſtantinople, receut des mains du Patriarche, vn Abbregé des principaux points de noſtre Foy ; comme il eſtoit Prince de bon eſprit, & qui ne tenoit rien de la rudeſſe

de fa Nation, ne pouuoit-il pas
fçauoir par là, quelle eftoit la
Creance des Chreftiens ? Ne
pouuoit-il pas eftre informé des
affaires de l'Eglife, fans partici-
per à fa Communion, eftre Sçauant, fans eftre Fidele ; & prendre plaifir à fe faire entretenir
de la Trinité, de l'Incarnation,
& de l'Euchariftie, comme de
chofes rares & curieufes, comme de Nouuelles eftranges &
incroyables?

Ie m'arrefte trop en cet endroit. Si ne faut-il pas que ie paffe outre, fans vous faire fouuenir
de ce que feu Monfieur Coëffeteau vous peut auoir dit, auffi
bien qu'à moy, Que fous le Re-

gne du dernier Philippe, il y eut
en Efpagne & en Portugal, des
Religieux de tres-grande reputation, & d'vn Ordre tres-ap-
prouué de l'Eglife, qui au fonds
du cœur n'eftoient ny de leur
Ordre ny de noftre Eglife. Apres
auoir dit vingt ans la Meffe, &
auoir mefme enfeigné publiquement la Theologie, ils declare-
rent à la mort, qu'ils eftoient
Iuifs de Creance, bien qu'ils fuffent Chreftiens de Profeffion.

Ces gens-là auoient difputé
toute leur vie, & s'eftoient paf-
fionnez pour la querelle d'autruy. Ils eftoient parmy Nous,
mais ils n'eftoient pas des No-
ftres ? C'eftoient des Declama-

teurs , & des Comediens ; des
Imitateurs & des Charlatans.
Ce qu'ils enseignoient estoit leur
mestier, & non pas leur opinion.
Ils faisoient ce que font les Imprimeurs & les Peintres de Hollande, qui trauaillent pour l'vsage & pour l'ornement de l'Eglise , encore qu'ils soient du Party
contraire. Les vns font des images qui excitent à deuotion ; Les
autres impriment des Breuiai-
res & des Missels ; Mais les vns &
les autres se moquent de nostre
deuotion , & vendent leur mar-
chandise.

.Encore ce mot de l'Histoire
veritable. Dans la mesme Espa-
gne, à l'ouuerture d'vne Assem-

blée generale de Religieux, te-
nuë peu de temps apres l'Infti-
tution de leur Compagnie, il y
eut vn Pere qui eftonna tous les
autres Peres par ces paroles. *Il y
a quinze ans que ie fuis Religieux, mais il n'y en a que cinq
que ie fuis Chreftien, &c.* Ce qui
donna lieu à vn Decret paffé en
forme de Loy, par l'auis & par
les remonftrances du mefme Pere; Qu'à l'auenir on ne receuroit
point de Nouice dans la Compagnie, qui ne fuft de ceux qu'on
appelle en ce païs-là VECCHIOS
CHRISTIANOS, pour les diftin-
guer des nouueaux Chreftiens,
qui font de race Iuifue ou Ma-
hometane.

Dieu fit la grace à ce Religieux de deuenir Chreſtien, dix
ans apres ſa premiere Meſſe. Mais
comme Dieu fait grace, ne peut-
il pas quelquefois faire iuſtice?
Et ie demande ſi vn Docteur Regent en l'Vniuerſité de Salaman-
que, voire meſme en celle de
Louuain, apres auoir enſeigné
trois ou quatre Cours de Theologie, ne peut pas tomber en infidelité, par vn ſecret Iugement
de Dieu? Et ſi cela eſt, ne peut-il
pas perdre la Foy, & ſe ſouuenir
de la Theologie? Ne peut-il pas
ne croire plus les Myſteres, &
connoiſtre encore les Myſteres? &c.

Sur ces fondemens, Monſieur,

A a   iiij

ma Proposition est establie ; elle
s'appuye & se maintient là-dessus. l'ay dit dans la premiere &
dans la seconde Edition de mon
Liure, *Que sans la Foy, animée*
par les bonnes œuures; que sans les
vertus Chrestiennes & les actions
Chrestiennes, la connoissance des
Mysteres du Christianisme est
vne Speculation curieuse, de la-
quelle vn Philosophe Payen peut
estre capable. l'ay dit dans la troisiesme Edition, *Que sans les bon-*
nes œuures, la Foy n'est point re-
compensée de la Felicité; la Con-
noissance des choses celestes ne me-
rite point le Ciel; la priere n'est
qu'vn simple bruit, & les sacrifi-
ces ne sont que des meurtres. Voi-

là tout ce que i'ay dit au premier Paſſage, attaqué par le Docteur de Louuain. Mais à Dieu ne plaiſe que i'aye dit en ſuitte, comme il me le voudroit faire accroire, *Que le Roy n'euſt point beſoin de ſe confeſſer.*

Ce qui me faſche le plus en cette rencontre, c'eſt qu'on me reproche celuy de tous les Vices, pour lequel i'ay le plus d'auerſion. I'ay oüy dire à Rome, à vn vieux Romain, qu'il eſt encore moins deshonneſte de ne pas bien ſeruir les Princes qu'on ſert, que de les flatter en les ſeruant; Et qu'il vaut encore mieux eſtre impatient de toute ſorte de ioug, que d'eſtre proſtitué à toute forte de complaifance. La Rebellion monftre pour le moins au dehors, ie ne fçay quoy de noble & de genereux, au lieu que la Flatrerie n'a rien que de bas & de timide; Elle n'a de cœur ny de courage que pour fe ietter hardiment dans l'infamie, que pour mefprifer Dieu, en fe profternant deuant les Hommes. Mais quoy qu'il en foit, & quelque opinion qu'ait euë le vieux Romain de la Seruitude & de la Reuolte; fous vn Maiftre iufte, il faut s'efloigner efgalement de ces deux extremitez, & ie penfe l'auoir fait. Ie ne penfe pas auoir perdu ma liberté, pour auoir loüé le plus loüable Roy qui fût

au Monde, auant les defordres
de la Maifon Royale, & l'abfen-
ce de la Reyne fa Mere. Ayant
eu deffein de faire voir en fa perfonne, vne idée à tous les Princes, i'ay crû que ie deuois commencer par la Pieté, & que parmy fes Suiets, ie pouuois parler
en feureté de l'innocence de fa
Vie, qui n'eftoit pas conteftée
alors par fes propres ennemis.

Il eft vray qu'ayant bien pre-
ueu que certaines gens qui s'offenfent de tout ce qui ne s'accommode pas à la foibleffe de
leur fens & à leur mode de conceuoir, pourroient former des
doutes & des fcrupules, fur quelques paffages de mon Liure, i'en

fis faire en mefme temps deux
impreffions, & réformay ces endroits en la feconde, qui fut
acheuée auffi-toft que la premiere. Ce que ie ne fis pas tant
pour la neceffité de mon Difcours, que pour le foulagement
de l'intelligence de ces gens-là;
ni tant pour contenter les Perfonnes raifonnables, que pour ne
point laiffer de matiere aux Querelleux; ni tant pour corriger de
mauuaifes opinions , que pour
redreffer de mauuais efprits.
Vous le verrez, Monfieur, dans
vn Exemplaire de cette feconde
Edition que ie vous enuoye; &
vous m'auoüerez, ie m'affeure,
que fi elle euft efté diftribuée

coniointement auec l'autre, ainfi que ie l'auois ordonné, les plus
groffiers euffent efté efclaircis
de mon intention, & les plus
Fafcheux fatisfaits de mes paroles.

Pourueu donc que mes paroles
foient confiderées en leur place
naturelle, & non pas en vn lieu
eftranger, où mes Ennemis les
changent en les tranfportant:
Pourueu qu'on les life dans l'ordre & le rang que ie leur donne,
& non pas dans l'embarras & la
confufion où ils les iettent, ie
foufliens que de tout ce Difcours
de la Confeffion, qui femble
donner plus de couleur à la Calomnie, & plus de prife fur moy,

il ne se peut tirer que ces trois
innocentes conclusions. La premiere, qu'encore que le Roy se
confesse fort souuent, il ne s'ensuit pas de là, qu'il soit vn fort
grand Pecheur; La seconde qu'à
iuger de son ame par ses actions,
& de la racine par le fruit, il
semble qu'il ne face point de
mal; La troisiesme que tous les
entretiens qu'il a auec son Con-
fesseur, ne sont pas des Confes-
sions ; mais que quelquefois il
peut luy demander, ou des conseils dans les doutes de sa Conscience, ou des aides & des sou-
lagemens dans les trauaux de
son Esprit, ou des expediens &
des moyens, pour vne plus gran-

de perfection de fa Vie.

Le premier point ne reçoit, à mon auis, aucune difficulté. Au fecond, il n'y a que la face de l'Oraifon , & l'expreffion de la Penfée qui effarouche quelques Efprits. Car de dire , *qu'il femble que le Roy ne fe puiffe accufer de mal-faire, s'il ne fe calomnie foy-mefme,* c'eft dire en Langue vulgaire , que fes actions font fans reproche , & qu'il eft de vie innocente ; Ce qui fe dit tous les iours de quantité de fes Suiets, fans que le Theologien de Louuain le trouue mauuais. Outre que de plus icy , il faut prendre garde aux ramparts & aux defenfes que ie mets au deuant de cette Propofition. Il faut remarquer que ces mots, *il femble*, *humainement parlant*, *& dans la rigueur de noftre iuftice*, font autant de boucliers dont elle eft couuerte ; font des adouciffemens & des modifications fuffifantes, qui pourroient corriger quelque chofe de plus rude.

Pour la Locution de *fe calomnier foy-mefme*, ie n'en fuis pas l'Inuenteur, quoy que peut-eftre ce foit moy qui l'ay apportée le premier en France. Mais certes, ie ne m'imaginois pas que cette Locution deuft furprendre les honneftes gens, & particulierement les gens de Lettres. Ie l'auois veuë dans les Inftitutions
de

de Quintilien; qui eſt vn païs,
comme vous ſçauez, où l'on ne
voit gueres que de bonnes choſes. Ce grand Maiſtre en l'art de
parler, ſe ſert de ces paroles plus
d'vne fois, pour ſe moquer de
certains Orateurs chagrins, qui
ne ſe pouuoient contenter eux-
meſmes. Dans l'Hiſtoire de Pline, il y a vn Peintre de meſme
humeur que ces Orateurs; plus
chagrin encore, & plus difficile
à ſe contenter. Croyant auoir
veu l'Idée de la Perfection, &
deſeſperant d'y pouuoir attein-
dre, il effaçoit preſque autant de
Tableaux qu'il en pouuoit faire.
Il blaſmoit iniuſtement en ſes
Ouurages, ce que les autres Pein-

tres y eftimoient aueque raifon,
& pour cela il fut appellé LE CA-
LOMNIATEVR DE SOY-
MESME.

Le Pere Maphée, dont ie fuis
affeuré, Monfieur, que vous approuuez la Diction, a crû que
cette belle maniere de dire pouuoit entrer dans la Religion
Chreftienne, & eftre appliquée
à ces Scrupuleux, qui s'imaginent que tout eft peché, & qui
s'accufant à leur Confeffeur de
tout ce qu'ils font, comme s'ils
ne faifoient rien qui fuft bon, *fe
calomnient eux-mefmes en fe con-
feffant.* Apres des gens qui parlent fi bien, i'ay crû que ie ne me
hazardois pas beaucoup, de par-

ler comme eux; & ie vous auouë
que ie ne fçauois pas que la langue Françoife, fuft plus feuere
que la Latine : Ie ne fçauois pas
que la Fille fuft plus Sage que la
Mere.

Ie fçay bien d'ailleurs, qu'il
n'y a rien de net en la prefence
de Dieu, deuant lequel le Soleil
eft obfcur & les Eftoiles ne font
pas pures. Ie fcay qu'il n'a pas
trouué de fermeté en fes Anges,
& que les Hommes font des
vaiffeaux de bouë, beaucoup
plus foibles & plus fragiles. Mais
ie n'auois pas crû iufques icy
que ces grandes paroles deftrui-
fiffent ma Propofition; Et quand
ie dis que dans la rigueur de no-

Bb ij

ftre iuftice, le Roy ne fe peut accufer de mal-faire, ie dis tacitement qu'il fe peut accufer de
mal-faire, dans la rigueur de la
iuftice de Dieu : Quand ie dis
qu'il eft pur deuant les Hommes, ie laiffe la liberté de penfer
que peut-eftre il ne l'eft pas deuant Dieu : Quand ie le iuftifie
au Tribunal de la Raifon humaine, ie n'empefche pas qu'on
n'appelle de ce Iugement, au
Throfne de la Sageffe diuine; &
quand ie rends à fes actions le
tefmoignage de nos yeux, & de
noftre façon de connoiftre, ie
ne leur donne pas des affeuran-
ces d'vne verité infaillible, ni
l'approbation de Celuy qui pe-

netre les cœurs & foüille dans
les penfées.

Au contraire, comme Home-
re dit quelquefois, *les Hommes
appellent cela ainfi , mais les
Dieux le nomment d'vne autre façon,* on peut inferer de la profeffion que ie fais de parler humainement , que ie reconnois vne
autre Langue que celle des
Hommes. Il fe peut faire que ce
que nous appellons vertu fur la
Terre, n'ait pas le mefme nom
dans le Ciel. Il fe peut que noftre
Force foit là haut Foibleffe.
Peut-eftre qu'au païs de la vraye
Perfection , noftre pretenduë
Perfection n'eft que Defaut, que
Mifere & qu'Infirmité.

Saint Paul parle humaine-
ment, & fait gloire de fon innocence, lors qu'il protefte qu'il ne
fe fent coupable de rien ; Mais
lors qu'il adioufte qu'il n'eft pas
pourtant iuftifié, il change de
langage, & tefmoigne qu'il at-
tend fa iuftification de Dieu, &
qu'il ne la reçoit pas de foy-mefme. Auffi difant que le Roy ne
peut s'accufer de mal-faire, ie
donne beaucoup à l'Homme:
Mais adiouftant que c'eft dans
la rigueur de noftre iuftice, ie
n'ofte rien à Dieu, & luy laiffe fa
Iurifdiction toute entiere. Ie
parle, Monfieur, de l'euidence
des Oeuures, & non pas de l'obfcurité des Penfées ; Des chofes

que nous voyons , & non pas
des secrets qui nous sont ca-
chez; Des merueilles que le Roy
a faites, dont il a le tesmoignage de toute l'Europe , & non
pas de ce qui se passe entre Dieu
& luy, en la presence de son bon
Ange.

Tellement que nous som-
mes de mesme opinion mes
Auersaires & moy ; Mais nous
ne nous entendons pas, non plus
qu'en cecy , *il se laue quelque-*
fois pour se rafraischir , & non
pas pour se nettoyer.

En cet endroit ie ne parle
point du Sacrement de la Penitence, que ie sçay estre vn second Baptesme, & n'auoir point

de lieu où il n'y a point de fouïl-
lure ; Ie parle feulement des
confolations , & des douceurs
interieures que l'Ame reçoit de
Dieu, par l'entremife de fes Mi-
niftres, dans fes peines & dans
fes defgoufts. Tous les Bains ne
font pas des purgations : Le la-
uement ne prefuppofe pas touf-
jours de l'ordure : l'Eau eft em-
ployéé à diuers vfages, tant en
effet que par metaphore. Et puis
qu'il n'eft rien de plus frequent
dans les Liures fpirituels , que
l'aridité & la fechereffe d'efprit,
il me femble que le remede de
cette fechereffe fe doit appeller
rafraichiffement; & en ce fuiet,
fi on vfoit du mot de purifier,

on vferoit d'vn mot, qui peut-
eftre ne feroit pas affez propre.

Il y a deux Clefs dans le Royaume de Iefus-Chrift, qui nous
ouurent les Fontaines du Salut,
la Clef de l'Autorité & celle de
la Doctrine ; La Puiffance qui
eft dans l'Eglife, pour remettre
les Pechez, & la Science qui
eft dans la mefme Eglife, pour
inftruire à la Vertu. Les eaux
de la premiere Fontaine net-
toyent, purifient & renouuel-
lent : Les autres temperent, de-
falterent, rafraifchiffent. C'eft
des premieres que s'entendent
ces paroles de Dauid, *Vous me
lauerez, Seigneur, & ie feray
plus blanc que la Neige* : Et des

secondes que s'entendent celles de Ieremie. *Enquerez-vous quelles font les routes anciennes ; Sçachez quelle eft la bonne voye, cheminez-y, & vous trouuerez du rafraichiffement à vos ames.*

Le Roy donc fe fait monftrer ces routes anciennes ; Il s'informe de ceux qui ont la direction de fa Confcience, quelles ont efté les traces de Conftantin, de Charlemagne, & de Sainct Louïs, afin de les fuiure pas à pas, & de trouuer ce rafraichiffement, qui luy eft promis par le Prophete. Il reçoit des inftructions & des adreffes, par lefquelles ie ne pretens pas d'exclure la Confeffion ny la Peni-

tence. Au contraire de ces mots,
Il n'a pas tousiours besoin de la
puissance du Sacerdoce , mais il
demande quelquefois de la conso-
lation à la Theologie, on doit tirer cette infaillible consequence , que le Roy a besoin de se
confesser. On peut voir que ie
distingue deux actions separées,
qu'il exerce auec son Confes-
seur ; l'vne en se confessant, l'autre en se conseillant à luy ; l'v-
ne de necessité , l'autre de perfection ; la premiere qui reme-
die au Peché , la seconde qui le
preuient: Celle-là, qui est la Table apres le naufrage , celle-cy
qui est l'Art de bien & seure-
ment nauiger.

Tout cela, Monfieur, foit dit pour Louuain; car à Pau, ie n'ay pas befoin de plaider ma Caufe, & vous auez defia prononcé en ma faueur. Mais parce qu'on m'a dit que le Docteur doit aller bientoft en Gafcogne, & qu'il y pourroit porter de fauffes nouuelles, ie me fuis auifé de le preuenir par cette petite Apologie. C'eft afin que vous n'ignoriez pas le particulier de ce qui s'eft paffé entre luy & moy, & afin qu'il foit receu en voftre Prouince, comme vn homme qui a efté battu & qui s'enfuit, s'il y vouloit faire le Braue & le Triomphant.

LE DERNIER
PASSAGE
DEFENDV CONTRE
LE DOCTEVR
DE LOVVAIN.

Ien qu'on le voye af-
fez fouuent profter-
né deuant fon Confef-
feur, & toute fa Ma-
iefté humiliée aux pieds d'vn de
fes Suiets, qu'on ne s'imagine pas
pour cela que l'habitude qu'il
peut auoir à pecher luy rende

plus familiere cette action. Car
humainement parlant, & dans
la rigueur de noſtre iuſtice, il
ſemble que s'il ne ſe calomnie ſoy-
meſme, il ne puiſſe s'accuſer de
mal faire. Il n'a donc pas touſiours beſoin de la puiſſance du Sacerdoce, mais il demande quelquefois de la conſolation à la
Theologie. Souuent il délaſſe ſon
eſprit accablé d'affaires, dans
l'entretien d'vn homme de Dieu.
Souuent il reçoit des conſeils, qu'il
a deſia preuenus par ſes actions.
Il ſe laue ſouuent pour ſe rafrai-
chir, & non pas pour ſe nettoyer:
Il prend des remedes pour ſe con-
firmer en ſanté, & non pas pour
ſe guerir : Il cherche la Perſe-

ction auec tant d'ardeur & de
violence, que quand il y a lieu
de Mieux, il estime que le Bien
est vne espece de Mal.

DEVX
DISCOVRS
ENVOYEZ A ROME,
A MONSEIGNEVR
LE CARDINAL
BENTIVOGLIO.

A MONSEIGNEVR
LE CARDINAL
BENTIVOGLIO.

ONSEIGNEVR,

Ie ne puis croire ce que Monsieur Maynard m'a escrit de la
bonté de vostre Eminence. Se-
roit-il possible qu'elle eust admiré à Rome, des Orateurs &
des Poëtes de Prouince ? Ayme-

C c ij

roit-elle si ardemment les choses
mediocres, elle qui connoist &
qui sçait faire les excellentes.
Elle loüe donc iusqu'à nostre
charbon & à nostre craïe, quand
nous essaions de contrefaire ses
couleurs. Si nous representons
quelque ombre, & quelque
lueur de cette viue lumiere, qui
brille dans ses Escrits, elle s'escrie auec ioye, que nous auons
de l'auantage sur elle. Vous prenez plaisir, Monseigneur, à nous
voir amuser le Peuple, auec nos
Fleurets; vous faites cas de nostre industrie & de nostre adresse: Vous qui auez en vostre puissance toutes les machines de la
Persuasion, & qui agissez sur l'a-

me des Hommes , auec vne force plus qu'humaine ; vous qui
eſtes entré par la parole , dans
la confidence des Princes , vers
leſquels vous auiez eſté enuoyé
par le Saint Siege , & qui auez
changé aupres d'eux, voſtre Mi-
niſtere en Autorité. Il eſt certain , & c'eſt vn teſmoignage
que vous rend la voix publique
de la Chreſtienté , qu'en toutes les Cours où vous auez eſté
Nonce , vous eſtes deuenu Fauory : Ie ne dis pas Fauory par
l'extrauagance de la Fortune ,
par la fantaiſie du Prince , par
vn prodige du Temps , mais
par voſtre Vertu , par voſtre
Eloquence, & par voſtre Eſprit.

Apres cela, Monseigneur, quelle apparence de chercher de l'esprit, & de l'eloquence hors de vous-mesme, & de me demander mes dernieres Compositions, auec autant de chaleur, que nous attendons les vostres deçà les Monts? Il faut neāmoins obeïr, puis que vostre volonté m'a esté declarée par Monsieur Maynard. Ie ne trouue point de resistance, pour opposer à vne si douce force : Des prieres qui commandent si obligeamment que les vostres, ne me permettent pas mesme de remettre mon obeïssance à vne autre fois. Sans differer dauantage, ce sera, Monseigneur, par cet Ordidinaire, que vous receurez les deux Difcours, que vous auez particulierement defirez.

Ce font des Difcours de contradiction & de combat, dans le genre que l'Efcole nomme Polemique; Et la Neceffité, qui aguerrit les plus paifibles Efprits, a porté le mien en cette occafion, au delà de ce que ie croyois qu'il pouuoit aller. Ie fçay bien qu'vn galand homme, qui a l'honneur d'approcher voftre Eminence, luy a conté des merueilles de mes Auerfaires & de leurs forces: A ce qu'il dit, quiconque pourra defendre les Paffages qu'on attaque, pourra fouftenir vne

Armée Royale dans vn Moulin,
& luy difputer vn Pont rompu.
Vous verrez, MONSEIGNEVR,
fi i'ay fait ce que le galand homme n'a pas eftimé faifable : Mais
fi ce que i'ay fait vous pouuoit
perfuader, ie croirois que ce
feroit beaucoup plus que d'a-
uoir conuaincu mes Auerfaires. Ce ne feroit pas feulement
finir vn Procez ; Ce feroit empefcher de naiftre vne infinité
de Procez ; & l'Arreft d'vn fi
grand Iuge impoferoit filence
à toute la Chicane prefente &
future. En attendant cette nouuelle faueur, que ie me promets
de voftre iuftice, & de mon bon
droit, ie prieray Dieu au Defert.

pour la prosperité de vostre Eminence, & demeureray, auec le
respect & la gratitude que ie luy
dois,

MONSEIGNEVR,

Son tres-humble & tres-
obeïssant Seruiteur.
BALZAC.

A Paris ce 15. Iuillet, 1627.

DISCOVRS
PREMIER,
OV' IL EST PARLE'
DE LA FOY PVBLIQVE,
DE LA PROBITE' DES
PARTICVLIERS,
DE LA PROFANATION
DES TERMES,
DE L'ESCRITVRE SAINTE,
DE LEVR LEGITIME
APPLICATION, &c.

'E feray auiourd'huy vnè chofe bien nouuelle. Ie commenceray ma Defenfe, en excufant mon Accufateur.

Ces Meſſieurs ne trompent
pas touſiours; Ils ſont quelquefois trompez, & s'efforcent ſeulement de donner aux autres,
les impreſſions qu'ils ont receuës. Il eſt certain que le plus
ſouuent leur zele eſt artificiel,
& lors qu'on penſe qu'ils ſoient
fort eſmeus, ils n'ont que des
exclamations feintes & vne colere de Theatre. Mais auſſi en
certains lieux, comme en celui-
cy, leurs reſſentimens ſont na-
turels, & viennent de l'abondance du cœur. Il n'y a plus
d'imitation ny de maſque, &
c'eſt tout de bon que s'eſcrie le
Docteur de la Franche-Comté, Copiſte du grand Phylar-

que, *Qui eſt-ce qui ne fremira point d'horreur, d'entendre cette impie comparaiſon, d'vne ſimple parole de compliment, auec tout ce qui a iamais eſté iuré ſur la Sainteté des Autels, & ſur la verité des Euangiles ? Qui eſt-ce qui pourra ſouffrir qu'on die de la parole d'vn Particulier, qu'elle eſt plus aſſeurée que la Foy publique, & qu'elle demeurera, quoy que le Ciel & la Terre paſſent ?*

Sans doute ces grands mots de Foy publique, de Iurer, d'Autels, & d'Euangiles luy ont fait peur. Il a eſté frapé de cette ſubite frayeur, qui ſaiſit les ames les moins religieuſes, à l'entrée

d'vn lieu de deuotion. Il s'eft
fcandalifé de voir la parole d'vn
homme fi prés des Autels & des
Euangiles. Mais ne nous eſton-
nons pas, comme luy, à la rencontre de ces termes illuftres &
fpecieux. Souſtenons vn peu
l'efclat exterieur qui en reiail-
lit. Nous trouuerons que quoy
qu'ils fonnent, ils ne fignifient
rien d'extraordinaire, & que ni
Dieu n'eſt offenfé en ma comparaifon, ni les chofes faintes
profanées.

La Foy publique deuroit e-
ftre inuiolable, ie l'auouë. C'eſt
le fondement fur lequel le Monde fe repofe : C'eſt-elle qui ofte
la cruauté à la Guerre, & la foi-

bleſſe à la Paix : Elle eſt Gar-
dienne de ce qui ne peut ſe defendre, ni par la Prudence ni par
la Force; Et ſans elle les Eſtats,
qui doiuent auoir pour fin vne
durée eternelle, ne pourroient
s'aſſeurer d'vne ſeule heure de
l'Auenir. Neantmoins cette Foy
publique, ſi neceſſaire à la conſeruation du Monde, n'eſt ſouuent autre choſe qu'vne publique Infidelité. D'ordinaire on
n'employe l'entremiſe de l'E-
gliſe, dans les Negotiations ci-
uiles, que pour prendre auantage de la pieté d'autruy, en donnant le ſcrupule qu'on n'a pas.
On met en œuure les anciens
Sermens; On en forge de nou-

ueaux , quand il eſt queſtion de
mentir efficacement & de faire les grandes iniuſtices. Il faut
eſtre bien Eſcolier en Politique,
& bien Eſtranger dans le Monde , pour ne ſçauoir pas cela.

Toutes les Hiſtoires ſont pleines de ces dangereux Exemples;
Et ſans ſortir de la noſtre , ni
toucher auſſi à l'honneur de noſtre Siecle , que i'eſpargne toûjours le plus que ie puis . Qu'on
iette les yeux ſur les fatales di-
uiſions, qui trauailloient la France ſous le Regne de Charles ſi-
xieſme ; On verra que les Chefs
des deux Partys , les Orleanois,
& les Bourguignons iurerent
dix fois vne meſme Paix , ſur

les mefmes Euangiles ; & que
dix fois ils fe mocquerent du
nom de Dieu , en rompant cette
Paix , fi fouuent , & fi folennel-
lement iurée.

C'eft à dire qu'entre les mains
des Trompeurs, la Religion eft
vn inftrument de Perfidie , &
non pas vne affeurance de Fidelité. Il faudroit voir noftre
Ame , pour voir des marques
certaines de noftre intention:
C'eft folie que d'en demander de
fenfibles & de corporelles. Et fi
nous manquons de bonne foy ,
ni la prefence de cét Arbitre terrible, que nous appellons à tefmoin, ni la Sainteté des Autels,
que nous touchons : ni la verité

té des Euangiles , fur lefquels
nous faifons nos Sermens , ne
les rendent pas neceffairement
veritables. Tout cela n'accom-
plit pas les chofes que nous a-
uons promifes. Sans la bonne
Foy , toutes ces actions pom-
peufes & folennelles , ne font
que des Reprefentations & des
Spectacles, pour amufer le Vulgaire.

Ces Paroles, qui s'appellent
Articles de Paix , qu'on graue
fur le cuiure , & qu'on autori-
fe du nom de Dieu , font des
paroles, comme les autres; font
des Chanfons grauées fur le cuiure , quand elles ne partent pas
du cœur , & qu'on n'a pas in-

D d

tention de les obferuer. Ce font
des Caracteres mieux formez,
& mieux imprimez que les ordinaires; Mais neantmoins des
caracteres impuiffans, des lettres mortes & immobiles, fi la
Probité ne les anime, & ne leur
donne de l'action. Or quelquefois le Citoyen a plus de probité que la Republique. Des
Nations entieres ont efté ac-
cufées de trahifon par l'Antiquité: Qui n'a point oüy parler des
Menteurs de Candie, & des infideles Liguriens; de la Foy
Grecque, de la Foy Punique,
mifes en Prouerbe, depuis tant
de fiecles? Pour moy, ie me ferois plus fié à vn billet d'vn Ro-

main, qu'à tous les Traitez des
Carthaginois, & à ce que Regulus m'auroit promis d'vn signe
de teste, qu'à ce qu'Annibal
m'auroit iuré par tous ses Dieux
& par toutes ses Deésses.

Ce n'est pas de la Religion
publique, c'est de la Probité des
Particuliers, dont il est parlé
dans ces belles lignes, sur les-
quelles il se pourroit faire de
longues meditations ; EN CE
TEMPS-LA ON FAISOIT SER-
MENT PAR LES DIEVX, QVOY
QV'ILS NE FVSSENT QVE DE
TERRE CVITE, ET CEVX QVI
AVOIENT IVRE SVR TELLES
IMAGES, RETOVRNOIENT
VERS L'ENNEMY, AFIN DE NE

 D d ij

LVY ROMPRE PAS LA FOY PROMISE. Mais pour vn Regulus, & pour quelques autres en fort petit nombre ; combien d'Infideles & de Pariures, en tout Temps & en tout Pays? Ne nous imaginons pas que ces gens de bien craigniſſent ces ſortes de Dieux ; Ie ſuis aſſeuré qu'ils ne les eſtimoient que des Marmouſets & des Poupées. Mais ils ſe craignoient eux-meſmes. Mais ils reueroient leur Conſcience : Ils luy rendoient conte de leurs actions, dans toute la rigueur de leur deuoir. Le Serment & la Foy publique n'auoient garde d'eſtre ſi fermes que la ſimple parole de ces gens-là.

IE ne suis donc pas d'auis de
me retracter encore pour cette fois; Et tout ce que ie viens
de dire m'apprend que tout ce
qu'on iure sur les Autels & sur
les Euangiles , n'est point plus
asseuré que la parole d'vn homme de bien. Et certes, traitant
auec vn Prelat , à la vertu duquel les deux premieres Cours
de la Chrestienté rendent des
tesmoignages esgalement glorieux , & dont la memoire est
sainte dans l'Eglise qu'il a gou-
uernée , ie pense que ie n'ay
point fait vn excez, le mettant
au nombre des gens de bien :
Et ie pense encore que la pro-

meſſe qui m'auoit eſté faite par
vne perſonne ſacrée, mais dont
la Fidelité ne m'eſtoit pas moins
connuë que le Sacre, ne me deuoit pas eſtre en moindre conſideration que les promeſſes qui
ſe font en des lieux ſacrez, mais
d'ordinaire par des Pariures &
des Sacrileges.

Et en cet endroit, ie ſupplie
nos Amis de ne ſe laiſſer point
aller aux perſuaſions de mon
Ennemy ; & de ne ſe pas imaginer que la parole dont ie fais
tant d'eſtat, ſoit comme il aſſeure, *vne ſimple parole de compliment, qui ſe dit plus par ciuilité que pour intention qu'on ait
de l'accomplir.* Ces petits jeux

qui font peut-eftre permis au
Docteur de Bezançon, font dé-
fendus aux veritables Chreftiens, & aux veritables Philofophes. Ces gens rudes & de mauuaife humeur aiment mieux e-
ftre inciuils, que de faire profeffion d'vne Ciuilité qui approuue le Menfonge: Tant ils
font fimples & du temps paffé,
ils croyent eftre obligez de tenir ce qu'ils promettent, & de
faire ce qu'ils difent. Mais lors
qu'à cette iuftice fi ponctuelle
& fi fcrupuleufe, qu'ils exer-
cent indifferemment à l'endroit
de tout le Monde, il fe ioint vne
parfaite amitié, & qu'outre ce
droit des Gens, qu'ils eftendent

D d iiij

ſi auant , il y a encore vne e-
ſtroite communication d'intereſts & de penſées , qui les lie
enſemble ; alors ils n'ont garde
de negliger deux deuoirs reü-
nis en vn , ny de traiter leurs a-
mis , plus mal qu'ils ne traitent
les autres hommes.

Pour celuy , dont ie ſuis contraint de défendre la Fidelité ,
laquelle n'ayant iamais eſté
ſoupçonnée , n'auoit iamais eu
beſoin de défenſe ; Quand il
m'euſt promis quelque choſe
dans vn Deſert , & qu'il m'euſt
parlé à l'oreille , me la promet-
tant , ie ne me fuſſe pas moins
aſſeuré en ſa parole , que ſi la
preſence des Iuges & du Gref-

fier l'euſt publiquement autoriſée. Et bien que la Mort finiſſe tous les Contrats , & toutes les Promeſſes de cette nature , & qu'il ne me reſte rien d'vn ſi excellent amy , qu'vne memoire tres-precieuſe , que ie conſerue tres-cherement , ie veux croire que du lieu où il eſt , il iette encore les yeux ſur moy ; qu'il preſide encore à la conduite de ma vie ; que ie ne m'adreſſe point à luy inutilement ; *& que ſa parole demeurera , quoy que le Ciel & la Terre paſſent.*

IL ne faut point faire icy tant de bruit , ni redoubler les Ex-

clamations Tragiques. Ce que
i'ay dit , ſe peut dire de toute af-
firmation veritable : Et ſi le Soleil à cette heure nous eſclaire,
& que ie die IL EST IOVR,
ma parole ſubſiſtera , quoy que
le Ciel & la Terre paſſent : Elle
ſera vraye, lors meſme qu'il n'y
aura plus de Soleil ni de lumiere : Et ſi les choſes retournoient
en leur premiere confuſion, ce
deſordre vniuerſel de la Nature ne ſeroit pas capable de la
rendre fauſſe. La Verité n'eſt
ſuiette , ni à la Vieilleſſe , ni à
la Mort : Elle doit durer plus que
le Temps : Elle ſe conſeruera
dans les ruïnes du Monde ; Et
quand le Ciel & la Terre ne ſe-

ront plus, deux & deux feront
quatre, le Tout fera plus grand
que fes parties, les Lignes tirées du Centre à la Circonfe-
rence feront egales.

Mais la Verité n'eft pas feulement eternelle dans les Ma-
thematiques; Elle l'eft auffi ailleurs, & vne propofition conforme à fon obiet, & qui ex-
prime vne chofe vraye, furui-
ura fans difficulté, à tout ce qu'il
y a de materiel & de corrupti-
ble. Tellement que la promef-
fe qui m'a efté faite, n'eftant
point fauffe, elle doit demeurer, quoy que le Ciel & la Terre paffent; Et ie referueray à
vne autre fois, & contre vne

autre perſonne que celle d'vn
Eueſque , l'auertiſſement que
me donne le Docteur de Bezançon de la part du Roy Dauid,
*Qu'il n'eſt point d'homme qui ne
ſoit menteur.*

Il a mal pris l'intention du
Saint Eſprit, qui à mon auis, ne
nous veut pas obliger par là, à
nous deffier de tout le genre
humain , & à croire faux tout
ce qui ſe dit comme veritable.
Si cela eſtoit, & ſi les hommes
ne pouuoient iamais dire la verité , nous ſerions tous Barbares
les vns aux autres. On ne s'en-
tendroit pas mieux qu'on faiſoit , quand les Langues furent
confonduës. La Societé ciuile

se dissoudroit de soy-mesme ;
& s'il y auoit encore quelques-
vns qui habitassent la Terre, il
n'y auroit plus pourtant ni de
Citoyen , ni de Famille, ni de
Republique.

Il me semble donc que le
Mensonge,auquel tous les hommes sont suiets , n'est pas tant
vn defaut de leur volonté que
de leur entendement , ni tant
vn vice qu'vne ignorance. Ils
sont plutost blasmez de ne pas
sçauoir la verité, que de la corrompre, & de se tromper eux-
mesmes , que de tromper leur
Prochain. On n'entend pas que
les principes de tout Bien soient
si alterez en eux, qu'ils parlent

touſiours contre leur conſcience ; mais que la connoiſſance
qu'ils ont des choſes eſt ſi petite, qu'ils ne peuuent gueres parler ſans erreur.

Ou certes ce Menſonge doit
eſtre pris pour vne ſimple inclination à mentir , & non pas
pour vne habitude formée de
mentir touſiours. Tout homme eſt menteur , de la meſme
ſorte que tout homme eſt iniuſte , que tout homme eſt intemperant ; mais non pas de la
meſme ſorte que tout homme
eſt raiſonnable. Les Candiots
peuuent dire quelquefois la verité ; & il n'eſt point de Poëte
ſi fabuleux , qui ne deuienne

veritable Hiftorien , s'il efcrit *qu'il y a vn Dieu, & que le Mon-* *de eft la Creature de ce Dieu.*

Cette obiection renuerfée, il ne peut en cecy refter qu'vn fcrupule ; que i'efpere de leuer fans beaucoup de peine. C'eft qu'encore qu'il foit certain qu'v-ne propofition veritable de-meurera , quoy que le Ciel & la Terre paffent, il n'eft pas bon toutesfois de l'exprimer en ces termes , qui font comme con-facrez à la parole de Dieu ; & dont par confequent il ne fe faut pas moins abftenir en no-ftre langage ordinaire , que des vafes de l'Eglife au feruice de noftre maifon.

Ie ne doute point que la profanation des Mysteres, & du Texte des Liures saints, ne merite l'indignation des Fideles. Cette sorte d'impieté est d'autant plus dangereuse, qu'elle est plus déguisée & plus difficile à reconnoistre. Car quoy qu'on tesmoigne n'estimer pas saint ce qu'on employe indifferemment à tous vsages, & quoy qu'on nie tacitement en la Religion les choses qu'on ne reuere pas; si est-ce que cette Licence a tousiours le visage plus doux, & plus modeste que l'Atheïsme : Elle se coule auec moins de difficulté dans l'ame des hommes, que ne feroit vne

Nega-

Negation abſoluë & deſcou-
uerte.

Il n'y a gueres de gens qui
ne ſoient Soldats en temps de
guerre, & qui ne ſe mettent en
deuoir de défendre les veritez
de la Foy, lors qu'elles ſont ouuertement combattuës: Au contraire, quand on ne les diſpute
ni on ne les nie, & que ſeulement on les profane, ceux qu'on
ne pourroit vaincre, ſe laiſſent
quelquefois gaigner : Ils reſi-
ſtent aux Argumens, & ſont
foibles contre la Raillerie : Ils
ſe rendent pluſtoſt à qui les chatoüille, qu'à qui les attaque de
viue force. Et le malheur eſt que
noſtre Siecle eſt fertile en ces
E e

esprits, qui ne confiderant pas
les chofes de la Religion dans
leur naturelle maiefté , & ne
les voyant que comme on les
leur fait voir, en conçoiuent du
mefpris, fi elles ne font pas affez honnorées : Apres en auoir
perdu le refpect, ils viennent peu
à peu à en perdre la creance.

Tout cela eft vray ; Mais tout
cela regarde vn autre que moy.
L'ombre mefme des lieux faints
touche mon efprit de quelque
fentiment de pieté , & i'adore
iufqu'aux Points & iufqu'aux
Syllables de l'Efcriture : C'eft la
profaner que de s'en feruir à défendre le Menfonge ; à faire entendre des chofes fales , efloi-

gnées de la chasteté de son sens,
& de la dignité de son stile :
C'est en abuser que de luy donner des interpretations ridicules, & d'appliquer à des personnes infames, les paroles qu'elle
a dites de Dieu & des Saints :
Mais de rapporter ces mesmes
paroles à d'autres Saints ; à ceux
qui sont assis sur les throsnes des
Apostres, aux Princes de l'Estat
du Fils de Dieu , sur les leures
desquels il a mis sa verité, & à
qui il a dit, *Quiconque vous entendra , il m'entendra ; Quiconque vous mesprisera, il mesprisera ma personne*, ie ne pense pas
que ce soit violer l'Escriture
sainte, ni la destourner fort loin

de fon vray, & de fon legitime vfage.

Ie ne fuis pas le premier qui employe la Sainte Efcriture de cette forte, & qui prens la hardieffe de m'en feruir, pour exprimer mes penfées, en des chofes ferieufes. Les Peres de l'Eglife m'ont monftré le chemin que ie tiens : Et fi le Docteur dit que ie me fuis efgaré, il faut qu'il die par confequent que les Peres de l'Eglife font des Guides dangereux; que leur exemple eft mauuais; que l'imitation n'en eft pas bonne.

Il femble en effet que les Saints ayent crû auoir droit de s'approprier toute l'Efcritu-

re fainte ; Vous diriez qu'ils ont
eu deffein de fe faire vne Langue particuliere de fes termes ,
& de fes locutions. Ils font re-
connoiffables à cette marque
parmy les Auteurs du mefme
temps qu'eux , & ce caractere
les fepare des Profanes. Encore
auiourd'huy la plus - part des
Contemplatifs efcriuent ainfi ;
Ils fement , comme ils difent ,
leurs Efcrits , des fleurs qu'ils
cueillent dans les iardins de l'Ef-
poufe. De ces belles fleurs on
voit mille bouquets , & mille
couronnes dans l'Antiquité Ecclefiaftique ; & nos bons Predeceffeurs en ont compofé de
longs difcours , où fouuent ils

E e iij

n'ont rien apporté du leur que la façon de les attacher enſemble. Seray-ie Anatheme, pour auoir eſcrit vne ligne de leur ſtile; pour auoir dit en des termes qui ne ſont pas populaires, que la parole d'vn Eueſque eſtoit veritable?

Saint Gregoire de Nazianze, qui par excellence a eſté nommé le Theologien, fait bien quelque choſe de plus que de comparer ſa parole à celle du Fils de Dieu; car il ſe prend luymeſme pour le Fils de Dieu, & met ſon Confident en la place de Saint Pierre. C'eſt dans vn Diſcours, où il ſe plaint de ſes diſgraces, & où il dit entre autres chofes , *que fes plus chers amis fe font efloignez de luy; qu'ils ont tous fouffert fcandale en cette trifte nuit de fa mauuaife fortune ; que Pierre mefme l'a renié ; & qu'il ne pleure point amerement , pour lauer fa faute de fes larmes.*

Si i'eftois auffi grand Traducteur que mon Auerfaire , l'Eglife Latine & l'Eglife Greque me donneroient à l'enuy de quoy le confondre , & ie luy pourrois faire vn Liure de pareilles allegations. Ie pourrois le faire fuïr au feul nom de mes Tefmoins , & l'accabler de leur multitude. Mais il ne faut pas imiter la Rapfodie que nous re-

prenons. Et pour ne luy rien
donner que ce que ie prens dans
ma memoire , il me ſuffira de
luy alleguer vn Saint du meſme païs que luy , celebre Ou-
urier de ſemblables pieces. Ce
ſaint Bourguignon , c'eſt Saint
Bernard, qui ne parle preſque iamais aux Papes , ni aux Eueſques , que par la voix des Prophetes, & des Apoſtres.

En l'Eſpitre 327. au Pape Innocent, il dit de l'Eueſque d'Ar-
ras, ce que le Prophete dit ex-
preſſement de Ieſus-Chriſt : Et
au meſme Innocent , luy eſcriuant pour ceux de Milan , qui
s'eſtoient broüillez aueque luy,
il les nomme en la Langue de

l'Eſcriture, *le Peuple de l'acqui-*
ſition , comme ſi le Pape Innocent eſtoit mort pour le Salut
de ceux de Milan. En beaucoup
d'autres lieux il ne fait point de
difficulté de communiquer aux
hommes les paroles que l'Eſcriture a premierement adreſſées à
Dieu : Mais en ces lieux-là , &
en celuy-cy , ſon intention n'a
pas eſté de prendre ces termes
en toute l'eſtenduë de leur ſi-
gnification, ni de leur faire plus
dire que ce que la vertu d'vn
homme peut receuoir, laquelle
eſtant infiniment inferieure à
la grandeur de Dieu , n'eſt pas
capable d'vne ſi haute eleuation
que celle où ſe trouuent ces Paſ-

fages en leur premier fens.

Il a donc pû appeller ceux
de Milan à l'égard du Pape, *le
Peuple de l'acquifition*, qui font
les mots dont vfe Saint Pierre,
parlant du Peuple Chreftien,
racheté par le Sang de Iefus-
Chrift : Mais il ne les a pû appeller ainfi , au fens de Saint
Pierre. car l'vn parle du rachapt
du falut , & de la redemption
de l'ame ; l'autre parle d'vne faueur temporelle , & d'vne grace purement humaine. Auffi
quand ie dis que la parole d'vn
Euefque demeurera, quoy que
le Ciel & la Terre paffent, ie ne
pretens pas de comparer la parole d'vn homme à celle de

Dieu ; Mais i'abbaiſſe ces termes iuſques à mon ſens, & n'en
prens que l'exterieur & l'eſcorce , pour y enfermer ma con-
ception, qui n'eſt ni profane ni
ridicule.

CE Faſcheux , qui troûue
tout profane & tout ridicule,
qu'euſt-il dit de l'Apoſtrophe
que fit vn Predicateur de la Ligue, à l'Ame de Monſieur le Duc
de Guiſe , s'adreſſant à Madame
la Ducheſſe de Nemours ſa Mere, qui eſtoit à ſon Sermon, *O
ſaint & glorieux Martyr de
Dieu , benit eſt le ventre qui t'a
porté, & les mammelles qui t'ont*

allaité. Qu'euſt-il dit du compliment de cet Ambaſſadeur
d'Eſpagne en Angleterre, qui
receut vne viſite du Roy Iaques,
auec ces paroles de la Meſſe,
Domine non ſum dignus vt in-
tres ſub tectum meum. Qu'euſt-
il dit encore de cet autre Ambaſſadeur d'Eſpagne, reſident à
Rome, qui voyant paſſer la Princeſſe de Sulmone par vne ruë,
s'écria comme s'il euſt eſté tranſporté d'vne diuine fureur, *Aue*
Regina Cælorum, Aue Domina
Angelorum. Qu'euſt dit le Docteur de Bezançon, de ce Prince de Bretagne, qui prit pour
deuiſe, *Antequam Abraham*
eſſet, ego ſum, & crût ſeulement

exprimer par là , l'antiquité
& la nobleffe de fa Maifon.
Qu'euft-il dit, enfin, s'il euft oüy
dire, *Et homo factus eft*, de cét
autre Prince , qui eftant parue-
nu à l'Empire , fe relafcha de la
feuerité des Maximes qu'il auoit
tenuës , eftant perfonne priuée,
& laiffa adoucir fa Vertu fauuage aux affections du fang &
aux tendreffes de la Nature.

Ie n'approuue ni l'Apoftro-
phe du Predicateur de la Ligue,
ni le Compliment du premier
Ambaffadeur, ni l'Entoüfiafme
du fecond, ni la Deuife du Prince , ni la licencieufe Application des paroles tirées du Symbole des Apoftres. Mais ce n'eft

pas à dire que ie defaprouue generalement toutes les autres applications. Ie ne reiette pas tous les complimens qui fentent le ftile de l'Efcriture Sainte ; Ie ne condanne pas l'vfage de certains mots, qui peuuent paffer de Dieu aux Hommes, fans que l'honneur que les Hommes doiuent à Dieu, en fouffre pour cela de diminution.

Dans les Liures faints Iefus-Chrift n'eft-il pas appellé par fimilitude, Lion, Panthere, Ours, & Aigneau; Et Saint Denis n'a-t-il pas fait cette remarque auant moy? La Theologie, neantmoins, ne refpecte point ces Mots, comme s'ils auoient

esté voüez à Dieu par ces simi-
litudes : Elle ne reserue point
les images de ces choses pour
la personne du Fils de Dieu, ni
ne nous défend d'en tirer des
comparaisons humaines, pour
nostre vsage. C'est plustost la
parole de Dieu qui nous oste ce
scrupule, si nous l'auions ; &
c'est l'Eglise, interprete de cette parole, qui se sert du mesme
nom, & de la mesme figure,
en des occasions extrémement
differentes. Car comme nostre
Seigneur est le Lion de la Tri-
bu de Iuda, nostre Ennemy est
le Lion rugissant, tousiours
prest à deuorer les Fideles. Aussi
la malediction donnée au Ser-

pent, & fa tefte brifée par la femence de la Femme, n'em-pefchent pas que le Serpent d'airain du defert ne foit l'Em-bléme du Dieu du Caluaire.

L'Infinité n'appartient qu'à Dieu, & la Creation eft vn droit qui luy eft fi propre, que mefme il ne le peut communi-quer à vn autre; Il n'y a per-fonne qui en doute. Les hom-mes pourtant s'appellent tous les iours infiniment bons, ou infiniment mefchans; s'aiment ou fe haiffent infiniment; ont vn nombre infini de vices ou de vertus. On crée auffi tous les iours dans les Affemblées ci-uiles & militaires, des Magi-ftrats, ſtrats, des Scindics, & des Officiers. Les Princes font tous les iours des Creatures, ie dis les plus chaſtes Princes, & ceux qui ne ſe marient point.

A Rome, les Cardinaux qui ſont obligez de leur promotion au Cardinal Barberin, ſe nomment vulgairement les Creatures de Barberin. Et la premiere fois qu'vn nouueau venu en ce païs-là ſe trouue aux Ceremonies publiques, où le Pape aſſiſte & les Cardinaux; pour luy donner quelque connoiſſance de la Cour, on luy monſtre parmy ces Princes de robe-longue, les Creatures d'Aldobrandin, les Creatures de Borgheſe, cel-

F f

les de Ludouifio &c. Les Iurif-
confultes & les Theologiens, les
Seculiers & les Preftres parlent
ainfi : C'eft l'vfage de la Cour;
c'eft la Langue du Confiftoire
& du Conclaue. Mais le Docteur de Bezançon eft plus regulier en fes paroles, que la Cour,
que le Confiftoire , & que le
Conclaue. Il condamne les Couftumes, les Vfages & les Langues.
Les Locutions les plus receuës
luy font fufpectes d'impieté :
Les plus nobles luy femblent
pleines d'extrauagance, comme nous allons voir tout à l'heure.

DISCOVRS
SECOND,
OV L'AVTHEVR
DEFEND QVELQVES
FACONS DE PARLER
HARDIES.

VOICY vne de ces no-
bles Locutions, & il
faut la souftenir con-
tre les forces de mon
ennemy. Si ie ne me trompe, ce
fera vn lieu funefte à fa reputation, & deuant lequel il rece-

ura vn affront. S'il prend la peine de bien confiderer mes Dé-
fenfes, ie ne penfe pas qu'il ait
iamais enuie d'attaquer.

Il trouue eftrange que i'aye
dit du premier Miniftre de la
Chreftienté, *que pour en voir*
vn pareil à luy, il eft befoin que
toute la Nature trauaille, & que
Dieu le promette long - temps
aux hommes, auant que de le fai-
re naiftre. Mais vous qui lifez
des Liures & qui en faites, que
trouuez-vous de fi eftrange en
ce que i'ay dit d'vn Homme,
qu'on appelle extraordinaire à
Paris, à Rome, & à Madrid?
Quel excez remarquez-vous en
vne façon de parler, qui eft fi

commune à ceux qui parlent
auec ornement?

Ie sçay bien qu'à prendre les
choses à la rigueur, & dans la tyrannie de l'Escole, les effets que
nous voyons dans le Monde, ne
desirent pas vn plus grand trauail en Dieu, les vns que les autres. Il est certain que la Sageffe de Dieu n'a pas operé auec
plus d'effort en la creation du
Soleil, qu'en celle du moindre
feu de la Nuit, & que les Hommes ne luy coustent pas plus
que les Insectes; Mais parce que
le merite de ces pieces du Monde si differentes nous touche
diuersement, il est certain aussi
que nous les considerons d'vne

differente forte. Nous remarquons en quelques vnes, comme des ombres obfcures, & vne faculté efpargnée , & en d'autres , des images parfaites, & vne plenitude de puiffance. Il nous femble que cette fouueraine Force fe relafche en certaines actions , & qu'en d'autres elle fe roidit; qu'elle n'eft pas fi dignement occupée en cét Ouurage qu'en celuy-là ; que l'employ de la Creation eft quelquefois plus noble & quelquefois moins.

Par tout & toufiours , fans excepter Rome, depuis mefme qu'elle a abjuré l'Idolatrie , & qu'elle s'eft fait Chreftienne , le

Soleil a eu des Adorateurs &
des Hymnes : l'ay veu des Homilies qui s'en plaignent, & qui
reprochent ce reste de Superstition aux Chrestiens de Rome. Ceux qui n'auoient pas
connoissance de l'Incarnation
du Verbe, ont crû, & ont dit
que le Soleil estoit *le fils visible
du Pere inuisible.* Et pour ne
point parler des beautez & des
richesses de l'Ame de l'Homme, la seule composition du
corps humain a esté trouuée si
ingenieuse & si pleine d'art, que
le Prophete s'escrie en quelque
lieu de ses Pseaumes, *que c'est
par elle que la Science diuine se
rend admirable ;* comme s'il di-

soit que l'Homme est la merueille de Dieu.

Et de fait en la naissance du
Monde, Dieu ayant commandé
absolument que la Lumiere fust
faite, & que la Terre produisist,
on a remarqué qu'il changea
de termes, quand il vint à l'Homme. Il ne dit pas qu'il soit fait,
mais faisons-le. Comme s'il eust
voulu entrer en deliberation, &
prendre du temps & du loisir,
pour se resoudre sur la structu-
re de ce superbe Animal, qui
deuoit estre le Roy des autres.
Non pas qu'au respect de Dieu
il faille ni plus de temps, ni plus
de conseil, ni plus de peine, pour
produire le Grand que le Petit,

& les Creatures animées que
celles qui n'ont point d'ame;
Mais l'Efcriture fainte a eu ef-
gard à noftre façon de conceuoir & de dire : Elle a voulu exprimer l'excellence de l'Effet, par
vne action plus eftudiée, & plus
ferieufe , qu'elle femble attribuer à la Caufe.

Or puis que nous ne fçauons
pas la Langue du Ciel, & que les
faintes Lettres mefmes traitent
en termes humains des chofes
diuines : Puis que dans la Gene-
fe Dieu fe repofe le feptiefme
iour, ce qui femble prefuppofer
qu'il a trauaillé les fix prece-
dents : Puis qu'il eft fait mention du Doigt de Dieu , en quel-

ques Euenemés estranges, comme s'il y laissoit son impression
& ses marques, & qu'aux effets
communs il ne poussast que le-
gerement les choses: Puis qu'ailleurs il est parlé de son BRAS estendu, comme s'il le retiroit & le
desployoit, selon l'exigence des
occasions, & que tous ses coups
ne fussent pas d'vne égale force : Puis que quelquefois il paroist moins de difference de
l'homme à la beste, que de l'homme à l'homme, & que MERCURE
Trismegiste, ou quiconque fut
Autheur de l'Astronomie, ne sé-
ble pas estre de mesme fabrique que Meletides, qui ne put
iamais conter que iusques à trois

& qui ne fçauoit de fon Pere
ou de fa Mere, lequel des deux
eftoit accouché de luy; Puifque
fur tant de bons fondemens, vn
Illuftre Italien du temps de nos
Peres a efcrit que *l'entendement*
eternel eftoit en vne haute pen-
fée, & auoit vn grand deffein,
lors qu'il fit le Cardinal Hyppo-
lyte d'Eft : Pourquoy ne meflant
point Dieu en mon difcours, &
m'abftenant de ce redoutable
mot, ne pourray-ie vfer d'vne
liberté beaucoup plus modefte;
& dire d'vn Cardinal Tout-
puiffant, auec lequel il n'y a
point de Cardinal qui puiffe entrer en comparaifon, fans receuoir de la faueur, *que la Natu-*

re a trauaillé dauantage en sa
personne qu'en celle des hommes
ordinaires.

Ie n'apporte rien de Nou-
ueau, ny de Prodigieux dans
le Monde; Ie ne me mets point
à quartier du chemin public.
Ce sont des locutions familieres aux Poëtes, aux Historiens,
& aux Orateurs; & pour estre
surpris de ces vieilles Nouueautez; il faut auoir peu de communication auec ces Messieurs
du temps passé. On ne voit dans
leurs Ouurages que la Nature
Mere, la Nature Marastre, la Nature qui forme les vns aueque
soin, qui iette les autres sur la
Terre, comme par despit; la Na-

ture qui se ioüe en des opera-
tions extrauagantes; qui fait son
apprentissage par vne fleur de
moindre beauté, auant que
d'entreprendre le Lys ; qui est
tantost Maistresse de l'Art &
tantost Imitatrice; qui se lasse,
qui s'efforce, qui deuient sterile, qui reprend sa fecondité, qui
vieillit, qui raieunit.

Personne n'a appellé Auerroës en iugement, pour auoir
dit qu'auant qu'Aristote fust né,
la Nature n'estoit pas entiere-
ment acheuée; qu'elle a receu en
luy son dernier accomplissement,
& la perfection de son estre; qu'el-
le ne sçauroit plus passer outre ;
que c'est l'extremité de ses for-

ces , & la borne de l'intelligence humaine. Vn autre Philofophe a encheri fur Auerroës, & a dit depuis qu'Ariftote eftoit VNE SECONDE NATVRE.

Nous fouffrons ce mauuais mot d'vn Autheur Romain, QVE CATON ET LA PROBITE' SORTIRENT TOVT A LA FOIS, COMME DEVX IVMEAVX, DV VENTRE DE LA NATVRE. On lit dans les Harangues d'vn grand Perfonnage de noftre temps, que la Nature fe donna trop de licence , & entreprit plus qu'elle ne deuoit , en la naiffance d'vn autre grand Perfonnage , dont il fait le Panegyrique. *Il luy femble qu'elle pouuoit eſtre plus retenuë & plus moderée.*

Mon ſtile n'eſt-il pas laſche, en comparaiſon de celuy-là ? Si on conſidere le vol que prend le Philoſophe Auerroës, & l'autre Philoſophe qui a eſté encore plus loin que luy, mes conceptions ne ſont-elles pas baſſes & languiſſantes ? N'ay-ie pas eſté trop timide dans la liberté du genre Demonſtratif, veu les exemples de ceux qui ont eſcrit deuant moy, qui en ſemblables occaſions ont eſté hardis iuſqu'à l'inſolence, & n'ont rien refuſé à leur matiere ?

Il y a des Ames fatales, n'en doutons point, qui ſont d'vn or-

dre superieur; qui naissent Mai-
stresses & Souueraines des autres ames; qui viennent renouueller le Monde, & changer la
face de leur Siecle. Ces Ames
ne viennent ni en foule, ni par
tout, ni tous les iours. Vn Ancien a dit d'elles, *que tout le Ciel*
estoit occupé à faire leur destinée.
Thebes a esté Mere d'vn Capitaine, mais ce fut vn fils vnique.
La Scithie porta vn Philosophe,
& apres cela elle fût sterile. Vn
âge n'est souuent remarquable
que par vn Homme; Et il y a
quelquefois vn Homme si re-
gardé dans le Monde, qu'il se
peut dire l'obiet & la fin des autres hommes. Ceux dont ie parle

Ie ne font donc pas les plus communes productions de la Nature : Ce ne font pas fes actions les
plus negligées. Quoy que die le
Docteur de Bezançon, ils peuuent bien eftre promis, auant
que d'eftre donnez.

Il s'imagine pourtant qu'il
n'y a point de moyen que ie me
puifle tirer de ce mauuais pas,
& il penfe tout de bon m'auoir
pris. Mais fi cela eft, il fera bientoft emmené par fon Prifonnier:
Et s'il me demande, croyant me
propofer vn Enigme, qui font
ceux-là, outre Iefus- Chrift &
fon Precurfeur, qui ont efté promis, auant leur naiffance, ie luy
refpondray, me renfermant dans

Gg

les bornes de l'Escriture sainte,
qu'Isaac a esté promis; que Sam-
son a esté promis ; que Samuel
l'a esté ; que Iosias l'a esté encore.

Mais ie luy demande à mon
tour, qui luy a dit, que Dieu
n'ait que ce seul moyen de nous
faire entendre sa volonté, & que
toutes ses promesses soient escrites. N'a-t-il rien promis aux
hommes depuis la mort des premiers Fideles , & depuis la publication de l'Euangile? N'a-t-il
pas vn nombre infini de Messa-
gers: Ne se sert-il plus de l'en-
tremise des Anges? N'enuoye-
t-il plus de Songes & de Pre-
sages, qui annoncent ses graces

& ses bien-faits ? Combien se lit-
il de Saints dans l'Histoire Eccle-
siastique, qui ont esté promis à
leurs Meres ; Combien voyons-
nous de Fils de leurs larmes, de
Fils de leurs prieres, de Fils de
leurs vœux ? L'Eglise n'a iamais
manqué de personnes diuine-
ment inspirées. Elle a tousiours
eu des Apostres, des Martyrs &
des Prophetes; Et si le Docteur
de la Franche-Comté, auoit leu
auec attention la seconde Lettre
que Saint Paul escrit aux Co-
rinthiens, il ne me feroit pas de
ces mauuaises obiections.

J'ay pitié d'vn homme si foible & si querelleux, qui trouble la Paix, & ne sçait pas fai-

re la Guerre. Il me fafche q
ce foit le grand amy d'vn
nos amis, qui m'oblige à l'i
ftruire fur des chofes fi cor
munes. O que ie traiterois m
vn homme qui luy feroit indi
ferent, s'il auoit befoin d'vne
vulgaire inftruction. Ce n'e
pas tout neantmoins, car fa d
ctrine eft encore plus granc
que fon iugement. Comme l
Calomnie eft imprudente ε
mal-auifée, il fe brife en me to
chant; Il s'enferre de fes pro
pres armes.

Le Docteur trouue mauuai
ce que i'ay efcrit de Monfieu
le Cardinal de Richelieu; &
ne confidere pas qu'il a efcri

luy-mefme dans le mefme Liure,
où il trouue mauuais ce que i'ay
efcrit, que Monfieur le Cardinal
de Berule, & Monfieur l'Euefque
de Nantes, SONT CES DEVX
CHANDELIERS ARDENTS,
predits & figurés par les Saintes Efcritures. Ie parle en termes generaux d'vne chofe poffible, & qui arriue extraordi-
nairement, quand il vient au
Monde des ames extraordinaires : Mais luy paffe bien outre,
& me laiffe bien derriere luy. Il
affeure de ces deux dignes Prelats, qui fe font moquez de luy,
& de fes loüanges, que les Propheties ont parlé d'eux en indi-
uidu, c'eft à dire en leur propre

perſonne ; & que Saint Iean les
a veus, les a marquez, & les a
preſque nommez dans l'Apo-
calypſe. Il veut à toute force
qu'ils ayent eſté promis à l'E-
gliſe, en l'Iſle de Patmos, enuiron quinze cens ans auant qu'ils
ſoient nais ; & ne veut pas qu'il
y en ait d'autres, dont la naiſſance puiſſe eſtre ſignifiée, ou
par vn Songe, ou par vn Preſa-
ge, ou par quelque autre auertiſſement du Ciel.

Ous voyez la licence de
ce Scrupuleux, & vous auez
veu l'ignorance de ce Docteur.
Celle-cy eſt ſi lourde & ſi eſ-
paiſſe, que de luy donner vn au-

tre nom , ce feroit la nommer
trop improprement ; ce feroit
parler trop ouuertement contre
fa confcience. La Ciuilité a des
limites qui ne s'eftendent pas
iufques-là ; Et d'ailleurs il m'a
defendu l'vfage de l'Ironie, dans
laquelle il euft peut-eftre trouué fon conte. A parler donc tout
de bon, quelle ame fut iamais
plus aueugle naturellement , &
moins efclairée de dehors ? Qui
euft crû que le Docteur de Bezançon euft ignoré affez de chofes, pour me faire paroiftre fçauant ? Qui fe fuft imaginé qu'il
eût pû faillir fi groffierement en
fa profeffion, que ie puffe remarquer fes fautes?

Gg iiij

Il peche, ce grand Docteur, contre les principes des Lettres faintes ; Il eft Eftranger chez les faints Peres. Il s'efgare dans l'Antiquité Ecclefiaftique ; Il me donne mille moyens de le combattre, en des lieux où il deuoit auoir tous les auantages de fon cofté. Or apparemment il doit encore moins fçauoir la Rhetorique que la Theologie. Celle-cy-eft fon affaire, & fa poffeffion ; & ie ne fçay comment il s'eft trouué engagé dans l'autre : Il y a efté ietté par vne tempefte ; Ce luy eft vne region inconnuë.

De cela il eft aifé de tirer la confequence, & de iuger de mon Auerfaire Grammairien

& Orateur, par mon Auerſaire Philoſophe & Theologien.
N'eſt-ce pas vn préjugé pour le
bon ſuccés des Paroles & du Stile, de voir qu'il reüſſit ſi mal,
contre la Doctrine & contre les
choſes? N'eſt-ce pas auoir defendu le Tout que d'auoir defendu cette partie? Et à quoy ſerui-
roit la publication de l'Examen
que i'ay fait de ſa Chicane, qu'à
laſſer des Eſprits qui ſont ſatis-
faits, & à replaider vn Procés
qu'il a perdu? Il n'y a pas beaucoup d'apparence qu'il ſçache
mieux mon Art qu'il ne ſcait le
ſien ; ni qu'il face des obiections
raiſonnables, en des matieres
qui ſont à Autruy, puis qu'il en

fait de ſi abſurdes en celles qui
luy ſont propres. Et ſi vn Maiſtre d'eſcrime eſt battu en ſa Salle & de ſes Fleurets, quel auantage peut il eſperer ailleurs, &
que doit - il deuenir eſtant hors
de là ?

Ie m'en rapporte aux François , & aux Bourguignons ; à
Monſieur Brun, le Demoſthene
de Dole, auſſi bien qu'à Monſieur le Maiſtre , le Ciceron de
Paris. Ie n'en veux pas moins
croire les amis du Doɛteur que
les miens. I'en croirois meſme
le Doɛteur, s'il pouuoit obtenir
du Ciel, vn interualle de lumiere, pour voir que ſouuent il y
a grande difference entre vn Do-

œteur & vn Animal raisonnable.
Nous serions d'accord luy &
moy, s'il s'estoit reconcilié auec
le bons sens: Mais c'est vne querelle qui n'est pas aisée à accommoder.

ACheuons donc de dire la
Verité, & disons-la auec la confiance qu'elle nous donne, apres
auoir combattu pour elle. Tout
ce qu'il y a de raisonnable sur
la Terre; Tout ce qui sçait parler; Tout ce qui sçait lire, s'esle-
uera contre ce lasche Corru-
pteur des paroles & de l'Escriture. Il sera condamné par tous
les hommes du Siecle present:
Mais i'espere de plus que diffi-

cilement trouuera-t-il de la faueur chez les hommes de l'âge
auenir. Sans doute la Poſterité
me fera raiſon.

Cette bonne Poſterité ne ſera ni enuieuſe ni partiale : Il n'y
aura point de faction ni de brigue, pour corrompre ſon integrité à mon preiudice. Le moins
que i'en doiue attendre, c'eſt
qu'elle me mettra au nombre
des Innocens, qui ont eu des
Delateurs, & qui ont ſouffert
perſecution; Et le plus qu'elle
puiſſe faire pour mes Ennemis,
ce ſera de les ajouſter à ces Temeraires, qui ſe ſont precipitez
par vanité, & qui ont cherché
de la reputation par leur cheu-

te. Si le Libelle de celuy-cy va
iufques à elle , elle en iugera
d'vn Efprit des-intereffé, & libre
de paffion. Elle ne fera efbloüie
ni de l'efclat de fes Dorures, ni
des promeffes de fon Tiltre, ni
de la qualité de fon Auteur.

Elle prononcera, mais elle pro-
noncera fouuerainement , que
c'eft dans cette Satyre, OV L'ON
VOIT EN MESME LIEV, L'AV-
DACE DE L'IGNORANCE, ET
LE PEV D'ADRESSE DE LA CA-
LOMNIE, LES EFFORTS QV'EL-
LE A FAITS, ET L'IMPVISSAN-
CE QV'ELLE A MONSTRE'E.
QVE C'EST ICY, OV' L'ON
TROVVE DV SERIEVX A FAIRE
RIRE, DE LA RAILLERIE A

FAIRE PITIE'; VNE DEPLORA-
BLE DIALECTIQVE, VNE PLVS
MALHEVREVSE GRAMMAIRE,
VNE EXTREME FOIBLESSE,
SOVSTENVE PAR VNE EXTRE-
ME PRESOMPTION. EN VN MOT
QVE LE DOCTEVR DE BEZAN-
CON EST LE VRAY HOMME DE
QVI PLINE A DIT, QV'IL N'EST
RIEN DE PLVS SVPERBE, NI
TOVT ENSEMBLE DE PLVS MI-
SERABLE.

HOMINE NIL SVPERBIVS
ESSE, NIL MISERIVS.

FIN.

TROIS
DISCOVRS
ENVOYEZ
A MONSIEVR
DESCARTES.

A MONSIEVR
DESCARTES.

ONSIEVR,

l'ay receu le Difcours Latin
que vous auez fait : Ie n'oferois
l'appeller voftre Iugement fur
mes Efcrits parce qu'il m'eft trop
auantageux, & que peut-eftre
voftre affection a corrompu voftre integrité. Quoy qu'il en foit,

H h

vous auez droit de iuger, & vous
fçauez que quand le Preteur fait
vne iniuftice , il ne laiffe pas de
faire fa charge. Puifque vous me
l'ordonnez , ie vous enuoye les
trois Difcours , fur le dernier
defquels vous me laiffaftes en
partant d'icy. En quelques endroits i'y traite vn peu mal les
Philofophes Stoïques , c'eft à
dire les Cyniques mitigez. Car
comme vous dites , ils parlent
bien auffi haut , mais ils parlent
à leur aife, & ne font pas dans
l'aufterité de la Regle , quoy
qu'ils tiennent les mefmes Maximes. I'ay crû en cela vous plaire , & chatoüiller voftre belle
humeur. Au premier iour vous

aurez les autres Difcours, apres
lefquels mon Copifte fe va mettre dés demain. Si on les fepare dans l'impreffion, il y en aura quinze ou feize : Si on les af-
femble , ils feront deux iuftes
Apologies. I'ay rendu moy-mefme le paquet à Mademoifelle de
Neufuic. Elle vous doit refpon-
dre par vne Dame de fes amies
qui eft fur le point de faire vn
voyage en Bretagne. Au refte,
Monfieur , fouuenez - vous , s'il
vous plaift, DE L'HISTOIRE DE
VOSTRE ESPRIT: Elle eft at-
tenduë de tous nos amis, & vous
me l'auez promife en prefence
du Pere Clitophon , qu'on appelle en langue vulgaire Mon-

fieur de Gerfan. Il y aura plaifir
à lire vos diuerfes auantures dans
la moyenne, & dans la plus
haute region de l'Air; à confiderer vos proüeffes contre les
Geans de l'Efcole, le chemin
que vous auez tenu, le progrez
que vous auez fait dans la verité des chofes, &c. I'oubliois à
vous dire que voftre Beurre a
gagné fa Caufe contre celuy de
Madame la Marquife. A mon
gouft, il n'eft gueres moins par-
fumé que les Marmelades de
Portugal, qui me font venuës
par le mefme Meffager. Ie penfe que vous nourriffez vos Va-
ches de marjolaine & de violettes. Ie ne fcay pas mefme s'il

ne croiſt point de cannes de
Sucre dans vos Marais, pour en-
graiſſer ces excellentes Faiſeu-
ſes de lait. I'attens de vos nouuelles bien au long, & ſuis touſ-
jours auec paſſion,

MONSIEVR,

Voſtre tres- humble , &
tres-fidele Seruiteur,
BALZAC.

A Paris ce 30. Mars 1628.

Hh iij

LE SOPHISTE
CHICANEVR,
DISCOVRS
PREMIER.

E dis que *dans la cor-*
ruption de ce Siecle,
où presque tous les Es-
prits se reuoltent de la
Foy, ie ne veux rien croire de plus
veritable que ce que i'ay appris
de ma Mere, & de ma Nourrice.
Mais ie le dis afin que l'on sçache, que ie ne veux point estre

ingenieux où il faut eſtre doci-
le, & qu'aux choſes de la Religion ie ne cours pas apres les
Docteurs ſubtils, ni n'ay de curioſité pour les nouuelles Do-
ctrines. C'eſt le vray & le naturel ſens de mes paroles : Ce qui
ſuit le confirme, & ce qui prece-
de l'a deſigné, & dans vn Paſſage
ſi clair, il ne deuroit point y a-
uoir de lieu à la ſupercherie du
Chicaneur.

Il faut neantmoins qu'à ſon
ordinaire, il diſſimule, ou qu'il
corrompe mon intention. Afin
de me mieux viſer, il me met
en la poſture qui luy ſemble la
plus commode pour luy. Ne
trouuant pas mes paroles crimi-

Hh iiij

nelles, il m'accuſe de mes penſées, & comme dit le Poëte, *il
cherche vn coupable dans mon
cœur*. Parce que ie ne veux rien
croire de plus vray que ce que
i'ay appris de ma Mere & de ma
Nourrice, à ſon dire ie conſeille à ceux qui ſont nais dans les
erreurs de ce Siecle, de ne rien
croire de plus vray que les opinions que l'Egliſe à condam-
nées, parce qu'ils les ont appri-
ſes de leur Mere, & de leur Nourrice.

Voyez comme d'vne propo-
ſition ſinguliere il pretend d'en
former vne generale: Comme il
me fait ſortir de mes termes qui
ſont bons, pour me faire paſſer

à vne these qui ne l'est pas. Il
me tire d'vn lieu de seureté,
pour me ietter dans vne Campagne pleine d'embusches : Quoy
que neantmoins la Dialectique
permette quelquefois aux hommes de parler par supposition :
& que me tenant au Particulier, dans lequel reside la Verité, il n'ait point de droit d'e-
stendre à d'autres personnes,
ce que i'arreste en la mienne
seule.

Sans doute il n'ignore pas
que ce qui se dit de l'Vniuersel, se verifie bien de tous les
Particuliers que l'Vniuersel em-
brasse ; mais que ce qui se trouue veritable en l'vn des Parti-

culiers, ne l'eſt pas touſiours vniuerſellement, & ne regarde ſouuent qu'vn obiet, ſans faire de
conſequence pour les autres. il
n'ignore pas cela, & neantmoins
il ne laiſſe pas de dire, *il ne veut*
rien croire de plus veritable que
ce qu'il a appris de ſa Mere &
de ſa Nourrice : DONC ſi ſa Mere & ſa Nourrice euſſent eſté
heretiques, &c.

Si ie ne combattois que pour
la neceſſité de ma defenſe, & ſi
vn grand Prince n'auoit deſiré
que cette action fuſt vn Spectacle pour luy, & pour ſes amis,
ie pourrois d'abord mettre mon
Ennemy hors de combat, luy
niant la conſequence, qui pe-

che en la forme & en la matiere : Parce qu'elle eſt tirée d'vn
principe particulier, qui par les
regles de la Logique , ne peut
pas eſtre diſtribué legitime-
ment ; Et parce qu'il ne m'eſt
pas défendu de croire, que Dieu
m'euſt preſerué des mauuaiſes
opinions de ma Mere , ſi la Doctrine que ſuit ma Mere , n'euſt
pas eſté la bonne Doctrine.

Mais ce n'eſt pas aſſez d'eſ-
claircir les yeux du Chicaneur,
& de luy faire voir les choſes ;
Il veut les toucher ; Il veut les
prendre aueque les mains. Il luy
faut des Exemples , qui ſont
plus ſenſibles & plus populaires
que les Raiſons. A cela ne tien-

ne : Cherchons-luy encore des
images & des ressemblances, &
rapportons-nous en à son sens
commun, comme nous fismes
dernierement.

Si vn François ou vn Italien
auoit dit qu'il ne veut rien faire que ce que les Loix de son
païs luy permettent, aurois-ie
raison de conclure de la sorte.
Donc s'il eust esté Parthe, il
n'eust point fait de difficulté de
coucher auec sa Mere : Donc s'il
eust esté Scythe, il n'eust point
eu horreur de manger son Pere; Donc il eust commis des In-
cestes & des Parricides, que les
Loix de son païs luy eussent permis ? Si i'argumentois ainsi, ie,

ſerois vn mauuais faiſeur d'argumens, & on me reprocheroit
auec raiſon, d'auoir appris au
College à n'eſtre pas ſage.

C'eſtoient bien les couſtu-
mes de ces Nations Barbares;
Et il y a encore quelques endroits de la Terre, qui n'ont
pas eſté eſclairez de noſtre lumiere; où la Nature eſt tous les
iours violée, & où les hommes
font publique profeſſion de ces
Vices brutaux, que les Philoſophes oppoſent à la Vertu heroïque. Mais vn Italien ou vn François, declarant le ſentiment qu'il
a pour les Loix de ſon païs, n'a
pas fait vne declaration de celuy qu'il auroit des autres Loix,

si la Fortune luy auoit donné vn
autre païs que le sien. Il n'y a
personne qui puisse douter de
son intention, & qui ne se moque de mes consequences. Elles
sont pourtant, vous le voyez,
de mesme fabrique que celles du
Chicaneur : Elles s'appuyent sur
le mesme fondement ; Ie les ay
puisées dans la mesme source.

Il ne s'est point auisé que cette sorte de propositions est bor-
née par la nature du suiet qui
les a fait naistre, & qu'on ne les
auance que sur la verité de certaines choses, ou presentes ou
passées, sans lesquelles on ne les
peut soustenir, ni leur donner
vne nouuelle application qui

ne foit mauuaife. Il ne confidere pas que ce François, qui protefte de garder inuiolablement
les Loix de fon Pays , fuppofe
la connoiffance qu'il a de leur
equité ; & que moy quand ie
fais profeffion de ne rien croire
de plus veritable que ce que i'ay
appris de ma Mere & de ma
Nourrice , i'ay deuant les yeux
les Oracles d'eternelle verité
que l'Eglife a prononcez , qui
font les chofes qu'elles m'ont
apprifes.

Si i'auois dit , que ie croiray
tout ce que ma Mere me dira ,
& que ie veux que fa creance
foit la regle de la mienne , encore que iugeant de l'Auenir

par le Prefent & par le Paſſé, ie
le puiſſe dire ſans crime, ie ne
pourrois pas le dire ſans imprudence. Ie ne trouuerois pas e-
ſtrange qu'on m'accuſaſt de temerité, pour m'eſtre propoſé
en vne affaire ſi importante que
celle de la Foy, vne regle qui
n'eſt pas infaillible. Et puiſque
l'Infaillibilité appartient à cette
ſeule Perſonne, qui doit veiller
ſur tout l'Empire du Fils de
Dieu, & pour la foy de laquelle, le Fils de Dieu luy-meſme a
prié, lors qu'il a prié pour la foy
de Saint Pierre, le Chicaneur
penſeroit-il que ie vouluſſe partager la Monarchie de l'Egliſe
entre ma Mere & le Pape? Pen-
ſeroit-

feroit-il que i'euffe deffein de mettre vne femme vis à vis du Succeffeur des Apoftres ?

Mon fens eft bien efloigné de celuy-là. Ma Propofition n'a pas pour obiet vne matiere, comme ils difent, contingente : Elle fe fonde fur le paffé , & il eft hors de doute que cette forte de temps & cette nature de cho. fes ne font point capables de changement. Le Prefent eft incertain. L'Auenir l'eft encore dauantage : Il n'y a que le Paffé d'immobile, & fur qui la Fortune n'a point de puiffance. C'eft pourquoy fi ce que ma Mere m'a appris eftoit veritable , il fera toufiours veritable : Il ne

peut deuenir faux, & mon Chicaneur a tort de vouloir que
i'en parle auec les mesmes doutes & la mesme défiance, que
si i'estois né en Canada, & que
i'eusse esté nourri au Iappon.

De tout temps on a fait beaucoup de cas de la bonne naissance, & de la bonne nourriture. On
n'a pas crû que la Vertu pust venir indifferemment de toutes
sortes de semences, ni qu'elle
deust estre cultiuée par toutes
sortes de mains. Platon remer-
cioit les Dieux de ce qu'ils l'a-
uoient fait naistre Grec plustost que Barbare ; Et parmy les
Grecs ceux qui auoient vn soin
plus particulier de la nourriture

de leurs Enfans , leur choisif-
foient des Nourrices de Lacedemone.

Les Astrologues iugent de
nous par le point de noftre natiuité : Mais les Sages ne vont pas
fi auant, & fe contentent d'en
iuger par les commencemens
de noftre vie , qui fuit d'ordinaire le train qu'elle a pris, &
ne fait gueres de progrez qui ne
fe rapportent à cette premiere
difpofition, qui luy a efté donnée au Bien ou au Mal. De forte que ce n'eft pas vn petit auantage à vn homme , de n'auoir
point à combatre des Exemples
domeftiques , & des Ennemis
qu'il doit reuerer ; de n'auoir

Ii ij

point à faire de guerre à fa Patrie, pour fe faire homme de
bien; de n'eftre point en peine
d'eftudier en la plus difficile
fcience de toutes, qui eft celle
de defapprendre les chofes mauuaifes.

Cela eftant, il me femble qu'il
me doit eftre permis de recon-
noiftre ma bonne fortune, & de
loüer Dieu, de qui i'ay receu
l'auantage dont ie parle. Car en
effet Dieu m'ayant donné vne
Mere Catholique, à qui ie fuis
obligé d'vne feconde naiffance,
beaucoup plus noble que la premiere, ne m'a-t-il pas fait vne
faueur qu'il a refufée à plus de
la moitié du Monde, & dont il

priue des peuples entiers en Asie,
en Afrique, & en plusieurs parties de l'Europe?

Ie puis donc protester hardiment que ie ne veux rien croire de plus veritable que ce que
i'ay appris d'vne personne qui
m'a mis dans l'Eglise, apres m'a-
uoir mis au Monde, & m'a appris qu'il y auoit vne autre vie,
auant que ie connusse celle-cy.
En matiere de Religion, ie ne
veux point estre plus sçauant ni
plus sage que ma Mere. Quand
le Chicaneur me deuroit appeller petit garçon, ie ne suis point
honteux d'estre Escolier de ma
Mere. Vn des deux Aristippes l'a
bien esté de la sienne, & ie fe-

rois gloire d'estre nommé, comme luy, μηξρδίδακτος si on parloit, Grec en ce Royaume, comme on faisoit du temps des Drui-
des, s'il en faut croire vn fameux
Docteur.

Et en cecy, au lieu d'offenser
la foy d'vn Chrestien, vn Ennemy raisonnable deuroit loüer
son humilité ; par le moyen de
laquelle il ne retourne pas seulement à l'Escole , mais il rentre
presque dans le Berceau ; Il se
sousmet pour le moins à la discipline & aux instructions de ses
premiers Docteurs & de ses premiers Theologiens ; c'est à sçauoir de sa Mere & de sa Nourrice.

A mon auis il n'eft pas poffible de fuiure plus ponctuelle-
ment l'intention de noftre Seigneur , qui demande de nous
aux chofes de la Religion, plus
de volonté que d'entendement,
& plus de fimplicité que de difcours. *Si vous n'eftes faits*, dit-il,
comme petits enfans , vous n'en-
trerez point au Royaume des
Cieux. Et comment eftant hommes , nous pouuons-nous faire
femblables aux petits enfans,que
par vne docilité pareille à la leur;
que par vne entiere dépendance de la conduite d'autruy;qu'en
nous rendant fans combatre, &
croyant fans difputer?

C'eftoit l'Vfage de la primi-

Ii iiij

tiue Eglise de donner du lait &
du miel à gouster à ceux qui re-
ceuoient le Baptesme, en quelque âge qu'ils se presentassent;
Et cela se faisoit pour signifier la
perpetuelle enfance des ames
Chrestiennes; & pour auertir
les Vieillars mesmes, de deuenir
petits enfans, & de reconnoistre encore vne Mere & vne
Nourrice. *Escoute, mon Fils, la
discipline de ton Pere, & ne quitte point la loy de ta Mere.* Voila de quel stile Dieu escrit. Ce
Passage est repeté en deux dif-
ferents endroits des Prouerbes:
Et s'il s'adresse à ceux qui le lisent, il s'ensuit par les regles du
Chicaneur, qu'il est défendu à

vn homme dont la Mere est Heretique, de quitter son Heresie,
puis qu'il luy est défendu de
quitter la Loy de sa Mere.

Ainsi en me poursuiuant, ce
galand homme ne regarde point
par où il passe. Il ne voit pas
Dieu entre luy & moy, qui le
deuroit arrester tout court, &
qui semble luy crier, POVRQVOY
ME PERSECVTES-TV ? Ce
sont les precipices où le fait tomber l'aueuglement de sa passion.
Pour effleurer quelques lignes
de mes Escrits, il exerce sa Tyrannie iusques sur les Ouurages
du Saint Esprit. Il ne pardonne
pas à la maiesté de la Sainte Es-

criture. Il trouue à redire en
son langage, apres lequel i'ay
failli, si c'est faillir que de parler par supposition.

LE CHICANEVR

CONVAINCV

DE FAVX.

DISCOVRS

SECOND.

 A I S ce ne luy eſt pas
aſſez de s'en prendre
à la parole de Dieu,
quand elle me fauo-
riſe, & de renuerſer l'Aſyle, dans
lequel ie penſois eſtre en ſeure-
té. Il ne ſe contente pas d'aller
querir ſes conſequences hors de

la Logique ; de changer l'eſtat
de la Queſtion , & de m'accuſer de ce que ie ferois, ſi ie n'e-
ſtois pas ce que ie ſuis. Apres a-
uoir deuiné mes mauuaiſes opinions, il veut encore me rendre coupable de celles d'autruy,
& m'attribuer les erreurs que
ie rapporte d'vn tiers. C'eſt bien
ſe fier en la bonté ou en la ne-
gligence de ſes Lecteurs : Il penſe ſans doute qu'ils ne cherche-
ront pas la Verité plus loin que
ſon Liure, & que ſi ie les meine
ſur les lieux où elle a eſté indignement outragée , & que ie
leur monſtre les playes qu'elle
y a receuës , ils croiront pluſtoſt
que ie me ſuis ſeruy d'illuſion,

qu'ils ne s'imagineront qu'il vse
de mauuaise foy.

Il est pourtant tres-asseuré
qu'il *suppose*, mais plus dange-
reusement que ie ne faisois tantost ; Et pareilles subtilitez ne
sont pas permises par les Dia-
lecticiens ; Elles sont punies par
les Magistrats. En effet son procedé n'est pas autre que celuy
de ces Philosophes sensuels, qui
veulent mettre leurs opinions
à couuert, sous le nom de Salomon, & luy faire accroire qu'il
a nié l'Immortalité de l'Ame,
à cause qu'ils trouuent dans ses
liures, les obiections de ceux
qui la nient. Le Chicaneur me
traite de la mesme sorte, Et

quoy que má façon d'escrire ne
soit pas si obscure, qu'il puisse
dire qu'il s'esgare parmy les tenebres, & qu'il n'est pas tenu de
m'entendre, il soustient contre
la foy de ses yeux & le tesmoignage de sa Conscience, que
c'est moy qui ay prononcé affirmatiuement, *Que le Sage
meurt en la Religion de sa Mere;
Qu'il ne change iamais d'opinion;
Qu'il ne se repent point de sa vie
passée.*

En cet endroit ie demande à vn
de mes amis, des nouuelles d'vn
homme de ma connoissance, qui
auoit changé de Religion, & s'e-
stoit separé de nous, pour se ietter dans le Party de nos Auersai-

res. *Vous me ferez, plaisir*, luy dis-
je, *de m'esclaircir du suiet qu'il a
eu de nous quitter, & de se despar-
tir des Maximes qu'il m'a si souuent debitées, Que le Sage meurt
en la Religion de sa Mere ; Qu'il
ne change iamais d'opinion ; qu'il
ne se repent point de sa vie passée.*

Et afin que les yeux les plus
endormis ne prennent icy l'vn
pour l'autre , & que des paroles apportées d'ailleurs ne soient
contagieuses aux miennes, i'ay
voulu les rendre remarquables,
par la difference du caractere ,
contre l'ordinaire de mes premiers Escrits , qui sont tous imprimez d'vne mesme lettre. Mais
ie l'ay fait, pour empescher que

le voifinage du Mal ne corrom-
pift le Bien qui le touche; & à
deffein de refuçiller l'attention
du Lecteur, en l'auertiffant de
ne point mefler des chofes que
ie diftinguois, & de ne confondre pas l'Eftranger aueque le Naturel, & l'Emprunté aueque le
Propre. Tellement que ie n'a-
uance pas ces opinions, comme
eftant de moy, mais ie les allegue
d'vn autre : Ie m'eftonne qu'il
s'en foit départi, parce qu'il s'y
attachoit: Ie les luy oppofe comme fiennes, & non pas comme
veritables.

On fçait affez que cette façon
d'argumenter, qu'on appelle *à
la perfonne*, en la langue de l'Efcole,

cole, eft receuë de l'Vfage, &
pratiquée en toute forte de Dif-
putes. Il y a cette difference entre les Argumens qui fe font
pour eftablir la certitude de
quelque chofe , & ceux dont
on fe fert pour preffer quelqu'vn,
que les premiers doiuent eftre
tirez de l'effence de la chofe mefme ; ne fuppofer rien qu'ils ne
prouuent;& ne prendre leur force ni de l'authorité ni de l'exemple. Ceux-cy,au contraire,peu-
uent eftre plus lafches & moins
violens, & ne laiffer pas de feruir à la Victoire. Et d'autant
qu'agiffant contre quelqu'vn,on
fe propofe pluftoft de luy faire
changer d'auis, que de luy don-
K k

ner vne pleine inſtruction , il
eſt permis en telles rencontres
d'employer des moyens de pluſieurs façons. Il n'eſt pas defendu de conuaincre le Menſonge
par le Menſonge. On eſt toûjours à temps de trauailler à l'e-
ſtabliſſement de la Verité, quand
de quelque ſorte que ce ſoit,
on luy a fait entrée dans vn lieu
qui ne vouloit pas la reconnoi-
ſtre.

Les Docteurs Orthodoxes
ont ainſi agi dans les Conferences qu'ils ont euës auec ceux
du Party contraire. Ils n'ont
point fait de difficulté de ſe ſeruir de quelques vnes de leurs erreurs, pour combattre les autres;

& s'ils en trouuoient deux qui fuſſent incompatibles enſemble, ils en ſuppoſoient vne comme veritable, pour deſtruire la ſeconde, qui ne pouuoit ſubſiſter auec la premiere, & pour ruiner le Royaume de l'Hereſie, en le diuiſant.

Les Raiſons eſſentielles ne ſont pas touſiours les plus propres à perſuader, bien qu'elles ſoient touſiours les meilleures; & vn argument plauſible, quoy qu'il ſoit faux, fait ſouuent plus d'effet qu'vn qui n'a que la ſimple & groſſiere verité pour ſe faire croire. Or eſt-il qu'il n'eſt rien de ſi plauſible à vn homme que ſon propre Sens ; &

que pour le defgoufter d'vne nouuelle creance, on ne fe peut feruir d'vn meilleur moyen que de le flatter en fes vieilles opinions, & de rafraifchir des idées qui tiennent encore, mais que d'autres impreffions veulent effacer.

A tout le moins on partage fon efprit : On met fon iugement en defordre : On confond fes affeētions:On l'intereffe contre foymefme : Et quand il voit que de quelque cofté qu'il fe tourne, il faut neceffairement qu'il fe contredife, il fe refout quelquefois à condamner le Prefent, pour ne pas condamner le Paffé. Il quitte vne Maiftreffe qui l'a charmé, &

qu'il a gardée contre les Loix,
pour reprendre vne Femme que
les Loix luy ont donnée, & qui a
eu fa premiere & fon innocente
inclination. Il conclut qu'il vaut
encore mieux auoüer que l'on l'a
furpris trois ou quatre iours, que
de confeffer qu'il s'eft trompé
luy-mefme toute fa vie.

Par cette raifon, il me femble
que ie puis oppofer à vn Deferteur, les Maximes qu'il m'a fi fouuent débitées, & appeller de celuy qui s'eft fait Heretique, à celuy qui faifoit le Philofophe. Et
pour cela on ne me peut pas accufer d'approuuer fes Maximes
en elles-mefmes, encore que ie
m'en ferue contre luy, ni de

les eſtimer abſolument bonnes,
quoy que ie les eſtime bonnes à
cet vſage.

Ie ſçay que la Science de l'E-
uangile n'a rien de commun
auec la Doctrine des Payens, &
que nos Dogmes ſont fort diffe-
rents de leurs Principes. Ceux
qui tenoient que la Religion
eſtoit vne dépendance de l'Eſtat,
& faiſoit partie de la Police ; &
qui ſçauoient que chez les Barbares, Anacharſis auoit eſté tué
par ſon propre Frere, pour auoir
ſacrifié à la Greque, & que les
Grecs auoient puni Socrate,
pour n'auoir pas eu aſſez bonne
opinion de leurs Dieux, pouuoient bien dire qu'en quel-

que Religion que ſoit né le Sage,
il y doit mourir, puis que ne con-
noiſſant point de plus grand, de
meilleur, ny de plus ancien Dieu
que la Patrie, ils croyoient que la
premiere Loy de la Religion
eſtoit de luy obeïr, & qu'il n'y
auoit autre mal à l'Impieté ny au
Sacrilege, que le meſpris des ordonnances publiques.

Ceux auſſi qui tenoient que le
ſeul Sage eſtoit beau, encore
qu'il euſt la taille gaſtée, & le
viſage mal-fait ; qu'il n'y auoit
que luy qui ſe portaſt bien, encore que la Fiévre le bruſlaſt, & que
la Goutte luy donnaſt la geſne;
qu'il n'y auoit que luy de riche,
quoy qu'il demandaſt l'aumoſ-

ne, & qu'il fuſt logé à l'Hoſpital:
Finalement , qu'il eſtoit le ſeul
Roy de la Terre, quoy qu'il n'euſt
pas vn valet ſur qui exercer ſa
Royauté , pouuoient bien apres
auòir porté leur eſprit à de ſi
hautes extrauagances , deſcen-
dre à quelque choſe de plus
raiſonnable , & dire que le Sage ne ſe repentoit iamais , &
qu'il ne changeoit iamais d'opinion.

Premierement, deſarmant leur
Sage comme ils faiſoient, de toutes ſes paſſions, & arrachant de
ſon ame , ce qu'ils ſe deuoient
contenter d'y cultiuer , ils n'a-
uoient garde d'y laiſſer le Re-
pentir , qui eſt vne Paſſion, ne

ſçachant pas que la Penitence fuſt vne vertu.

Ils donnoient outre cela à ce fantoſme de Sage, vne connoiſſance vniuerſelle de toutes les choſes qui ſont en la Nature; & d'vn homme dont l'eſprit eſt borné, & le iugement ſuiet à faillir, ils faiſoient vne creature auſſi parfaite en intelligence que les Anges. Or nous croyons que les Anges voyent d'abord en l'obiet qui leur eſt preſenté, toutes les qualitez qui l'accompagnent, & toutes les raiſons de douter & de reſoudre qui en peuuent naiſtre. D'où vient que leur reſolution eſtant vne fois priſe, ils ne la quittent iamais, parce que ne pou-

uant plus trouuer en cet obiet
vne nouuelle apparence de Bien
ou de Mal, qui leur face changer
d'affection, ni rien qui augmen-
te leur connoiſſance, il faut de
neceſſité qu'elle demeure touſiours la meſme, & que leur entendement & leur volonté
ſoient inſeparablement attachez
à leur premier acte.

Les Philoſophes Stoïques
auoient à peu prés vne ſemblable opinion de leur Sage, & l'idée
qu'ils en conceuoient eſtoit ſi ſublime qu'elle n'a aucune proportion auec la baſſeſſe de noſtre
Nature. Il eſt vray que quelques-
vns voulant expliquer fauorablement l'intention de ces Philoſo-

phes Declamateurs , & mettre
leurs Maximes dans le fens commun, ont dit que le Sage ne fe repent iamais , & qu'il ne change
iamais d'auis , à caufe qu'il ne fait
iamais de refolution abfoluë , &
qu'en tous fes confeils & en toutes fes promeffes, il conclut toufiours auec cette tacite exception,
SI LA CHOSE DEMEVRE EN
L'ESTAT OV ELLE DOIT DE-
MEVRER, ET SI ELLE TIENT LE
DROIT CHEMIN.

Faites donc que la chofe ne fe
deftourne point du cours qu'elle
a pris : Arreftez tous les accidens
qui y peuuent furuenir : Confer-
uez-la toufiours dans les mefmes
circonftances : Et fi vous le fai-

tes, ne craignez point que le Sage manque de son costé, ny que ce soit luy par qui commence le changement. Mais si le suiet varie, & s'il deuient autre qu'il n'estoit, ne vous estonnez pas aussi que le Sage le considere d'vne autre façon qu'il ne faisoit pas & qu'il quitte la Constance, lors que la Constance n'est pas bonne; lors qu'elle cesse d'estre vertu; lors qu'elle n'est plus rien qu'vne obstination à faillir, & vne dureté de courage. Cette mutation qui se fait en la Matiere, & non pas en l'Artisan, luy rendant sa foy, & le dispensant de sa parole, le met en liberté de changer d'auis, sans qu'il con-

damne pour cela son premier
dessein , qui estoit tres-bon en sa
saison,& quil'est encore auiour-
d'huy , puis que la mesme chose
retombant sous son election, &
se representant à son iugement,
il ne sçauroit encore ni mieux deliberer ni mieux se resoudre.

De cette sorte on peut sauuer
le Paradoxe des Stoïciens , &
rendre plus humaine leur or-
gueilleuse Philosophie : Quoy
qu'apres tout , ie ne me mesle
point des affaires de Zenon, ni de
celles de Chrysippe : Ie ne pense
pas estre obligé de garantir toutes les folies qu'ils ont dites de
leur Sage. Ie demeure dans le
Portique , tant que le Portique

eſt raiſonnable ; Mais i'en ſors,
quand il commence à extraua-
guer. Ie puis alleguer les opinions
des autres; Mais ie ne ſuis reſpon-
ſable que des miennes, & ce ſont
celles-là qu'il me ſera aiſé de defendre contre les attaques du
Chicaneur.

LA DERNIERE
OBIECTION
DV CHICANEVR,
REFVTE'E.
DISCOVRS
TROISIESME.

L dit que ie permets à Hydaspe de mal-faire, à cause que ie luy dis *que sur toutes choses il doit donner sa volonté à Dieu, & auoir pour le moins de bons desseins, s'il n'est pas en sa puiſſance de faire de bonnes œuures.* Il s'imagine que ie luy donne permiſſion d'aimer les femmes, à cauſe que ie n'vſe point du droict de Mary, ny n'entreprens ſur le Commiſſaire du Quartier. Mais quoy qu'il die, & quoy qu'il s'imagine, ie prie les équitables Lecteurs de ne croire ni à ſes paroles ni à ſes imaginations.

Chercher des exemples à Hydaſpe, pour luy monſtrer que la vertu n'eſt pas impoſſible, & le renuoyer, comme ie fais, à ſon Confeſſeur, à qui appartient le gouuernement de ſa Conſcience & la correction de ſes mœurs, eſt-ce luy permettre de mal-

mal-faire? Se rendre agreable à
vn malade & ne le pas traitter
d'abord auec le fer & le feu, eft-
ce eftre d'intelligence auecque
le mal? Implorer le fecours d'autruy en quelque entreprife, eft-
ce tefmoigner qu'on la veut
rompre, ou faire voir qu'on ne
veut pas la manquer? Ie fuis à
peu prés en femblables termes;
& me défiant de mes forces, i'appelle à mon ayde vn plus fort
que moy, entre les mains duquel
ie refigne Hydafpe. Ie laiffe à vn
autre l'honneur d'vne conuer-
fion, dont ie n'ay peu conceuoir que le defir.

Cette conduite ne fçauroit
eftre trouuée mauuaife d'vn

homme auifé , & perfonne ne
me peut blafmer de ce que i'imite la Nature, qui va par degrez en
la production de ce qu'elle fait,
& ne forme pas les fruicts, auant
que les femences foient iettées.
On ne paffe gueres d'vne extremité à l'autre , fans fejourner
quelque temps par les chemins?
Vne parfaite vertu n'eft pas l'ouurage d'vne iournée: Il eft difficile qu'vn feul coup puiffe couper plufieurs teftes. C'eft pourquoy qui s'eftonnera de voir
que i'obferue de l'ordre en l'affaire que i'ay entreprife , & que
ie commence par les bons deffeins , pour venir aux bonnes
œuures? qui s'eftonnera que ie

combatte aujourd'huy le vice
contraire à la Sobrieté, & que
ie referue l'incontinence à demain ? Ie fepare des Ennemis,
qui me donneroient trop de peine en foule , & dont i'auray
meilleur marché , fi ie les attaque l'vn apres l'autre.

Ie n'approuue point le peché,
mais ie fouffre quelque chofe
de l'infirmité humaine. I'vfe de
la Police de Rome : Ie tolere ce
que ie ne puis corriger. Ie ne
defcouure à Hydafpe que la
plus aifée partie de fon deuoir,
& luy cache toute l'aufterité de
la Vertu, afin de ne le pas rebuter
dés la premiere leçon. Ie ne donne point l'alarme à celuy que ie

veux prendre ; Ie l'auertirois de
s'enfuïr. Ie l'embarque , fans luy
declarer où ie le meine; & ie luy
feray faire vn voyage,quoy qu'il
ne penfe que faire vne promena-
de. C'eft ainfi que la Vertu fe glif-
fe & s'infinuë en l'ame des hommes. Il faut les tromper pour leur
propre Bien , & les engager par
vne action. Ce fera pour le moins
vn gage que nous aurons d'eux,
que peut-eftre ils ne voudront
pas perdre , & qui les obligera
d'acheuer le refte.

Difcourons , puis que noftre
Prince le veut ainfi. Difons qu'il
n'y a que ces Philofophes extrauagans que nous venons de quitter , qui puiffent eftre de contrai-

re auis au noſtre. Depuis la mort
de Iuſte-Lipſe, & de Monſieur le
Garde des Sceaux du Vair, il
nous eſt permis de parler libre-
ment de Zenon & de Chryſippe,
& de dire que les opinions de ces
Ennemis du Sens commun,
eſtoient quelque-fois plus eſtranges que les plus eſtranges Fables
de la Poëſie. Selon leurs Principes, non ſeulement tous les Pechez ſont eſgaux, mais auſſi ils
ſont inſeparables, & ne marchent
iamais que de compagnie. Parmy eux qui eſt Larron, eſt Adultere; qui eſt Adultere eſt Homi-
cide; qui eſt Intemperant, eſt
Cruel. Il eſt impoſſible d'auoir
vne vertu, ſans auoir toutes les

autres ; d'eſtre Iuſte ſans eſtre
Vaillant ; d'eſtre Liberal , & n'e-
ſtre pas Chaſte. Ils meſlent ce
qu'ils deuroient diſtinguer. Ils
attachent par force des qualitez
qui ſont libres. C'eſt oſter dans la
Morale les bornes que la Raiſon
y a miſes, pour marquer la difference de chaque choſe.

Noſtre Philoſophie eſt moins
entreprenante & moins ambi-
tieuſe. Nous tenons qu'il y a du
plus ou du moins en quoy que ce
ſoit. Nous croyons que la Vertu
fait vn genre, qui comprend pluſieurs eſpeces ; qu'elle ne ſe communique qu'auecque reſerue,
qu'il n'y a eu encore perſonne , à
qui elle ſe ſoit donnée toute en-

tiere. Mais en ce Siecle, particulierement, qui eſt la lie & l'impureté de tous les autres, n'appel-
lons-nous pas parfaits ceux qui
ont le moins d'imperfection; Ne
mettons-nous pas les petits
Maux au nombre des Biens?

Ie reconnois le mal-heur de
ma naiſſance, & nomme bien-
heureux ceux qui ſont venus en
vn meilleur temps: Il m'eſt auis
pourtant que ie ne ſuis pas le
plus coupable de la corruption
de celuy-cy. I'ay de bons deſirs,
qui peuuent produire de bons effets: l'exhorte mon Prochain à
la meſme choſe: Autant de Vices que ie luy fais quitter, ſont
autant de pas que ie luy fa is faire

vers la Vertu ; de laquelle il fera
toufiours moins efloigné au deu-
xiefme degré qu'au premier, &
lors que fon affection commen-
cera a fe remuër, que quand elle
demeuroit immobile. Il faut que
noftre volonté foit vertueufe,
& nos mœurs fuiuront noftre
volonté : Il faut que le cœur re-
çoiue la vie, pour la communi-
quer aux autres parties. Nous deuons auoir de bons deffeins, s'il
n'eft pas encore en noftre puiffance de faire de bonnes œuures.

On me reproche neantmoins
d'eftre tombé par là dans l'erreur
des Heretiques, qui tiennent que
nous fommes inutiles à tout
Bien : Et ie ne le defauoüe pas, fi

donner fa volonté à Dieu, &
auoir de bons deffeins, font chofes qu'il faille appeller mauuaifes, & qui foient hors de l'eftenduë de ce Bien, auquel les Heretiques tiennent que nous fommes inutiles. Il y en a qui ont perdu le remors; L'efprit de ceux-là
eft incurable : Il y en a d'autres,
dont le fonds de l'ame n'eft pas
gafté, & qui conferuent au milieu du Mal, la volonté de bien-
faire : Ceux-cy font capables des
remedes, & dans la voye de Salut; Et il me femble que ie con-
feille à Hydafpe de ne point for-
tir de cette voye, quoy qu'il ne s'y
auance pas, quand ie luy dis qu'il
doit auoir de bons deffeins, s'il

n'eft pas en fa puiffance de faire
de bonnes œuures.

Que fi parmi les auis que ie
luy donne, il fe trouue quelques
termes peu ferieux, & meffeans à
vne perfonne graue: S'il eft dit
*qu'eftre chafte c'eft entreprendre
fur la profeßion des Femmes: Que
fi Dieu nous vouloit empefcher
d'aymer ce qui eft beau, il nous deuoit faire aueugles,* &c. ie fupplie
le Lecteur equitable de ne me
vouloir rendre en cette occafion
que iuftement ce qui m'appartient. Il confiderera, s'il luy plaift,
que ie ne puis pas eftre tout enfemble moy & vn autre. Il y a
bien de la difference entre les
Obiections qui me font faites, &

les fentimens que ie puis auoir.
Les difficultez que me propofe
vn Pecheur, ne font pas des Raifons dont ie me fers, pour le con-
firmer en fon Peché. Et icy, comme ailleurs, le Chicaneur vfe de
fa bonne foy, & met en auant des
Accufations que ie pourrois refuter par vn defmenti, fi ie n'a-
uois plus de ciuilité pour fa perfonne, qu'il n'a de refpect pour la
verité.

LE LIBRAIRE
AV
LECTEVR.

ESTANT tombé entre les mains vne Lettre de consolation, escrite à vne Mere sur la mort d'vn Fils vnique, i'ay crû que vous ne seriez pas fasché que ie vous la fisse voir : Elle sent beaucoup plus la maniere des Saints Peres que celle des Philosophes Payens : Et par consequent elle ne sera pas mal à la suitte des Compositions Chrestiennes que ie viens de vous donner.

A MADAME
LA MARQVISE
DE MONTAVSIER.

ADAME,

Si en l'estat où vous estes, vous pouuez receuoir de la consolation, Dieu seul vous en peut donner. Pour ne rien perdre, il faut luy offrir tout ce qu'on pert. C'est le moyen de priuer la Fortune de ses droits : Par là on oste

mefme à la Mort la puiffance de
faire mourir : Croyez-moy, Madame : Faites vne offrande du fujet de voftre douleur, afin qu'il
change de nature, & qu'il deuienne la matiere de voftre merite. Si vous mettez fur les Autels la chofe que vous regrettez,
premierement vous en augmen-
terez le prix, la faifant paffer à vn
faint vfage : Vous rendrez plus
parfaite par cette confecration,
vne Creature que le Temps n'a-
uoit pas encore bien acheuée:
Mais outre cela, vous la poffede-
rez en Dieu, plus feurement que
vous ne la poffediez en elle-mefme. Dieu eft fidele, Madame, il
vous gardera ce que vous luy au-

rez donné : Voſtre don ſera vn
depoſt que vous ne pourrez plus
perdre, l'ayant confié à Celuy,
chez lequel on trouue tout. Ce
ſont des penſées de la Semaine-
ſainte, & qui me viennent vne
fois l'an : Mais ce ſont vos meditations de tous les iours:Et quoy
que cette ſorte de Philoſophie
ſoit vn peu eſleuée & vn peu ab-
ſtraite, elle ne l'eſt pas trop,pour
vne ame de la hauteur de la voſtre : Ayant appris de Monſieur
l'Eueſque de Graſſe, & de tant
d'autres Saints,que vous pouuez
appeller vos Saints domeſtiques,
QV'IL Y A PLVS DE REMEDES
EN NOSTRE RELIGION, QV'IL
N'Y A DE MAVX EN NOSTRE

VIE, sans doute, Madame, vous preuiendrez par vostre pieté, le secours que la Raison humaine vous pourroit fournir en cette occasion : I'eusse bien voulu qu'il s'en fust presenté vne moins fascheuse, pour vous renouueller les asseurances de mes respects, & pour vous dire, à mon retour de l'autre Monde, où ie viens de faire vn voyage assez dangereux, que ie suis tousiours,

MADAME,

Vostre tres-humble, & tres-obeïssant Seruiteur, BALZAC.

D'Angoulesme, ce 7. Auril 1651.

DISER-

DISSERTATION

OV

DIVERSES REMARQVES

SVR DIVERS ESCRITS.

A MONSIEVR CONRART,

CONSEILLER ET SECRETAIRE

DV ROY.

TABLE
DES MATIERES,
ET DES CHOSES
les plus remarquables,
contenuës dans ce
Volume.

A

R

TABLE

B

TABLE

DES MATIERES.

R iiij

DES MATIERES.

TABLE

DES MATIERES.

TABLE

DES MATIERES.

G

H

DES MATIERES.

S

TABLE

I

DES MATIERES.

S ij

L

DES MATIERES.

S iij

TABLE

M

N

TABLE

TABLE

DES MATIERES.

DES MATIERES.

TABLE

DES MATIERES.

T

TABLE

V

DES MATIERES.

TABLE DES MATIERES.

X

Z

FIN

DISSERTATION

OV

DIVERSES REMARQVES

SVR DIVERS ESCRITS.

A MONSIEVR CONRART,

CONSEILLER ET SECRETAIRE
DV ROY.

 OVR tant de cho-
ses que i'ay à vous
dire , ce ne seroit
pas assez d'vne Let-
tre. Il faut vn Discours, & encore qui ne soit pas petit. Ie

A ij

vous eſcris donc vn grand Diſ
cours, moy qui n'eſcris plus &
ne parle plus depuis quelqu
temps ; moy qui ſuis reduit
Ouy & à Non , par l'ordonnan
ce des Medecins.

Ma modeſtie n'euſt oſé vou
le faire ſçauoir ; Mais puiſqu
vous le ſçauez d'ailleurs , &
qu'on vous l'a mandé de Saintonge, ie ne vous le deſauouë
ray pas. Ie dois des reſponſes à
plus d'vn Prelat & à plus d'vn
Officier de la Couronne. Ils
m'ont honnoré de leur ſouuenir ; Ils m'ont obligé par leurs
ſoins & par leurs ciuilitez. Mais
quoy que mes Seigneurs exigent à la rigueur ces ſortes de

dettes, & que mes Amis me facent grace, n'en defplaife à la
Grandeur, il faut que l'Amitié
paffe la premiere, & que i'aille
où m'appelle mon inclination.

C'eft tout droit à vous, mon
cher Monfieur, qui eftes fi auant
dans mon efprit ; qui vous eftes
faifi de mon cœur à fi iufte tiltre ; par tant de bontez & par
tant de courtoifies. Vous y faites entrer, auec vos belles &
obligeantes paroles, toute la
confolation dont il eft capable ;
Et apparemment Dieu m'en-
uoye ce fecours fur le declin de
ma vie, pour me fortifier contre vne infinité de difgraces,
qui me viennent attaquer en

foule. Elles m'auroient deſia accablé, ſi vous ne me ſouſteniez.
L'importance eſt que vous me
ſouſtenez auec vne main qui
n'eſt pas rude , & qui en m'ap-
puyant ne m'esbranle pas. Voſtre affection & voſtre tendreſſe,
toûjours parfumées & toûjours
fleuries , adouciſſent les maux
que la Raiſon toute ſeiche irri-
teroit. Et ie vous auouë qu'en
l'eſtat où ie ſuis, ie ne puis plus
ſouffrir cette auſtere, eſpineu-
ſe, & affirmatiue Raiſon: Ie re-
doute ces Amis qui veulent faire les Pedans dans l'amitié ; qui
alleguent hors de temps les Prouerbes de Salomon , & *les bleſ-
ſures meilleures que les baiſers*;

qui debitent sans cesse des Dogmes & des Maximes : leur autorité magistrale me porte à la reuolte plustost qu'à l'obeissance.

Continuëz à m'aymer de la
mesme sorte que vous auez fait
iusques icy. Ie n'ay point besoin
du fer & du feu de la Philosophie des Stoïques : Ie vous demande vostre baume, vos huiles, vostre indulgence, vostre
pitié. Et si en lisant les anciennes Fables, vous auez eu com-
passion de ces pauures gens, qui
sont tourmentez par les Furies,
imaginez-vous que mon destin
n'est pas moins à plaindre que
le leur. Tisiphone & ses deux
sœurs ne sont gueres plus noires,

ni plus malfaifantes que les penfées qui me font la guerre; que
le chagrin qui me perfecute. Il
eft caufe que ie conte pour rien
les ruiffeaux de fang que i'ay
verfez, & les autres douleurs
que ie fouffre. Au moins vous
puis-je affeurer qu'il me fait paffer de fi mauuaifes heures, que
fouuent ie ne fuis pas reconnoiffable le foir à qui m'a veu le matin. Apres auoir mis fur le papier des chofes qui ne vous defplaifent pas, il m'en vient dans
l'efprit, qui me defgouftent fi
fort de moy-mefme, que le Defert n'a point de befte fi peu rai-
fonnable, pour laquelle ie ne
me vouluffe changer. Ne pen-

fez pas que i'exagere & que
i'amplifie : Tout ce que ie dis
eft dans la rigueur de la Verité.
Mais ie ne laiffe pas d'en dire
trop ; Et il vaudroit beaucoup
mieux vous remercier bien ou
mal de vos prefens , que de vous
rendre vn fi fidele conte de mes
miferes. Il vaudroit mieux ef-
fayer de me refiouïr fur l'agreable matiere que vous m'auez
prefentée , que de m'enfoncer
plus auant dans mon chagrin,
& dans le difcours de mon chagrin.

I'ay receu le *Committimus* ; *la
Queftion agitée par le Pere Fau-
re* ; *le Xenophon de Monfieur
d'Ablancourt* ; *le nouueau Pane-*

gyrique François , & les Dif-
cours Italiens du Philosophe
Orateur.

COmmençant par le *Com-*
mittimus, ie vous diray que voftre adreffe à obliger fait cou-
ler voftre ciuilité iufques dans
la barbarie des Committimus :
Vous cultiuez les pierres & les
efpines de la Chancelerie. Vous
cueillez du fruict fur des arbres
morts. Car en effet n'eft-ce
pas par voftre moyen , que ie
recouure auiourd'huy mes qualitez & mes tiltres ? Le Temps
les auoit moifis : Ma Pareffe les
auoit oubliez : Ie croyois les a-
uoir perdus dans la longueur

d'vn Exil de plus de douze ans.
Ie ne croyois plus eftre ni Con-
feiller d'Eftat , ni Hiftoriogra-
phe de France. Et fi i'ay obligation à la liberalité du feu
Roy, de ces magnifiques bagatelles (le mot de magnifiques
corrige celuy de bagatelles)
c'eft vous , Monfieur, qui me
confirmez les graces du Prince;
qui remettez en honneur vn
pauure Banni; qui le réhabilitez
en cire & en parchemin , & ce
qui s'enfuit.

A vous parler franchement,
la Queſtion m'a furpris , & ie
n'attendois pas de la plume d'vn
Predicateur tant d'art & tant
de iufteffe; vne diction fi nette

& si reguliere. D'ordinaire ces Parleurs celebres imposent aux oreilles & aux yeux. Ou ils des-robent, ou ils rauissent nostre iugement : Il y a de la trompe-rie, ou de la violence en leur procedé.

Vous sçauez ce que peuuent d'vn costé le son de la voix, la volubilité de la langue, la digni-té des gestes & de la personne : Vous n'ignorez pas quelle est d'autre part la maiesté des cho-ses Saintes ; la presence des **Au**-tels ; la pompe des Sacrifices ; le pouuoir absolu de la Theolo-gie ; le ton imperieux, & le stile de commandement dont elle traite le Peuple Chrestien. Ie

parle à vous comme ie parlerois
à vn Catholique, car fi vous
n'eſtes pas tout à fait des No-
ſtres, vous eſtes pour le moins
de nos Alliez, & Monſieur de
Graſſe ſe promet de vous emporter à la fin ſur Monſieur
Daillé. Toutes les choſes que
i'ay dites, & quelques vnes que
i'ay oubliées, entrent dans l'e-
loquence des Predicateurs : Et
comme l'eſtime que nous leur
donnons, peut venir de noſtre
esblouïſſement & de noſtre illuſion, elle peut auſſi faire partie
de noſtre foy & de noſtre pieté.
Ie voy par la Queſtion agitée
que celuy-cy n'eſt pas de ceux-
là.

Pour agir efficacement ſur
l'ame des hommes, il n'a pas beſoin de tout ce grand attirail de
Religion ; de toute cette multitude de moyens, ordinaires
& extraordinaires. Il n'eſt point
deſmonté quand il eſt hors de la
Chaire : Il ne laiſſe pas de parler
auec authorité, quoy qu'il ne
parle pas de haut en bas. Que
s'il perſuade ſans l'aide des ge-
ſtes & de la voix, & ſans ces
autres ſecours eſtrangers, qui
ſe tirent tant de la force de la
matiere, que de la foibleſſe de
l'auditeur : S'il eſt eloquent en
ſon abſence ; que doit-il eſtre au
Val de Grace & ailleurs, où il
ſe produit & ſe montre tout

entier ; où il eſt le veritable luy-
meſme ; où les paroles ne ſont
plus des images mortes , &
peintes ſur le papier, mais des
corps qui viuent & qui ſe re-
muënt? Que doit faire Demoſthene , au iugement meſme
d'Æſchine ſon ennemy , quand
l'eloquence du corps accompa-
gne celle de l'eſprit ; quand il reprend les auantages qu'il auoit
quittez ; quand il paroiſt auec
tous les ornemens de dehors,
dont il s'eſtoit deſpoüillé en eſcriuant?

Ie ſuis bien glorieux que cét
Orateur en corps & en ame
ſoit né ſous le meſme Ciel que
moy , à deux lieuës de noſtre

belle Charante, & qu'il ait de-
firé mon approbation, auant
que d'aller receuoir les applau-
diffemens de la Cour. Les
Coups d'effay de ce temps-là
me donnerent efperance des
Chef-d'œuures d'auiourd'huy,
& tout ce qu'il fait fur la Tribune aux harangues, deuant le
Roy & deuant la Reyne, n'eft
que l'accompliffement des pre-
dictions que ie fis de luy, dans
l'Eglife de noftre Village. Il eft
vray que ie bornois mes predi-
ctions à la gloire du Biendire,
& au regne de la Chaire; Et fon
ambition a efté plus loin. Cependant, ie ne veux rien qui ne
m'appartienne. Ie vous auertis
que

que *cét Orateur en corps & en
ame* n'eſt pas de moy. Il eſt de
Monſieur le Marquis Frangi-
pane qui nommoit ainſi le Pere Narni Predicateur du Pape
Gregoire.

Vn mot ſeulement ſur le
ſujet de noſtre Monſieur d'A-
blancourt. Sa Traduction ſeroit incomparable, s'il n'auoit
rien mis au deuant d'elle. Mais
ſa Preface eſt ſi belle, qu'elle
efface les plus belles choſes qui
luy peuuent eſtre comparées.
Qu'il me plaiſt de faire ſi bien
l'honneur de la France ! Que
ie luy ſçay bon gré des offi-

B

ces qu'il rend en ce Royaume, aux honneftes gens d'A-
thenes ! Ce ne font pas des
marques d'inferiorité, ni des
deuoirs de fuiétion : Ce font
des effets de courtoifie ; Ce font
des actes de pure hofpitalité. La
loy de la gratitude voudroit
qu'on luy rendift la pareille en
Grece : Mais i'ajoufte, que le
Grec le plus pur & le plus Attique, ne feroit pas indignement
employé à l'explication de fon
François. Ie vais plus auant, &
affeurez-le, ie vous prie, que ie
le dis comme ie le penfe. S'il
fe pouuoit faire que Monfieur
d'Ablancourt euft vefcu du
temps du ieune Cyrus, & que

Xenophon veſcût aujourd'huy,
les Prefaces de Monſieur d'A-
blancourt meriteroient d'eſtre
traduites par Xenophon.

LE nouueau Panegyrique
vole bien-haut, mais les anciens
Panegyriques volent encore
plus haut que luy. Ce n'eſt pas
la France qui a commencé à
parler auec excés. Il ne ſe peut
rien dire de ſi hardi en François, qui ne puiſſe eſtre autori-
ſé par vn exemple Grec ou Latin. Le Scite de Lucien n'eſt
pas plus ſobre ni plus retenu
que le Panegyrique moderne.
Dans ce dialogue, Toxaris donnant à Anacharſis la connoiſ-

fance de Solon. Vous aüez-veu
tout, luy dit il, ayant veu Solon. C'eſt Athenes ; c'eſt la Grece ; Vous n'eſtes plus eſtranger.

Vn ancien a dit, que Camille
eſtoit tout ſeul toute la Republique Romaine. Vn autre ancien vn peu plus modeſte a dit,
qu'il y auoit en Ceſar pluſieurs
Marius. On a dit, à la gloire de
Rome & au deshonneur de la
Grece, qu'vn Caton valoit plus
que trois cens Socrates Philo-
pœmen a eſté appellé le dernier des Grecs ; Caſſius le dernier des Romains : Et neanmoins, il me ſemble qu'on ne
leur pouuoit donner cette qua-

lité, fans mefprifer les deux premiers Peuples de l'Vniuers ; fans
faire injure au prefent & à l'a-
uenir ; fans reprocher à ceux
qui viuoient en ce temps-là,
qu'ils n'eftoient pas enfans legitimes de leurs peres. La race des
Romains faillit-elle aprés la
mort de Brutus & de Caffius ?
les Romains deuindrent ils Barbares, le lendemain de la bataille de Philippes ?

Il y a dans le Panegyrique des
imitations fines & bien defgui-
fées : Il y en a où le Panegyrifte
a deffein de paroiftre imitateur;
qui font vifibles & reconnoif-
fables à tout le monde : Mais
particulierement ce qu'il dit de

B iij

Platon, eft pris mot à mot d'v-
ne des Oraifons de Themiftius.
C'eft le mefme Themiftius, qui
a fait des Commentaires fur
Ariftote, & dont nous auons
quantité de Harangues tres-elo-
quentes, adreffées aux Empereurs de fon temps. Dans vne
de ces Harangues, il veut bien
qu'on fçache (& ne fe foucie
point d'offenfer en cela, ni les
Viuans ni les Morts) qu'il croi-
roit pluftoft à ce que Platon luy
feroit entendre d'vn figne de tefte, qu'à ce que tous les autres
Philofophes luy affirmeroient
auec ferment. Voila l'extremité, où fon amour & fa rhetorique le portent.

Mais ce grand excés de Themiſtius paroiſtra petit, ſi on le
compare à celuy de Ciceron,
eſchauffé comme luy, dans ſa
matiere, & tranſporté de l'obiet preſent de ſon eſprit. Il pro-
teſte en termes expres, qu'il aime mieux faillir aueque Platon,
que d'eſtre de la bonne opinion
auec le reſte du monde : Quoy
qu'il vaille mieux eſtre de la bonne opinion auec qui que ce ſoit,
& meſme tout ſeul, que d'a-
uoir tous les Philoſophes, voire
tous les hommes pour compagnons de ſa faute. Noſtre amy
l'Audacieux ne defere pas de la
ſorte à l'autorité d'autruy. Il ſe
moqueroit des ſignes de teſte de

Platon, & des clins d'œil d'A-
riftote. Ni les fermens de l'vn
& de l'autre, & de tous les Philofophes leurs predeceffeurs &
leurs defcendans ; Ni les prote-
ftations de Ciceron , ni celles
de Themiftius ne l'obligent
point à croire : C'eft la feule Verité , dit il, quand il la connoift,
& quand elle fortiroit de la bouche d'vn Crocheteur : L'importance eft de la bien connoiftre,
& de ne prendre pas vne autre
pour elle.

Ne laiffons pas fi toft le nouueau Panegyrique , & difons
quelque chofe de fon Eloquence. Elle n'a pas tout à fait le caractere de la bonne Antiquité ;

Mais auſſi ne ſent-elle pas trop
la corruption des ſiecles Gothiques. Ie n'y ay trouué ni la dureté du temps de nos Peres, ni
la moleſſe de la plus part des
gens d'aujourd'huy. Au contraire, i'y ay trouué en pluſieurs
endroits des choſes de la belle
maniere, & dans les regles du
Pere Damon, qui nous recom-
mandoit ſi ſouuent, d'adoucir
la force, & d'animer la douceur.
Quoy que l'eſtude n'y ſoit pas
cachée, elle n'y deſcouure point
d'affectation. Il y paroiſt de l'art,
ſans que le naturel ſoit à la geſne, & ce qui a eſté conçeu auec
effort, y eſt produit aueque facilité. La diction, au reſte, m'en

femble affez pure, & beaucoup
plus que ne deuroit-eftre celle
d'vn homme qui a vieilli dans
vne des extremitez de la France, & qui ne fut iamais à Paris,
que pour y folliciter vn procés ;
Encore fut-ce long-temps auant
l'eftabliffement de l'Academie,
& les Remarques de Monfieur
de Vaugelas n'eftoient pas en la
nature des chofes.

Ie fupporte les vices de la
naiffance. Quelque refte du peché Originel, quelque petite
marque de la Prouince ne me
choque point, dans vn difcours
qui d'ailleurs n'eft pas mauuais.
Ce font les fautes eftudiées qui
me déplaifent; Et ie vous auouë

que quoy que i'aye de l'inclination pour l'orateur Prouincial,
i'ay bien de la peine à m'accommoder auec *ſon Roy & ſon*
Royaume des Fleurs de lys. I'aymerois mieux me ſeruir du Roy
Tres-Chreſtien, voire meſme du
Roy des Gaules, ſi ie faiſois difficulté d'employer le Roy de
France.

Le bon homme Malherbe a
eu le premier cette fantaiſie *des*
Fleurs de lys, à laquelle ie ne pûs
iamais eſtre complaiſant. Il me
demanda mon ſuffrage, que ie
luy refuſay dans la liberté de noſtre conuerſation ; Et bien que
ie l'appellaſſe mon pere, il fut
impoſſible au fils, de laiſſer paſ-

fer à fon pere ni le Royaume
des Fleurs de lys, ni l'Empire
du Croiſſant. Tout petit garçon
que i'eſtois, ie reſiſtay en face
au Bonhomme, & m'oppoſay à
l'autorité que ſa vieilleſſe & ſon
merite luy auoient acquiſe. Ie
le priay de ſe ſouuenir du mot
d'vn de nos Anciens, qu'il ne
faut pas que la Proſe enjambe
ſur la Poëſie; Ie luy remonſtray
que chaque Genre ſe doit contenter du ſien; que de deſmar-
quer les bornes qui ſeparent les
frontieres, c'eſt commencer le
deſordre & la confuſion.

Ie trouue bon que dans ſes
vers, la Deeſſe Renommée

Vole viſte, & de la contrée
Par où le iour fait ſon entrée,
Iuſqu'au riuage de Calis
Conte ſur la Terre & ſur l'Onde,
Que l'honneur vnique du Monde
C'eſt la Reyne des Fleurs de lys.

Ie trouue bon encore qu'vn Poëte inſpiré, comme il eſtoit, s'eſcrie dans la chaleur de l'entouſiaſme,

Et mentiront les propheties
De tous ces viſages paſlis,
Dont le vain eſtude s'applique
A chercher l'an climaterique
De l'eternelle Fleur de lys.

Feu Monſieur le Cardinal de la Valette, qui auoit le gouſt excellent en proſe & en vers, ne pouuoit gouſter cet *an climate-*

rique de l'eternelle Fleur de lys ;
& ie vous diray qu'il m'engagea
vn iour à souftenir son opinion
en Public , aprés me l'auoir per-
suadée dans le Cabinet. A la
verité , depuis ce temps là i'ay
changé d'auis ; mais auec connoiffance de caufe , & fans violer le refpect que ie dois à vne
memoire qui m'eft fi chere.

Il m'eft fouuenu qu'il y auoit
vne Princeffe Fleur de lys , dans
le Poëme de l'Ariofte, & qu'ainfi Fleurdelys ayant efté faite
femme , par l'autorité d'vn Poëte celebre , elle peut , auffi bien
que Galatée , fignifier quelquefois la France. L'eternelle Fleurdelys ne peut-elle pas eftre prife

pour vne Nymphe, comme Rome l'eternelle a esté prise pour
vne Deesse ? Et cette Rome
Deesse n'a-t-elle pas esté adorée
dans la ville du mesme nom ?
N'y a-t-elle pas eu vn Temple
particulier , des Prestres ordinaires , & des Sacrifices solen-
nels ? Bien dauantage : On a fait
autrefois l'Horoscope des Villes & des Empires , ce qui iusti-
fie l'an climaterique de Fleur
de lys. Et Lucius Tarutius Fir-
manus, dont il est parlé dans le
second liure de la Diuination,
tira la natiuité de Rome ; Et
long-temps depuis, l'Astrologue
Valens tira celle de Constantinople , par le commandement

de l'Empereur Conſtantin.

Aprés auoir conſideré tout cela, & ayant fait quelques autres reflexions ſur l'année climaterique de la Nymphe Fleurdelys, i'ay pris la liberté de reuenir à ma premiere opinion , & me ſuis permis d'eſtimer vne choſe que Monſieur le Cardinal de la Valette n'eſtimoit pas. I'ay conclu que Malherbe eſtoit plus ſçauant qu'on ne penſoit ; qu'il ſçauoit iuſqu'où a eſté autrefois la vanité de l'Aſtrologie Iudiciaire ; qu'il auoit ouy parler de l'Aſtrologue Valens, & de Lucius Tarutius Firmaǹus. I'ay veu d'ailleurs , qu'en certains lieux de ſes ouurages il y auoit

de la

de la fublimité, & que cette
fublimité n'eftoit pas fans fondement. C'eftoit en effet vn
Poëte de la force des premiers
Lyriques ; d'Alcée que nous
auons perdu, & d'Horace qui
nous refte ; car ils inuentoient
auffi quelquefois, & hazar-
doient des chofes nouuelles.
Mais Alcée, Horace & femblables infpirez (que Monfieur de
la Tibaudiere appelle abufiue-
ment Demoniaques) ont efté
des Poëtes, & non pas des
Orateurs.

L'aufterité, ou pluftoft la tri-
fteffe du ftile Oratoire, ne fouffre pas volontiers les locutions
gaillardes , principalement
C

quand il n'eſt pas queſtion de rire. La modeſtie de la Proſe ne
recherche pas les nouuelles modes ; Son bon meſnage n'vſur-
pe pas les ornemens qui ſont à
autruy, particulierement quand
les anciennes modes ſont encore bien receuës , & qu'il n'y a
point de pauureté qui oblige à
eſtre larron. Pareils exemples
ſerōient dangereux , & la conſequence en iroit trop loin. Car
ſi aujourd'huy on appelloit la
France le Royaume des Fleurs
de lys , on appelleroit demain
l'Angleterre le Royaume des
Leopars ; Apres demain on diroit le Lion Belgique pour les
Prouinces des Païs-bas. Et vne

autre fois quelque plus hardy
parleur voudroit dire la Duché
de la Couleuure, pour la Duché
de Milan. Ainſi peu à peu on
introduiroit le langage prophe-
tique dans les Aſſemblées ciuiles, & dans la commune conuerſation. Aprés le ſtile de Ma-
rot, que quelques-vns ont reſ-
ſuſcité, on mettroit en vſage
le jargon des Centuries de No-
ſtradamus : On auroit enuie de
parler Druide, aprés auoir parlé vieux Gaulois.

Il eſt vray que le *Sainct Marc*
& le Sainct George des Italiens,
pour ſignifier la Republique de
Veniſe & celle de Gennes, ont
e ne ſçay quoy de ſemblable à

C ij

ce que ie n'approuue pas. Mais
outre que ce ie ne fçay quoy a
efté adouci par le long vfage , &
qu'il eft dans la bouche du Peuple, depuis tant de Siecles,ie ne
penfe pas que les honneftes gens
s'en feruent en efcriuant. On
ne fe fert point de ces termes
hors de la poëfie ou de la profe
comique : Et quoy qu'ils fe
trouuent dans la Hierufalem de
Torquato Taffo , & dans quelques Lettres familieres d'Auteurs plus anciens que luy , vn
Ambaffadeur de Venife haran-
guant deuant le Pape , ne diroit
iamais qu'il eft enuoyé de la part
de Saint Marc , pour dire de la
Sereniffime Republique.

Le mal eſt, Monſieur, qu'il y
a en France certaines gens, meſme honneſtes gens, qui veulent
touſiours paroiſtre par la nouueauté. Ils ne veulent iamais
parler comme font les autres
hommes ; Ils ne ſçauroient appeller les choſes par leurs noms
propres. Ou ils ſont Latins en
François, ou ils ſont Poëtes en
proſe. Et vous ſçauez qu'eſtre
Poëte en proſe, & ſe ſeruir de
termes eſtranges dans le commerce ordinaire, c'eſt porter
des habillemens de Ballet au
Palais & à l'Egliſe ; c'eſt ſe rendre remarquable par vne to-
que & des brodequins, au milieu d'vn nombre infini de cha-

peaux & de fouliers.

Ie ne fuis pas toufiours de fort belle humeur, non pas mefme auec mes plus chers amis. Mais quand mon humeur feroit auffi indulgente qu'elle eft difficile, vous ne voudriez pas, ie m'affeu-re, vous qui tenez bon pour le langage vfité, que i'approuuaffe dans le Panegyrique moderne, *des Iournées qui doiuent eftre marquées auec des perles; des Raifons auffi fortes que les Armes qui auoient efté forgées par Vulcain; vn Merite qui a efté chanté par toutes les bouches de la Renommée; les Cignes de Parnaffe; & les Aigles de Sion.*

Ciceron a creu, & quelques autres auant Ciceron, qu'en chaque langue, les Poëtes auoient
vne langue à part, feparée &
diftincte de la vulgaire. C'eſt
peut-eſtre en dire trop. Mais
certainement ils ont des figures
qui leur appartiennent en proprieté, & qui ſont touſiours
poëtiques, en quelque lieu qu'elles ſoient placées. Il y a des termes fixes & immobiles dans les
vers, incommunicables à la proſe, qui ne ſçauroient y paſſer
ſans eſtre reconnus, ou pour
ennemis, ou pour eſtrangers;
ſans y mettre du deſordre, ou y
apporter de la bigarure. Ces
façons de parler peuuent eſtre
C iiij

intelligibles aux Sçauans, mais
elles ne font pas entenduës du
Peuple. Ce font des Chiffres
& des Enigmes pour les Gen-
tils-hommes mefine, qui n'ont
pas tant eftudié que Monfieur
de la Hoguette. Et quand tout
le monde feroit capable de ce
jargon, ie croy auoir defia dit
qu'il n'a lieu que dans la licence
de la Raillerie, & qu'il eft au
deffous de la dignité du langage
ferieux.

Ie n'ay pas trouué mauuais
ce qu'vn Magiftrat a efcrit fur le
fujet d'vn autre Magiftrat, mal-
habile & ignorant à l'extremité, mais hardy & prefomptueux
au delà mefme de l'extremi-

té, s'il eſtoit poſſible. *Quel moyen de ſouffrir vn Aſne qui veut faire le Lion? Quoy qu'il porte vne ſelle d'eſcarlate, il n'eſt pas moins aſne pour cela. Quand il porteroit la Deeſſe Iſis, le Dieu Oſyris, tous les Myſteres & toute la Religion des Egyptiens, il ne ſçauroit iamais eſtre que beſte de charge.* Il n'eſt pas beſoin d'vn grand Déchiffreur, pour deſcouurir ces ſecrets & ce ſens caché. Les enigmes du Magiſtrat qui ſe moque de ſon compagnon, ne ſont pas difficiles à expliquer. Ces figures peuuent eſtre en leur place où elles ſont : Mais elles y doiuent demeurer. Il ne

faut pas faire apres Pafques ce
qu'on fait au Carnaual, ni s'ha-
biller tous les iours, comme on
s'habille vn iour de defbauche.
Venons au refte de noftre matiere.

IE fuis, Monfieur, de voftre
opinion, & me declare auffi-
bien que vous, pour les Philofophes bien-difans. Ie fçay pourtant que leur party n'eft pas le
plus fort, & que la multitude ne
fera pas de noftre cofté : Ils ont
efté chaffez de l'Efcole par la
coniuration des Barbares, comme des Philofophes effeminez,
comme de faux Philofophes,
comme des corrupteurs du Bon

& du Vray. Mais quelque credit qu'ayt le party qui nous eſt
contraire, & quoy que puiſſent
dire ceux qui regnent à l'Eſcole,
i'eſtime beaucoup plus les Ban-
nis que les Tyrans. Si ces honneſtes exilez ne rompent pas la
teſte au monde de leur Majeure
& de leur Mineure: S'ils n'argu-
mentent pas touſiours en forme ; s'ils plaiſent quelquefois
en inſtruiſant, ne font-ils pas
mieux que ces Docteurs ennemis des Graces, qui ont declaré
la guerre à la Politeſſe, qui re-
iettent toutes ſortes d'Ornemens, qui ſe definiſſent eux-
meſmes *Animaux indecrotables,*
qui s'imaginent que le Beau ga-

ste le Bon, & que la Raison toute seule est bien meilleure que
la Raison auec l'Eloquence.

Laissons-les dans leur mauuaise humeur. Mais ie demande à qui a des yeux, si c'est vn
plus agreable obiet, de voir vn
squelette chez vn Chirurgien,
qu'vne belle personne dans vne
Assemblée ; de voir des nerfs,
des muscles & des os tous nus,
que de la couleur de la vie, &
de la santé ; que cette merueil-
leuse fabrique de chair & de
sang ; que ce blanc & cét incar-
nat si bien meslez, si bien con-
fondus ? Fera-t-on plus de cas
d'vne Haye faite de bastons
morts & d'espines seches, que

d'vne Paliſſade d'orangers,
chargée en tout temps de l'or de
ſes fruits, de l'argent de ſes
fleurs, & de l'eſmail de ſes feüilles ? Il me ſemble que ces images
ne repreſentent pas mal les deux
manieres de philoſopher, & qu'il
n'y a pas beaucoup à deliberer
ſur le choix de deux choſes ſi
differentes.

Cela eſt ſans doute; Mais cela
n'excuſe pas le luxe & les ſuper-
fluitez du Philoſophe Orateur.
L'Antiquité Greque n'a rien de
ſemblable : Les richeſſes & la magnificence de Platon n'ont rien
de commun auec les larcins &
la profuſion des Sophiſtes d'Italie. Que ces Italiens ont de ba-

bil ! Qu'ils parlent beaucoup,
& qu'ils difent peu ! Les paroles
m'ont empefché de voir les chofes dans les Difcours de voftre
Sophifte. Tout eft Preface,
tout eft Digreffion , tout eft
Parenthefe dans fes Difcours.
Quelques - vns , neantmoins , le
comparent à Plutarque. C'eft
luy faire honneur, & faire tort à
vn plus honnefte homme que
luy. Si Plutarque a efté nommé
la *Venus de la Philofophie*, celuy-
cy ne peut pretendre au mefme
nom , que par le defaut de la
chafteté & de la pudeur ; que
par l'effronterie & par la diffo-
lution de fon ftile. Il n'a que
les mauuaifes qualitez de Ve-

nus, toutes les bonnes luy manquent : Ce n'eſt pas Venus Vranie, la pure & la celeſte Venus ;
C'eſt Venus la coureuſe, que
Lucrece appelle *Venerem volgi-
uagam.*

Il eſt vray que l'Eloge du Cardinal Doſſat, & celuy du Cardinal Siluio Antoniano, ſont
deux pieces aſſez raiſonnables,
& dans leſquelles il n'imite pas
malheureuſement les Compa-
raiſons des Vies de Plutarque.
La longue Inuectiue qu'il fait
contre la Nobleſſe, eſt le grand
effort de ſon eſprit : I'y ay remarqué de beaux endrois, &
quelque choſe de ſon inuention,
outre celles qu'il a empruntées

d'autruy , & particulierement
de la Harangue de Caius Marius dans la Guerre Iugurtine.
Ie croy, neanmoins, que sans faire tort à sa matiere , il pouuoit
accourcir sa Digreſſion. Ce lieu
commun qu'il a estendu si au
long , qu'il a si curieusement &
si ambitieusement estalé, ne deuoit estre touché qu'en paſſant;
Outre qu'il s'est fait par là de
puiſſans & de dangereux ennemis. Il n'auoit que faire d'offenser tout ce qu'il y a de Gentils-
hommes au Monde, pour prouuer que ce n'est pas vn vice d'e-
stre fils d'vn Artisan ou d'vn Vil-
lageois.

Ie ſçay bien que les Philosophes

phes chagrins , & qui font profeſſion de la ſeuere vertu, ſeront
de l'opinion devoſtre Sophiſte.
Ils rendent graces à la Nature,
de les auoir faits boiteux ; Ils ſe
vantent d'eſtre nez Eſclaues.

Ie ſuis cet Epicteté , eſclaue & de
  bas lieu ,

  Pauure , foible , & boiteux ,
  mais agreable à Dieu.

Ils ſouſtiennent que nous ſommes tous ſortis d'vn meſme principe ; que nous deſcendons tous
de Iupiter , en pareil degré ;
qu'on ne doit admettre de di-
ſtinction parmy les hommes ,
que celle que la vertu y a miſe.

Ces belles paroles ſont bonnes dans vne Academie , & ſont

D

impreſſion ſur l'eſprit des ieunes gens , qui ne l'ont pas pré-
ocupé des communes opinions,
& qui ſont foibles deffenſeurs
de leur propre auis. Mais le
Monde eſt trop vieux & trop
endurci en ſes habitudes , pour
eſtre corrigé par les belles paroles d'vn Declamateur : On ne
gaigne rien de diſputer contre
luy , car il parle touſiours le dernier. Il eſt poſſeſſeur d'vne pres-
cription immemoriale ; Il a le
nombre, la durée , & l'autorité
de ſon coſté. Il faut donc ne ſuiure pas le Monde , ou ſe reſoudre à la complaiſance : Il faut en
ſortir , ou s'accommoder aux
maximes qui y ſont receuës.

Outre cela, l'Ecole est diuisée
là-dessus, & le Monde a aussi des
Philosophes de son costé : Il y
en a qui tiennent, comme Aristote, que l'Empire & la Suié-
tion sont deux choses naturel-
les : Il y en a d'autres, comme
Platon , qui asseurent qu'au
commencement de l'Vniuers,
& au partage des Esprits, Dieu
ietta des gouttes d'or dans la
composition de quelques-vns,
& fondit du fer pour la fabrique
de quelques-autres , d'où sont
venus depuis les Gentils-hom-
mes & les Roturiers. Non pas
qu'on veüille inférer delà que
naturellement il se trouue quelque difference entre les ames

intellectuëlles & raisonnables,
qui sont toutes égales en leur
substance, & comme ils disent,
en leur perfection intrinseque.
Bien se peut-il que le mélange
des quatre humeurs, les diuerses constitutions des corps, &
les dons particuliers qui viennent d'enhaut, apportent par
accident cette difference, qui
distingue non seulement les
hommes entr'eux, mais aussi les
Nations & les Races ; qui fait
que parmy les Peuples, ceux de
l'Europe ont esté plus estimez
que ceux de l'Asie, & entre les
Familles, les Heraclides, & les
Æacides ont tenu autrefois le
premier rang, que tiennent au-

jourd'huy la Maiſon de France & celle d'Auſtriche.

Il y a vne certaine fleur dans le ſang Illuſtre , qui paroiſt dés le berceau , ſur le viſage des Enfans bien-nez , de laquelle s'écloſt le courage & la generoſité. Cette fleur ne ſe voit que rarement dans le ſang du Peuple, qui eſtant plus materiel & plus gros, participe dauantage de la Terre, que des autres Elemens plus nobles. Nous viuons d'ailleurs en vn païs (& le Cardinal d'Oſſat en eſtoit) où la Nobleſſe a touſiours eſté tellement conſiderée, qu'on a plaidé preſque auſſi ſouuent , pour des Noms & pour des Armoiries ,

que pour des Heritages & pour
des Maisons. Quelquefois on a
plus estimé vne Pauureté ancienne , que de nouuelles Richesses. Et de fait , puis-que le
Prince est particulierement de
cet Ordre , & qu'il se dit le premier Gentil - homme de son
Royaume , ce n'est pas peu de
chose de faire partie d'vn Corps,
qui a l'honneur d'auoir le Roy
pour son Chef , & d'estre vni
d'vne si estroite liaison auec son
Maistre.

Les presens des Dieux ne
font pas à rejetter , selon le dire
du Poëte : Et selon l'opinion du
Philosophe , quand vn bien se
rencontre auec d'autres biens,

il eſt plus eſtimable que quand
il eſt ſeul, & la vertu accompagnée de la Nobleſſe, eſt plus à
deſirer que la vertu toute ſimple. Par conſequent entre les
Prophetes de l'ancienne loy,
Eſaïe qui eſtoit du ſang royal, a
eu ſans doute cet auantage ſur
Amos, qui fut pris de Dieu à la
Campagne, ſe nourriſſant de
meures ſauuages ; Et parmi les
Pontifes de noſtre Egliſe, on fera plus particuliere conſideration de Leon dixieſme, qui
eſtoit de la maiſon de Medicis,
que d'Adrien ſon ſucceſſeur, qui
eſtoit fils d'vn braſſeur de biere
des Païs-bas : On fera difference par là, entre le Cardinal

d'Amboiſe ; & le Cardinal
d'Yorc.

Cette naiſſance eſt ſi eſtimée
au lieu où le Cardinal d'Oſſat
& le Cardinal Antoniano ont
veſcu, que les trois Couronnes
meſmes en reçoiuent de l'éclat.
On la remarque ſur le Throſne
de Saint Pierre, ſeparée de cette grande Election, qui eſleue
l'homme ſi prés de Dieu : & les
Succeſſeurs de Saint Pierre ne
ſont pas faſchez d'eſtre de meilleure maiſon que luy. Il n'y en
a gueres qui ſe ſoient contentez
de prendre pour leurs Armes les
Clefs de l'Egliſe , & qui ayent
voulu commencer leur Noblef-
ſe par eux-meſmes. Et à ce pro-

pos il n'y aura point de mal de
vous dire ce que Monſieur le
Mareſchal d'Eſtrée m'a dit pluſieurs fois , que quand le Pape
Paul, prés duquel il eſtoit Ambaſſadeur pour le Roy, luy vouloit aſſeurer quelque choſe , de
la certitude de laquelle il n'e-
ſtoit plus permis de douter, il
auoit accouſtumé de luy iurer
Foy de Caualier , & de s'arreſter
à ce ferment. Vous voyez par
là , que le commun pere des
Rois & des Nations, le Souuerain Oeconome des threſors du
Ciel , & le diſtributeur de la
Grace, ne meſpriſoit pas les priuileges de la Nature.

Quelque bon Huguenot que

vous foyez, il faut que vous
fouffriez de la Religion Dominante, tous ces grands mots,
dont elle a pouuoir de fe feruir,
& qui ne font pas à l'vfage de
Charenton. Ne vous fcandali-
fez pas, s'il vous plaift, de la Foy
de Caualier en la perfonne d'vn
Pape, qui s'accommodoit à la
couftume des hommes, quand
il traitoit auec eux. Pour affeurer l'incredulité humaine, qui
ne trouue iamais affez de cau-
tions & affez de feuretez, il s'o-
bligeoit par vn double engage-
ment, & ajouftoit la confideration de l'honneur à celle de la
confcience. Quoy qu'il fuft en-
uironné d'vne lumiere, qui fait

difparoiftre toutes les autres;
Quoy qu'il fuft affis dans vne
Chaire, qui eft mefme venerable aux Anges, il ne laiffoit pas
de fe fouuenir auec plaifir de la
premiere qualité qu'il auoit
portée, & de l'obligation qu'il
auoit à la vertu de fes Peres.

Ie voy de plus dans l'Antiquité Chreftienne, que les Saints
louënt les Saints de leur Nobleffe, & n'oublient pas ce bienfait
au nombre des autres bienfaits,
dont le Createur oblige fes
Creatures. Saint Gregoire de
Nazianze dit en quelque lieu de
fes Oraifons, qu'il ne peut pas y
auoir grande difference entre
de la bouë & de la bouë. Et

neanmoins ayant à parler deuant vne celebre Assemblée, des
actions & du merite de Saint
Basile, il met à la teste des loüanges qu'il luy donne, qu'il estoit
sorti d'vne des meilleures maisons de Cappadoce, & s'arreste
quelque temps à la recommandation de sa naissance, auant
que de venir aux particularitez
de sa vie.

Saint Hierosme, disciple de
Saint Gregoire, ne se contente
pas de tirer la noblesse de Sainte
Paule, des Scipions & des Grac-
ches; Mais pour luy chercher
vne extraction plus glorieuse,
il monte iusques à la Fable, &
la fait descendre d'Agamem-

non. C'estoit à peu prés la mesme chose que si on disoit de
quelque grand Seigneur de nostre temps, qu'il est venu d'A-
madis de Gaule, ou de Palme-
rin de Grece: Car il est vray qu'il
y en auoit qui doutoient à Rome, qu'Agamemnon eust ia-
mais esté, & on a mis entre les
extrauagances d'vn Empereur,
le chastiment d'vn Poëte qu'il
fit punir, pour auoir médit de
ce Prince fabuleux ; Ce qui
n'auroit pas semblé si estrange,
si sa posterité eust duré encore,
puis-qu'elle eust esté iustement
interessée en la defense de sa memoire. Il est donc à croire que
les Predecesseurs de Sainte Pau-

le auoient laiſſé cette tradition
à leurs Enfans , & les auoient
nourris en cette creance : Et
Saint Hieroſme qui ne vouloit
pas deſobliger ſes amis , en les
détrompant d'vne erreur, de laquelle ils ſe flatoient, & qui n'e-
ſtoit dangereuſe ni à la Republique , ni à l'Egliſe, ſe ſert des memoires qu'on luy auoit baillez,
ſans en garentir la verité , ni in-
terpoſer ſon iugement , ſur vn
bruit peut-eſtre faux, mais qui
eſtoit fauorable à la gloire de
celle qu'il loüe.

Voicy , Monſieur , quelque
choſe de plus eſtrange , dont il
faut que ie vous faſſe part , &
que vous ne ſerez pas faſché de

sçauoir. Ie lisois dernierement
les Oeuures de Synesius, Euefque de Cyrene en Egypte, qui
viuoit souz les enfans du grand
Theodose, & qui a fait vn Difcours de la Royauté à l'Empereur Arcadius. Cet Euefque
Orateur & Poëte, parle certes
bien poëtiquement de sa noblesse, dans la Lamentation
qu'il a escrite en prose sur la ruine de sa patrie. *A cette heure,*
dit-il, que n'ayant plus de païs,
il faudra que i'erre par le Mon-
de, personne ne me voudra escou-
ter, quand ie parleray de l'an-
cienne noblesse de ma maison: Me
croira-t-on, si i'entreprens de la
iustifier par des monumens de

foy & d'autorité irreprochable,
& si i'allegue les Archiues de
Cyrene, qui conseruent la Genea-
logie de Synesius, & la font voir
dépuis Hercule iusques à luy?
N'eft-ce pas encherir cela fur la
parenté d'Agamemnon ? C'eft
pourtant vn homme graue , &
vn Philofophe Chreftien , qui
donne cette Fable pour vne Hiftoire ; qui affeure de fa propre
nobleffe, tout ce qu'vne Oraifon funebre oferoit inuenter de
celle d'autruy ; Et vous fçauez
que de tout temps , il a efté permis aux Oraifons funebres de
ne pas dire la verité.

Ie demeure d'accord auec le
Sophifte , que le Cardinal d'Of-
fat

fat faifoit beaucoup mieux de
confeffer ingenuëment la baf-
feffe de fa naiffance , que de
fe faire venir des Ducs de Ve-
rone , pour ne pas dire d'Agamemnon ou d'Hercule ; des
Heraclides ou des Æacides. Ie
foufcris à tout ce qu'il a efcrit
des fauffes Genealogies , des
Noms vfurpez , & des Pieces
fuppofées. Car il eft certain que
c'eft icy le champ, où s'exerce
particulierement l'Impofture.
C'eft icy où elle fe donne la liberté de ioindre les Siecles efloignez, de fauter du Midy au Se-
ptentrion, de changer vn homme pour vn Dieu , de remplir
l'Hiftoire de Geans , de créer

E

des Monſtres & des Fantoſmes.
Et quoy que les faiſeurs d'Ho-
roſcopes ayent en ſouuerain degré le don d'impudence, & que
leur art ſoit l'art de mentir, ie
croy pouuoir dire ſans leur faire
tort, qu'ils ne ſont gueres plus
grands menteurs que les faiſeurs
de Genealogies. La difference
qu'il y a entre eux, c'eſt que
ceux-cy mentent du Paſſé, &
ceux-là de l'Auenir.

Des gens de neant, ſortis de
la lie du tiers Eſtat, ont trouué
des Parens dans l'Hiſtoire de
leur païs, le meſme iour qu'ils
ont eſté en faueur. On leur eſt
venu demander de quelle bran-
che de la Maiſon Royale ils ai-

moient mieux defcendre , &
qui leur plaifoit dauantage pour
Predeceffeur, de ce Connefta-
ble, ou de celuy-là. La reffem-
blance d'vn mot, ou la tranf-
pofition d'vne fyllabe entre les
mains d'vn bon Auocat, a fourni en vn inftant vne nobleffe de
douze races, à qui à peine connoiffoit fon pere, & par l'effronterie de la Rhetorique , les
haillons d'vn Coquin ont efté
coufus au clinquant & à la pourpre des Princes. Que fi la Nobleffe toute feule n'eft pas vne
fuffifante preuue de Grandeur,
& fi c'eft vn bien inutile à ceux
qui n'ont pas les autres; Quand
non feulement elle eft defpour-

ueuë de la Vertu, mais qu'encore l'apparence de la Verité
luy manque, alors ayant perdu
ce qui fouftient les chofes qui
n'ont point de corps, & qui
fait paroiftre celles mefmes qui
ne font pas, on ne la doit plus
confiderer que comme vne fi-
ction mal-inuentée, ou quelque petite tromperie faite à vn
Mort, de qui il ne faut point
attendre de refiftance, fi fon filence eft pris pour fon confentement.

Vous ne penfiez pas que ie
deuffe aller fi loin, & ie ne le
penfois pas non plus que vous.

Ce n'eſt pas tout neantmoins.
Aprés auoir allegué les autres,
il faut que ie m'allegue moy-
meſme : Ie ſuis d'auis de prendre rang parmy les anciens Au-
theurs, & d'vſer du miſerable
droit que me donne mon antiquité. Vous voulez donc bien
que ie vous faſſe vn petit preſent, & que ie vous communique trois ou quatre periodes
que ie viens de trouuer dans ma
memoire : Elles ſe fuſſent per-
duës ſans cette occaſion qui ſe
preſente de les conſeruer : Car
rien ne ſe perd, rien ne ſe gaſte chez-vous, Monſieur, & il
y a long-temps que mes Muſes
m'ont appris que voſtre Cabi-

net eft de cedre. I'ay efcrit autrefois ces periodes fur le fujet
d'vn grand & genereux Fauory,
& d'vne nobleffe bien pure &
bien veritable. Mais afin que
perfonne ne me fçache gré de
mes periodes, ie declare que le
Fauory pour qui elles furent ef-
crites, mourut à la bataille de
Coutras, & qu'il n'a point laiffé
d'enfans. Il merite que nous
nous fouuenions de luy aprés fa
mort, quand ce ne feroit que
durant fa vie, il faifoit cas de
noftre honnefte loifir, & qu'il
eftimoit fi fort ce qu'auiour-
d'huy on mefprife tant.

» Le fuiet eft grand par quel-
» que endroit que l'on le regar-

de:Les chofes mefme qui l'ont »
deuancé ne luy reprochent »
rien de petit, & la France ne »
doit point vne vie fi illuftre »
à l'obfcurité d'vne naiffance »
vulgaire. Ni la Ligue ni les »
Huguenots ne difputerent ia- »
mais cette verité : Elle ne fut »
iamais contestée, non pas mef- »
me par les plus iniuftes enne- »
mis de fa faueur, fi vne faueur »
fi innocente a pû trouuer des »
ennemis & de l'iniuftice. Il n'y »
auoit point de difproportion »
de ce qu'il auoit efté à ce qu'il »
eftoit. S'il fit de glorieux pro- »
grés dans le Monde, il n'y en- »
tra pas inconnu, & fans au- »
cune recommandationprece- »

E iiij

»dente. Il apporta auec foy
»la premiere difpofition à la
»Grandeur , & comme vne
»aptitude vniuerfelle à toutes
»fortes d'honneurs & de char-
»gés, ie veux dire le merite de
»fa race.

»Laiffons donc les Fables aux
»gens qui en ont befoin ; à ceux
»que l'Antiquité appelloit en-
»fans de la Terre. Les Tiltres
»produits au Parlement ne fu-
»rent point foupçonnez de
»nouueauté : Il ne fe debita
»point de piece douteufe par
»l'Auocat qui prefenta les let-
»tres du Fauory : Il ne fut pas
»neceffaire de violenter les cho-
»fes, pour les aiufter à la vray-

semblance. Ce fut la commu- »
ne voix du Parlement , qu'il »
n'eſt point de Nobleſſe nette »
& franche en ce Royaume, ſi »
celle que nous alleguons ne »
l'eſt. A quoy ie ne m'arreſte- »
rois pas neantmoins , dans la »
grande foule de biens plus eſ- »
ſentiels & plus ſolides qui ſe »
preſentent à moy. Mais il im- »
porte que les Princes ſçachent »
par cét exemple , ſur quel fons »
les Princes doiuent baſtir. Il »
y va de la gloire de leur Iuge- »
ment , que la bonté de leur »
choix paroiſſe aux moindres »
circonſtances de leur ſujet. »

En voila trop de la moitié,

& il faut enfin s'arrefter, de peur
d'aller au delà du but. Quelle
intemperance pour vn homme
qui vit de regime ! C'eft l'homme , Monfieur, qui ne parloit
plus & n'efcriuoit plus ; qui
eftoit reduit à Ouy & à Non
par l'ordonnance des Medecins.
Vous aurez bien fujet de dire
qu'il a rompu fa diete par vne
defbauche. Que voulez-vous
que i'y face ? Le babil a quelque
chofe de contagieux. Accufez
voftre Difcoureur Italien du
grand Difcours que ie viens de
faire : Sa longueur eft caufe de
la mienne.

REMARQVES

SVR

LES DEVX SONNETS.

✦✧✦✧✦✧✦✧✦✧✦✧✦✧✦✧✦✧✦✧✦✧✦✧✦

SONNET D'VRANIE.

IL faut finir mes iours en l'amour d'V-
    ranie,
L'absence ni le temps ne m'en sçauroient
    guerir,
Et ie ne voy plus rien qui me pust secourir,
Ni qui sceust rappeller ma liberté bannie.

    Dés long-temps ie connois sa rigueur in-
    finie,   (perir,
Mais pensant aux beautez pour qui ie dois
Ie benis mon martyre, & content de mourir,
Ie n'ose murmurer contre sa tyrannie.

    Quelquefois ma raison, par de foibles dif-
    cours,
M'incite à la reuolte, & me promet secours:
Mais lors qu'à mon besoin ie me veux ser-
    uir d'elle,   (puissans,
    Aprés beaucoup de peine, & d'efforts im-
Elle dit qu'Vranie est seule aymable, & belle,
Et m'y rengage plus que ne font tous mes
    sens.

SONNET DE IOB.

Iob de mille tourmens atteint,
Vous rendra sa douleur connuë;
Mais raisonnablement il craint
Que vous n'en soyez pas esmuë.

Vous verrez sa misere nuë,
Il s'est luy-mesme icy dépeint;
Accoustumez-vous à la veuë
D'vn homme qui souffre & se pleint.

Quoy qu'il eust d'extrémes souffrances,
L'on voit aller des patiences
Plus loin que la sienne n'alla:

Il eut des peines incroyables;
Il s'en plaignit, il en parla;
I'en connois de plus miserables.

REMARQVES

SVR

LES DEVX SONNETS.

CHAPITRE PREMIER.

ES deux Sonnets font de deux chara-
cteres differens ; &
par confequent, s'il
en faut croire les Maiftres de
l'art, il ne fe peut faire icy de
comparaifon, ni adiuger de preference. Pour le moins, la comparaifon ne fçauroit eftre que

defectuëuſe , & la preference
ſera touſiours conteſtée , parce
qu'elle ſera touſiours diſputa-
ble.

Le Sonnet d'Vranie eſt dans
le genre graue; le Sonnet de Iob
dans le delicat. Il y aura des
gens qui eſtimeront dauantage
celuy d'Vranie, & tout-enſemble aimeront dauantage celuy
de Iob. L'vn ſemble auoir plus
d'eſclat & plus de force ; l'autre
plus d'agrément & plus de fi-
neſſe. Celuy-là parle tout de
bon , & fait ce qu'il fait ; celuy-
cy ſe iouë , & donne le change.
Le grand eſt plus rhetoricien,
& plus de l'eſcole ; le petit eſt
plus ingenieux , & plus de la
conuerſation;

conuerſation ; il ſent moins le
lieu commun , & tient plus de
l'original : Mais le lieu commun
du grand eſt traité d'vne maniere ſi peu commune , qu'il peut
pretendre en nouueauté , auſſi
bien que l'original du petit.
Dans le premier , la paſſion du
Poëte eſt eſtalée auec pompe ;
Dans le ſecond , le Poëte deſcouure ſa paſſion ; en ſe cachant.
L'vn va en plein iour , & auec
ſes habillemens de feſte, à l'adoration d'Vranie ; l'autre ſe ſert
de l'obſcurité ; ſe traueſtit , &
prend le maſque de Iob , pour
mieux reüſſir en ſon deſſein.

Acheuons la comparaiſon
defectuëuſe des deux Sonnets ;

F

l'vn se peut appeller beau , &
l'autre ioly. Mais quand ie dis
ioly , ie ne donne pas gaigné
pour cela , à l'autre que ie dis
beau : Ie me conforme seulement à l'opinion d'Aristote, qui
assignant à chaque chose les termes qui luy sont propres, reconnoist que la petite taille a des
auantages , mais ne conte pas la
beauté au nombre des auantages qu'il reconnoist : Il n'accorde pas aux petites choses ce qu'à
son aduis , la Nature n'a donné
qu'aux grandes.

I'eusse opiné peut-estre de
cette sorte , si i'eusse esté de la
conuersation de l'Hostel de
Longueuille. Mais mon Con-

fesseur, qui entend peu la galanterie de la Cour, & qui s'attache extrémement à la seuerité
de la Theologie, n'a garde d'e-
stre de mon auis. Il blasme le
Sonnet d'Vranie, parce qu'il ne
s'accorde pas auec la Morale, &
celuy de Iob, parce qu'il offense
la Religion. Il ne peut souffrir
qu'on se serue de la Raison pour
faillir; & beaucoup moins qu'on
employe les choses Saintes, & le
nom des Saints à faire l'amour.

Si autrefois, dit-il, vn Poëte
payen fut puny visiblement du
Ciel, pour auoir meslé dans ses
vers, ie ne sçay quoy, qu'il auoit
desrobé de nos liures ; que ne
doit craindre celuy qui est cou-

pable de pis, dans le Sonnet qu'il
a fait de Iob? Vn tel exemple
ne doit-il pas faire trembler les
Poëtes Chreſtiens , quand ils
ſont ſi temeraires que de profaner les Eſcritures, qu'ils appellent Saintes. C'eſt les profaner
(adjouſte mon Confeſſeur) que
de ne s'en pas ſeruir ſerieuſement: A plus forte raiſon, que
de les mettre à toutes ſortes d'v-
ſages ; que d'y chercher dequoy
plaire aux femmes ; dequoy ca-
joller vne Maiſtreſſe ; dequoy
luy faire vn poulet en vers.

Il n'y a point d'apparence de
me demander apres cela, *Le-*
quel des deux Sonnets aymeriez
vous mieux auoir fait? Ie ne pen-

ſe pas qu'on me doiue preſſer là-
deſſus. Ie ſerois contraint de reſpondre, que ie ne voudrois auoir
fait ni l'vn ni l'autre, parce que
ie ne veux point faire de Sonnets, dont ie ſois obligé de me
confeſſer.

Mais quand il n'y auroit pas
de peché, il y auroit touſiours
de la méſſeance à vn homme de
mon âge de ſe meſler de ſemblables choſes.

Il a neigé cinquante ans ſur
ma teſte,

auſſi bien que ſur celle de Ron-
ſard. La Vieilleſſe s'eſt venu ſaiſir de moy, auec tout ſon fune-
ſte équipage, accompagnée de
toutes ſes miſeres, & de tous ſes

maux. En cét eftat-là, il vaudroit autant me demander , de
laquelle des deux Courantes
i'aymerois mieux eftre l'autheur, ou de la Mauleurier , ou
de la Chabote.

CHAPITRE II.

E n'en voulois pas dire dauantage, mais ie ne puis rien refuser à mes amis. Parlons donc encore des deux Sonnets. Celuy d'Vranie fut trouué beau dés le iour de sa naissance, & de ce iour-là iusqu'à celuy-cy, il n'y a gueres moins de vingt-quatre ans. I'en parle comme ayant esté la sage-femme de ce bel enfant, & l'ayant receu en venant au monde. Vranie ne le vit qu'apres moy, & tout chaud qu'il estoit, immediatement aprés sa production,

ie le portay au bon-homme
Monſieur de Malherbe.

A dire le vray, il en fut ſurpris. Il s'eſtonna qu'vn Auentu-
rier (ce ſont ſes propres termes)
qui n'auoit point eſté nourry
ſous ſa diſcipline ; qui n'auoit
point pris attache ni ordre de
luy , euſt fait ſi grand progrés
dans vn païs , dont il diſoit qu'il
auoit la clef. Pour moy, ie ſuiuis
ma couſtume , & m'intereſſay
auec chaleur, en ce qui regardoit la gloire de mon amy. Ie
loüay ſon nouueau-né , ſans exception & ſans reſerue : Il me
plût depuis la teſte iuſques aux
pieds. Ie ne me donnay ni le loiſir, ni la liberté d'en iuger de

sens rassis : Aussi n'auois-ie garde de m'imaginer alors qu'on
m'en demanderoit aujourd'huy
mon iugement.

Depuis ce temps-là, ie n'auois
pas changé d'auis, & me repo-
sois de bonne foy dans ma premiere opinion. Mais au bruit de
la Cour, & à la priere qui m'a
esté faite, ayant pris les lunettes
de ma vieillesse, qui sont peut-
estre plus asseurées que mes
yeux du temps passé, ie confesse que i'ay vn peu moderé la violence de mon amour. I'ay trouué le Sonnet encore beau, mais
non pas si beau qu'auparauant.
Aprés vne serieuse attention,
i'ay veu vne notable difference

entre les six derniers vers, & les
huict premiers ; Et il me semble
que ce qu'on peut dire de plus
fauorable pour ceux qui passent
deuant, c'est qu'ils ne sont pas
indignes de ceux qui les suiuent.
Mais toute la dignité, toute la
noblesse, toute la grandeur est
derriere eux. Les premiers sont
bien du mesme nom, & de la
mesme famille ; mais ils ne sont
pas du mesme merite, ni de la
mesme qualité. Ils m'ont fait rire de memoire, m'ayant fait
souuenir des Corteges d'Italie,
où les Valets precedent les Maistres.

Quiconque prendra la peine
d'en faire l'examen, verifiera

cette notable difference , & trouuera de plus beaucoup de defordre dans les trois meilleurs vers de ces huiȼt premiers. Ce defordre, neantmoins, n'eft pas reconnoiffable d'abord, parce que l'harmonie des nombres empefche l'efprit de prendre garde à la regularité du fens.

Mais penfant aux beauteȥ pour
*   qui ie dois perir,*
Ie benis mon martyre, & content
*   de mourir,*
Ie n'ofe murmurer contre fa ty-
*   rannie.*

Perfonne ne doute que benir fon Martyre, ne foit le plus haut degré de patience, où puiffe par-

uenir la Philofophie Chreftienne : Celle des Payens n'a pas efté
iufques-là ; & ceux qui ont cra-
ché leur langue au vifage des
Tyrans, qui ont braué la Douleur, qui fe font moquez de la
Mort, n'ont pas pourtant beny
leur Martyre. Si cela eft ; N'ofer
murmurer contre le Tyran,
aprés auoir beny le Martyre,
n'eft-ce pas finir par où il falloit
commencer ? n'eft-ce pas ren-
uerfer l'ordre des chofes ? &
pour n'exagerer pas trop celle-
cy, n'eft-ce pas mettre fes penfées hors de leur place ? Par là le
Poëte defcend, au lieu qu'il deuoit monter, & encore ce qu'il
fait, eft pluftoft vne cheute qu'v-

ne defcente. Il fe dégrade luy-
mefme , à la fin du troifiefme
vers , de la qualité de Martyr ,
qu'il auoit prife au commencement du fecond ; Et la vertu
d'vn Heros, qui benit fes peines,
ne fert que de paffage à la timidité d'vn Efclaue, qui n'ofe parler.

Ne murmurer pas, ne vouloir
pas murmurer , fe pourroit defendre : Mais n'ofer murmurer,
n'ofer ouurir la bouche , n'ofer
gronder contre le Tyran, eft, à
mon aduis, infouftenable; parce qu'il procede de foibleffe &
de crainte , & non pas de courage ni d'amour. Si le contentement de mourir du fecond

vers, ne produit que ce silence
forcé du troisiefme, il produit
vn effet indigne de luy : il ofte
la hardieffe à l'innocence ; il
ajoufte la lafcheté au malheur ;
il fait d'vn Martyr vn Criminel.

Ie fçay bien que ce n'eft pas
l'intention du Poëte de faire cela, & qu'il n'a pas deffein de
tomber dans vne abfurdité. Cette abfurdité pourtant fe tire de
l'ordre de fes penfées, fans aucune violence de noftre part. Ces
inconueniens naiffent contre
fon propre deffein, de l'arran-
gement de fes paroles ; Ce qu'il
dit, reprefente ces inconueniens
à noftre imagination, en defpit

de luy & de nous. Ainsi le mauuais succés ruine le merite de la
bonne intention. On n'est pas
obligé d'entendre ce que le Poëte pretend dire, & qu'il ne dit
pas. Il pouuoit bien se passer de
son silence, en suite de ses benedictions.

Que s'il estoit absolument
resolu de ne pas murmurer contre la cruauté d'Vranie ; Si de
necessité il vouloit faire entrer
dans son amour cette crainte
discrette & respectuëuse, qui
ferme la bouche des Amans, elle deuoit estre toute seule dans
les deux vers, où elle y deuoit
estre la premiere. De cette sorte il eust esté par degrez, & du

moins au plus; il n'euſt pas confondu l'Hiſtoire de ſon amour;
il euſt conclu par les actions de
graces, & par les cantiques de
loüange, au milieu des peines
& des tourmens; aprés quoy il
n'y a rien à faire dans la vertu de
patience, & dans la paſſion de
l'amour.

Voila quelle eſt l'impoſture
de la muſique des vers. L'eſprit
trompé par le plaiſir de l'oreille,
& attentif au ſon des paroles, eſt
deſtourné de toute autre attention. Il s'attache de telle ſorte
aux nombres & aux meſures,
qu'il en oublie tout le reſte.

CHAPITRE

CHAPITRE III.

L eſt certain que la
haſte eſt ſouuent
aueugle ; C'eſt vne
mauuaiſe conſeille-
re dans le iugement des ouurages de l'eſprit. La premiere
veuë a des attraits qui ſurpren-
nent. La nouueauté a des charmes, dont il eſt difficile de ſe défendre. Mais vn peu de temps
nous détrompe de ceſte impoſture : Ces charmes ſe rompent
par la reuiſion & par le loiſir.
Les ſecondes penſées ſont plus
ſages que les premieres. Ie le reconnus hier, & le reconnois au-

G

jourd'huy, en relifant le Sonnet
que i'ay fur ma table, & que ie
confidere de plus prés que ie n'a-
uois fait.

Dans les fix vers mefme, qui
paroiffent fi pompeux & fi ef-
clatans, que i'appellois les Maiftres des autres, qui me fem-
bloient eftre arriuez à la derniere perfection, ie defcouure des
defauts confiderables, & que la
charité du meilleur amy du
Monde ne peut excufer.

*Quelquefois ma raifon par de
foibles difcours
M'incite à la Reuolte, & me
promet fecours, &c.*

Si dans le Dictionnaire Fran-

çois(Monſieur de Vaugelas l'appelle Vocabulaire) Reuolte eſt
ſœur de Rebellion, ou pluſtoſt
ſi c'eſt vne meſme choſe, elle ne
ſçauroit eſtre priſe en bonne
part. Et ſi le choix des paroles
eſt le principe de bien parler,
le Poëte deuoit choiſir les ſien-
nes auec plus de ſoin, & ne ſe
pas ſeruir indifferemment des
premieres qui ſe ſont preſentées
à luy. Pourquoy appelle-t-il
Reuolte, le retour à ſon deuoir,
le recouurement de ſa liberté,
la plus iuſte de toutes les guerres ? On pourra dire que c'eſt
faire outrage à la Raiſon, de la
faire paſſer pour vne Seditieuſe,
qui porte l'eſprit à ſe ſouleuer;

G ij

au lieu que c'eſt vne legitime
Reyne qui taſche d'appaiſer le
ſouſleuement , & de reſtablir
ſon autorité , que les Paſſions
auoient vſurpée.

Vn mot mal employé eſt cauſe du tort qui eſt fait icy à la
Raiſon ; & ie demeure bien
touſiours d'accord auec les partiſans du Sonnet , de la bonne
intention du Poëte ; mais ie
voudrois qu'il euſt cherché vn
terme plus propre , pour expliquer ſa bonne intention. En
telles rencontres , il vaut mieux
eſtre ſuperſtitieux que libertin.
Dans l'employ des mots , il ne
faut pas touſiours ſe conſeiller à
l'oreille , qui peut prendre l'vn

pour l'autre, parce qu'elle iuge
de leur son, & non pas de leur
valeur; & fait difference entre
les doux & les rudes, & non pas
entre les propres & les impro-
pres. Celuy qui dit que la Raison par ses discours incite l'esprit à la Reuolte ; quoy que cette Reuolte soit contre les Sens
& contre les Passions, dit, sans
y penser, la mesme chose, que
celuy qui diroit que Henry le
Grand par sa Declaration du
mois d'Aoust mille cinq cens
quatre vingts-neuf , incita le
Peuple à la Reuolte, quoy que
cette Reuolte fust contre la
Ligue , & contre la faction

de Meſſieurs de Guiſe.

Mais la Raiſon des Amou-
reux, eſt vne autre Raiſon que
celle des Sages. C'eſt vne Raiſon deſbauchée, qui s'entend
auec les Sens ; qui non ſeulement obeït aux Paſſions, mais
qui a deſſein de leur obeïr. C'eſt
vne Reyne deſpoüillée de ſes
Eſtats, & chaſſée du ſiege de
ſon Empire. Mais elle le veut
ainſi, & conſent elle-meſme à
ſon Exil. Elle fait dauantage
dans le Sonnet d'Vranie. Elle
trahit ſon propre party, & paſſe du coſté des Rebelles, pour
autoriſer la Rebellion. Mon
Confeſſeur ne pouuoit ſouffrir

cette Anarchie dans le Sonnet.
Cette lafcheté , cette perfidie
de la Raifon , luy fembloit vn
Monftre dans la Morale.

CHAPITRE IV.

Mais quand à mon beſoin ie
me veux ſeruir d'elle,
Apres beaucoup de peine &
d'efforts impuiſſans,
Elle dit qu'Vranie eſt ſeule ay-
mable & belle.

ETTE peine & ces
efforts viennent du
Poëte, où de la Rai-
ſon. Si c'eſt le Poë-
te qui trauaille, l'expreſſion n'eſt
pas nette : Si c'eſt la Raiſon, il
n'eſtoit point neceſſaire qu'elle
fiſt effort, pour dire qu'Vranie
eſt ſeule aimable & belle. On

peut dire cela sans beaucoup de
peine, mais peut-estre ne le
peut-on pas dire sans quelque
sorte de temerité. Parce qu'en
effet *cette seule belle* offense tout
le reste du beau Monde; est iniurieuse à toutes les Cours, à
tous les Cercles, à toutes les Assemblées. C'est vne faueur qui
desoblige vn nombre infini de
Belles, pour en obliger vne seule; qui obscurcit toutes les O-
rantes & toutes les Amarantes,
pour donner du lustre à Vranie.
La force du mot de seule belle
& de seule aimable, s'estend
iusques-là, & la consequence
en est celle-cy, que de cette
grande Source de Beau & de

Bon, dont Dieu verſe des tor-
rens icy-bas , pour orner les
choſes qu'il a créées , il n'en
tombe pas vne goutte hors de
la perſonne d'Vranie;qu'au preiudice des autres perſonnes, elle reçoit tous les priuileges du
Ciel & tous les auantages de la
Nature ; qu'elle eſt riche de la
pauureté publique.

L'Autheur du Sonnet doit
entendre cela par ſa ſeule aimable , & ſa ſeule belle. Et
cét excés pour ſa Maiſtreſſe ,
n'eſt pas moindre que celuy des
Stoïques pour leur Sage. C'e-
ſtoit le ſimulacre & le fantoſme
d'vn Sage , dont ces Meſſieurs
faiſoient leur folie & leur ma-

rotte. Ils ont dit de luy, qu'il
estoit seul beau, qu'il estoit seul
riche, qu'il estoit seul Roy, &
ce qui s'ensuit. Et comme ces
insolentes paroles les ont rendus ridicules à leur siecle, elles
ont obligé vn honneste-homme
de celuy-cy, d'appeller leur doctrine le Roman de la Philosophie. Mais le Paradoxe du Poëte amoureux ne doit rien au Paradoxe des Philosophes Stoïques : & ie ne doute point que
s'il eust esté imprimé du viuant
de celuy qui l'écriuit, il ne l'eust
broüillé auec vn Peuple, dont
sur toutes choses il briguoit les
suffrages & l'approbation; dont
il esperoit vn iour de se faire le

Tribun. Ce petit mot luy euſt ſuſcité de groſſes guerres; il luy euſt fait autant de querelles, qu'il y a de femmes en France, qui penſent n'eſtre pas laides.

I'ay ceans vn Grammairien Sophiſte, grand & violent Exagerateur, qui en dit bien dauantage. Mais remettons à demain ce qu'il en dit.

CHAPITRE V.

L E Plus n'empefche pas, dit-il, que le Moins n'ait quelque merite. Il n'empef-che pas mefme que le Moins ne puiffe deuenir le Plus, par la comparaifon d'vn autre Moins, qui luy fera inferieur. Mais *le Seul* deftruit tout & abolit tout. Cét incompatible *Seul*, Cét en-nemy public & vniuerfel, Ce Tyran parmy les Monofyllabes, ne laiffe rien de viuant en l'Eftre des chofes ; ne baftit fon Throf-ne que de ruines. Il abbat tous les degrez, il rompt tous les

rangs, il ofte toutes les differences.

Il n'eſt rien de ſi beau que
Caliſte. Malherbe s'eſt arreſté
là. Mais *il n'eſt rien de beau*
qu'Vranie, c'eſt aller bien plus
loin que Malherbe, & le laiſſer
bien derriere. Le bon-homme
ſouffroit pour le moins qu'il y
euſt de belles Armides & de
belles Angeliques, pourueu que
Caliſte fuſt plus belle qu'elles. Il
ne trouuoit pas mauuais qu'il y
euſt des Olimpes & des Clorin-
des qui fuſſent aimables, pourueu que Caliſte le fuſt dauantage. Il vouloit dire par là, Que les
autres cedent, & non pas qu'elles periſſent ; Que Caliſte ſoit

la Souueraine dans le monde,
& non pas qu'elle foit l'Vnique
fur la terre ; Qu'elle occupe la
premiere place, mais qu'elle ne
fupprime ni la feconde ni la
troifiefme. Il fe contentoit de
la Superiorité, qui eſt vne chofe affez enuiée; & ne pretendoit pas à cette Solitude ambi-
tieufe, qui feroit tout à fait in-
fupportable.

L'exagerateur ne laiffe pas
encore Malherbe. Luy & les
Poëtesfes predeceffeurs, dit-il,
ne demandoient pour la beauté de leurs Dames, que la foumiffion & les hommages des autres beautez; Celuy-cy demande leur perte & leur aneantiffe-

ment entier. Il n'eſt pas ſatis-
faict de la preference & de la
victoire: Il eſt de l'humeur de
ces cruels Victorieux, qui veulent la mort & le deshonneur
des Vaincus. Il ne veut point
de communication de la perſonne qui regne, à celles qui
ſont ſuiettes : Il veut Empire
ſans ſocieté, & non ſeulement
comme du meilleur ſur le moins
bon, mais comme de l'homme
ſur la beſte.

Sans mentir il en veut trop.
Mais c'eſt ſa Raiſon qui le veut
& non pas luy. Car dans le Sonnet, la Raiſon & le Poëte, ſont
deux perſonnes ſeparées. Comme le Malade eſt quelquefois
empoiſonné

empoiſonné par ſon Medecin,
le Poëte eſt trompé par ſa Raiſon,

   Qui luy dit qu'Vranie eſt ſeu-
   le aimable & belle.

H

CHAPITRE VI.

ICY s'arresta l'Exagerateur, & il me sembla qu'il n'auoit point tant de tort. Ses exagerations ne me semblerent pas si déraisonnables que quelques-vnes du iour precedent, dans lesquelles il auoit perdu le respect que les Grammairiens doiuent aux vers de Virgile, & à la prose de Ciceron.

Il est certain que si les excés ne sont que simples excés, il vaut beaucoup mieux se tenir dans la mediocrité. Quand l'audace de l'entreprise n'est point

accompagnée du merite de l'a-
ction, & que l'eſtrange n'a rien
d'excellent , ne nous efforçons
point à faire & à dire des choſes
eſtranges. Les termes dont il
s'agit, & autres ſemblables,ſont
ou odieux ou importuns ; ſentent l'orgueil des Tyrans ou la
vanité des Declamateurs. Le
ſeul Sage , le ſeul Iuſte , le ſeul
Vaillant, ne ſe peuuent ſouffrir,
non pas meſme en la perſonne
de Socrate , d'Ariſtide , d'Alexandre. Et qui eſt le Maiſtre des
ceremonies,qui donne les rangs
dans l'Empire de la Vertu ; qui
a droit de dire celuy-là eſt le
plus grand, ou eſt le Premier ?
Pour moy , ie ne connois per-

fonne qui ayt ce droit - là.

Et à ce propos , il n'y aura
point de mal de faire fçauoir au
Monde curieux , ce qui arriua
vn iour au feu Prince d'Orange
Maurice , chez vne Femme , où
il eftoit en conuerfation. Cette
femme brufque & hardie luy
demanda , pour le mettre en
peine , *Qui eftoit le premier Ca-*
pitaine qui fuft au Monde. La
queftion le furprit , & luy donna vn peu à penfer. Il ne vouloit pas fe faire tort ; il n'ofoit
pas fe faire iuftice. Il n'y auoit
point d'apparence de fe declarer par fa propre bouche , le premier Capitaine qui fuft au Monde ; & d'auouër auffi qu'vn au-

tre que luy fuſt celuy-là , la Nature euſt trop pati , par cét acte
d'humilité forcée. De ſe couronner luy-meſme , il ne le pouuoit honneſtement ; de mettre
la couronne ſur vne teſte eſtrangere , il ne s'y pouuoit reſoudre. Dans cette irreſolution , il
ſe laiſſa demander plus d'vne
fois à la Dame bruſque, *Qui eſtoit*
le premier Capitaine qui fuſt au
Monde ; Et à la fin il luy reſ-
pondit auſſi bruſquement, que
le Marquis Spinola eſtoit le Se-
cond.

On voit par-là qu'il y a de la
galanterie au païs de Monſieur
Heinſius , & de tant d'autres
Meſſieurs, qui ſe terminent en

vs. On voit de plus que le Seul, le Premier, le plus Grand, sont des noms sacrez & venerables à ceux qui les meritent le mieux: Les Heros font scrupule d'y toucher, au milieu de leur Gloire & de leurs Triomphes.

CHAPITRE VII.

Et m'y r'engage plus que ne font tous mes sens.

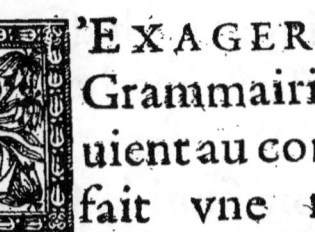'EXAGERATEVR Grammairien reuient au combat, & fait vne nouuelle charge. Voicy mot à mot son opinion, sur ce dernier vers.

Est-ce dans Vranie, dit-il, ou dans l'amour d'Vranie que la Raison rengage le Poëte ? Si c'est dans Vranie, ce n'est pas parler François, ou c'est parler François à la mode de ce galand-homme, qui employoit

H iiij

dans à toutes occaſions & à tous
vſages. Il abuſoit ſi eſtrange-
ment de ce pauure mot , qu'il
me dit vn iour qu'il auoit eſté
autrefois dans les chiens & dans
les cheuaux , pour dire qu'il
auoit aimé la chaſſe ; que depuis , il fut dans les Princes &
dans les Seigneurs , pour dire
qu'il auoit ſuiui la Cour ; mais
qu'à l'auenir il vouloit eſtre
dans le Bourgeois , pour dire
qu'il vouloit viure à Paris , en
homme priué. Le Poëte ne peut
ſe rengager dans Vranie , qu'en
ſuiuant l'exemple de ce galand-
homme. Mais ſi c'eſt dans l'a-
mour d'Vranie que ſa raiſon le
rengage ; pour aller à cet amour

il eſt beſoin de retourner ſur ſes
pas, & de faire beaucoup de
chemin. Il faut aller chercher
l'amour d'Vranie iuſqu'au premier vers, pour y rapporter ce
rengagement, quoy qu'il en
ſoit eſloigné de treize autres
vers, qui eſt vne diſtance aſſez
remarquable.

Que ſi ce voyage d'vne extremité du Sonnet à l'autre, ne
reüſſit pas, il faut aller encore
plus loin, & rapporter *m'y rengage*, à l'intention du Poëte,
qu'il a laiſſée dans ſon eſprit. Il
faut auoir recours à vne parole
mentale & interieure; & pre-
ſuppoſer auec luy, au vers pre-

cedent, ou ſes premiers fers, ou
ſon ancienne ſeruitude, ou ſa
vieille paſſion, dans laquelle il
eſt rengagé. Autrement, *m'y
rengage*, eſt ſi abandonné & ſi
ſeul, que ie ne ſçay pas ce qu'il
pourra deuenir. N'ayant point
d'attache ni d'appuy qui le ſou-
ſtienne, il ne peut pas s'empeſcher de tomber par terre ; &
pour le faire ſubſiſter dans le
dernier vers, il eſt abſolument
neceſſaire de changer le penul-
tieſme, & d'y mettre le mot
qui y manque. C'eſt vne neceſſité de Grammaire, dont il
n'y a point de figure qui diſ-
penſe la Poëſie. Les vers doi-

uent eftre faciles & doux ,pour
eftre chantez ; mais les paroles
des vers doiuent eftre iuftes &
regulieres , pour eftre autre
chofe que des fons.

CHAPITRE VIII.

OVTRE cette difficulté, qui m'a esté proposée par le Sophiste Grammairien, il y a vne objection à faire contre *tous les sens* du mesme vers, & ie pense qu'il sera difficile d'y respondre. Puis-qu'il est fait mention generalement de tous les sens, pas vn n'en est excepté. Et cela estant, ne pourra-t-on pas demander si le goust & l'odorat contribuënt quelque chose en ce rengagement d'amour? quel est leur office & leur action dans vn amour sans jouïs-

fance , comme l'amour d'Vranie ; vn amour qui n'a rien de
terreftre , de materiel & d'im-
pur ; qui ne produit que des ge-
miffemens & des plaintes , ou
pour le plus des pointes & des
fpeculations ?

Peut-eftre qu'il ne feroit pas
fi eftrange de parler ainfi chez
nos Voifins , & particulierement en Efpagne. Tous les fens
pourroient entrer dans l'amour
de ces Poëtes fenfuëls, qui efcriuent à Madrid & à Tolede. Car,
à leur dire , les Vranies de ce
païs-là ne refpirent que des
fleurs & des parfums. Ils parlent fans ceffe des rofes & de
l'ambre de leur haleine. Bien

dauantage ; Ils fuccent, ils boi-
uent, ils mangent les baifers de
leurs Maiftreffes. Ils fe nourrif-
fent, ils s'enyurent de l'Ambro-
fie, du Neɛtar, de quelque chofe encore plus rare, qui fe cueil-
le fur les belles bouches.

Nobis non licet effe tam difertis,
Qui Mufas colimus feueriores.

Tous les fens ne font donc
point icy en leur place, & le
Poëte deuoit tourner fa penfée
d'vne autre façon. Ne s'emba-
raffant point dans tous les fens,
il euft mieux fait de dire que fa
Raifon luy auoit promis fecours, mais qu'elle luy auoit
manqué de parole, & qu'elle s'e-
ftoit iettée du cofté de fa Paf-

fion : Qu'elle auoit deliberé en
fa faueur , mais qu'elle auoit
conclu contre luy , & que cette
conclufion auoit efté, Que mefme du confentement de la Raifon, on pouuoit eftre fou d'V-
ranie ; que l'amour d'Vranie
eftoit vne maladie qui valoit
mieux que la fanté , & vn vice preferable à la vertu , &c.
De cette forte , la Raifon euft
failly toute feule , & le Poëte
n'euft point failly de fon chef,
n'eftant en cecy que l'Hiftorien
de la Raifon.

Mais comme il falloit rejetter les Sens, pour fe feruir de la
Paffion, il falloit bien prendre
garde de ne s'en pas feruir au

pluriel. Car au lieu de tous ſes
ſens, de dire toutes ſes paſſions,
c'euſt eſté changer vne faute
pour vne autre, & corriger cét
endroit en le barboüillant.
C'euſt eſté ſortir d'vne fauſſe
ſubtilité, pour tomber dans le
Galimatias de la vieille Cour :
Quelques-vns l'ont nommé le
Phœbus & le haut Stile de la
vieille Cour.

I'ay veu vn excellent Recueil
de ce Galimatias, parmy les pa-
piers de feu Monſieur le Duc
de *** où, entre autres locutions choiſies, il y auoit, *Seruir
quelqu'vn, Honnorer quelqu'vn
de toutes les paßions de ſon ame*,
& par conſequent de ſa triſteſ-
ſe

fe comme de fa ioye, de fa crainte comme de fon efperance, &
ainfi des autres. C'eftoient les
fleurs de Rhetorique de cét heureux fiecle, & ce qu'on appelloit belles chofes à la Cour du
Roy Henry troifiefme, & chez
la Reyne Marguerite fa fœur.
Les Pybracs pourtant, les Def-
portes & les Duperrons ont efté
de ce fiecle-là, & ne fe font
point oppofez à ce Galimatias.
Mais pourquoy s'y fuffent-ils
oppofez ? Puis-qu'il eftoit fi bien
payé, ils auoient raifon de ne le
trouuer pas mauuais. Monfieur
l'Admiral de Ioyeufe donna dix-
mille efcus à vn homme que i'ay
connu, pour luy auoir dedié vn

I

Difcours de ce ftile-là ; où il n'a-
uoit pas oublié le Zenit de la
vertu, le Solftice de l'honneur,
& l'Apogée de la gloire , non
plus que le Roy des Merueilles, & la Merueille des Roys,
outre toutes les paffions & toutes les puiffances de fon ame.
Ce ftile , qui meritoit de fi
grands prefens , valloit bien
mieux que le noftre , qui ne
nous peut faire payer d'vne petite penfion.

CHAPITRE IX.

ST-il poſſible que les belles choſes ſoient ſi imparfai- tes? N'y a-t-il point de perfection ſur la Terre? Non, il n'y en a point, n'en deſplaiſe aux Poëtes & aux Amoureux. La perfection eſt logée meſme plus haut que le Ciel, & il me ſemble que Virgile parle en quelque lieu, des defauts du Soleil, & des maladies de la Lu- ne. Cela n'empeſche pas, pour demeurer en nos premiers ter- mes, que le grand Sonnet ne ſoit beau, quoy qu'il ne ſoit pas

parfait : Le petit non plus ne
laiſſe pas d'eſtre beau dans mon
opinion , & dans celle d'Ariſtote d'eſtre ioly , quoy qu'il ayt
ſes taches & ſes defauts , auſſi
bien que le Soleil.

On eſcrit de Paris d'eſtranges choſes de ces deux Sonnets.
On me mande qu'ils ont parta-
gé la Cour ; qu'ils ont diuiſé la
Maiſon Royalle ; qu'ils ont ſepa-
ré le Frere d'auec la Sœur. Mais
ie ne m'eſtonne point de cette
diuiſion & de ces partis , moy
qui ay leu l'Hiſtoire de l'Empire de Conſtantinople , & qui
ſçay que la couleur d'vne liurée
& la façon d'vn habillement,
ont eſté cauſe de plus grandes

& de plus dangereuſes factions.
Ie ne trouue pas eſtrange que
l'vn & l'autre Sonnet ayent eu
des Louëurs & des Repreneurs:
Et pour venir au particulier de
celuy dont ie n'ay parlé qu'en
general, ie ne trouue pas eſtrange qu'on ayt crié ſi haut contre *des Patiences qui vont ſi*
loin.

L'Vſage n'ayant point adou-
cy la rudeſſe de ce mot, & l'autheur du petit Sonnet n'ayant
pas aſſez d'authorité pour l'in-
troduire à la Cour, il ne ſe pouuoit pas que les oreilles du
grand monde n'en fuſſent cho-
quées la premiere fois. En quoy

I iij

paroiſt neantmoins la bizarre-
rie de l'Vſage, & le caprice de
noſtre Langue. Car ſi elle ne
rejette pas les vaillances & les
magnificences, les impertinen-
ces & les inſolences, &c. Si elle reçoit mille impatiences, les
impatiences extremes, toutes
les impatiences du monde;
pourquoy ne receura-t-elle pas
les patiences du petit Sonnet,
en vertu de l'Analogie, de laquelle Iules Ceſar auoit fait vn
liure?

La Raiſon le voudroit, mais
l'Vſage s'oppoſe à la Raiſon. Et
ie ne ſçay qu'vn ſeul lieu de noſtre Proſe, où l'on puiſſe ſouffrir

les patiences, sans crier contre
elles. Le voicy en la bouche
d'vn Predicateur. *Il n'est point*
de patience dans toute l'Anti-
quité profane, qui soit compara-
ble à celle de Iob ; non pas mesme
la patience d'Anaxarque ; non
pas mesme la patience de Regu-
lus, & tant d'autres illustres Pa-
tiences dont les Histoires sont
pleines, &c.

Mais ni en prose ni en vers, il
ne faut iamais s'opiniastrer contre l'Vsage, & aller à l'escart du
chemin battu. C'est vne pauure
ambition que de vouloir estre
Fondateur d'vn nouueau Pluriel. Tels & semblables pluriels

I iiij

ont mal reüffy dans les liures des
Anciens, auffi bien que dans le
petit Sonnet. Ils n'y font remarquables que par la fingularité.
Varron, Ciceron, Salufte; quels
Maiftres, bon Dieu, & quels
Chefs de part! n'ont pû trouuer en cela d'imitateurs, &
perfonne n'a voulu faillir, apres
leur exemple. Varron a dit *pau-*
pertates, mais il n'a point fait
de Secte en le difant. Ciceron
a dit *auaritias*, mais les Manu-
ces mefmes, fes plus paffion-
nez & plus aueugles partifans,
l'ont laiffé dire tout feul *aua-*
ritias, & fe font arreftez au
fingulier *auaritia*. Salufte a dit

famas, mais il n'a esté suiuy de
qui que ce soit; si ce n'est d'vn
certain Aruntius , qui faisoit
gloire d'estre son Singe , & de
qui Seneque allegue *Ingentes*
esse famas de Regulo , en se mo-
quant de sa ridicule imitation.

CHAPITRE X.

APRES cette obje-
ction que toute la
France a faite, ie de-
manderois volon-
tiers, fi *vous rendra fa douleur
connuë*, eft meilleur François
que *les patiences qui vont fi loin?*

Quelle forte de langage eft-
ce, ie vous prie, *Ie veux vous
rendre ce Caualier connu*, ou *cette Dame connuë*, pour dire, ie
veux vous les faire connoiftre,
ou vous en donner la connoiffance? Eft-ce vne façon de parler poëtique? Eft-ce vne locu-

DV Sʀ DE Balzac. 139

tion figurée ? Eſt-ce vne mode
eſtrangere & apportée de dehors, qui depuis peu a eſté na-
turaliſée en ce Royaume ? Ou
pluſtoſt n'eſt-ce point vne neceſſité de la Rime ? N'eſt-ce
point quelque petit reſte du
College ? n'eſt-ce point le iargon d'vn ieune Allemand, nouuellement arriué à Orleans,
qui fait effort pour parler François, & qui prie ſon hoſte de
luy rendre connus les plus
honneſtes gens de la ville ? On
peut dire ſe rendre celebre à
toute la France; ſe rendre illuſtre par la grandeur de ſes a-
ctions; Mais on ne peut pas di-

re de la mesme sorte , se rendre
connu. Il faudroit que celuy
qui le diroit , eust plus de credit
que l'vsage , pour le dire auec
succés.

CHAPITRE XI.

N suite de la douleur connuë, il y a trois rimes en *euë*, dont il est à propos d'espplucher la raison.

Iob de mille tourmens atteint,
Vous rendra sa douleur connuë,
Mais raisonnablement il craint
Que vous n'en soyez pas esmeuë.

Vous verrez sa misere nuë,
Il s'est luy-mesme icy dépeint ;
Accoustumez-vous à la veuë
D'vn homme qui souffre & se
pleint.

Ie ne sçay pas bien si le Poëte

eſt icy d'accord auec luy-meſme, & s'il ne dit point des choſes contraires. Il a peur que ſa
Dame ne ſoit pas eſmeuë d'vn
objet digne de compaſſion ; &
immediatement aprés, il deſire
qu'elle s'accouſtume à voir cét
objet. Par conſequent il deſire
ce qu'il craint. Cette accouſtu-
mance à voir, deuant oſter à ſa
Dame l'émotion qu'il voudroit
qu'elle euſt, il la prie d'vne choſe qu'il a teſmoigné de ne vouloir pas. Il prendra la peine, s'il
luy plaiſt, d'accorder cela ; &
ſe ſouuiendra, cependant, de
ce vieux mot, dont l'Vniuerſité retentit, depuis ſaint Yues
iuſqu'à ſainte Geneuiéue, *Ab*

affuetis non fit paſſio.

L'Ame ne receuant l'émotion que par le paſſage des yeux; quand ils ſont vne fois bien aſſeurez, elle ne ſçauroit eſtre ſurpriſe. Quand les yeux ont contracté habitude & familiarité auec les plus eſtranges objets ; ces objets , de farouches qu'ils eſtoient , deuenant appriuoiſez , & entrant dans l'ame comme amis, ils n'y excitent plus de tumulte , & rien ne s'émeut à leur veuë. A force de voir des Monſtres , ce ne ſont plus Monſtres aux yeux qui les voyent. Les Spectres meſmes & les Furies , armées de leurs torches & de leurs ſerpens, per

droient leur force & leur hor
reur dans noftre imagination
par l'accouftumance de les voir
A plus forte raifon , &c.

CHAPITRE

CHAPITRE XII.

AIS comment, & de quel front peut-on dire à vne femme, quand on luy parle d'vn homme, *qu'elle verra ſa miſere nuë?* Celuy qui, au rapport de Quintilien, trouua ie ne ſçay quelle vilainie cachée ſous ce demi-vers, *Incipiunt agitata tumeſcere*, que ne trouueroit-il dans le vers de la nudité de Iob ? Le mot de miſere ou de pauureté, appliqué à vn homme nu, n'eſt-il pas capable de receuoir vne ſale interpretation ? ne repreſente-t-il pas à vne femme, quelque choꞏ

K

se qui luy offense la veuë?

Ie sçay bien que la sage Liuie a dit autrefois, que les hommes nus estoient des statuës aux yeux des femmes de bien. Mais c'est la vertu de ces femmes qui fait cela, & qui chasse les mauuaises pensées : Et c'est nostre effronterie qui presente ces pensées à leur imagination, par la nudité qu'elle descouure à leurs yeux. Quoy que leur pudeur se conserue, nous ne laissons pas de l'attaquer. Elles ne reçoiuent pas le scandale, mais nous le donnons.

Pour empescher que ces Spectacles ne soient deshonnestes, il faudroit faire reuenir le Siecle de l'innocence. Depuis le peché du

premier homme, la honte ayant
toûjours accompagné la nudité,
& la Doctrine des mœurs estant
quelque chose de plus important
que l'Art de parler, ie conclus
que la misere nuë, ou la nudité
de Iob, est encore moins à louër
que les patiences de Iob. Venons à ses souffrances & à ses peines.

CHAPITRE XIII.

Quoy qu'il euſt d'extrémes ſouf-
frances.

Et proche de là
     Il eut des peines incroyables.

E S deux vers, qui
ſont ſi voiſins dans le
Sonnet, ne voulant
dire qu'vne meſme
choſe, il faut qu'il y en ayt vn qui
ne ſerue que de nombre, & qui
tienne ſeulement la place d'vn
autre. I'ay appris de plus des Maiſtres de l'art, que ſi la repetition
d'vn meſme mot ou d'vne meſme penſée ne fait vne figure, elle

fait vn vice, particulierement
dans vn petit Poëme.

Mais outre la repetition vi-
cieufe, il pourroit bien y auoir
vn barbarifme dans le vers des
fouffrances extrémes, & vne im-
proprieté dans celuy des peines
incroyables. S'il en faut croire
mon Grammairien, *auoir d'ex-*
trémes fouffrances, pour fouffrir
extrémement, eft vne façon de
parler fauuage, qui n'eft ni de la
profe, ni de la Poëfie. La Conuerfation la rejette ; les Liures
n'en veulent point : Elle n'a pas
la grace, elle n'a que l'infolence
de la Nouueauté. D'ailleurs, puifque le mot de peine fignifie quelquefois difficulté & trauail, &

quelquefois douleur & fupplice;
eftant icy en cette derniere figni-
fication , pour parler correctement, il falloit dire que Iob fouffrit des peines , & non pas qu'il
eut des peines. Hercule eut des
peines incroyables, quand il cherchoit Hylas que les Nymphes
luy auoient rauy ; Et le mefme
Hercule fouffrit des peines incroyables , quand il fe brufla
fur le mont Oeta.

Noftre Commentaire fe pourroit eftendre dauantage , & il y
auroit encore d'autres chofes à
remarquer fur les deux Sonnets:
Mais i'aurois peur que ce fuft fe
trop amufer aux petites chofes.

Ce seroit faire ses affaires de ses
jeux. Il ne faut pas iouër si serieusement ni si long-temps. Quoy
qu'Aristote ait interpreté les
Poëtes , & n'ait pas creû cette
partie de la Grammaire indigne
de luy, il n'a pas employé toute
sa vie à faire des Questions sur
Homere. Quoy que Platon ait
disputé des syllabes & des mots,
ses disputes n'alloient pas à l'infi-
ny. Ils ne sejournoient pas ; Ils
n'habitoient pas dans la Grammaire ; Ils y passoient ; Ils s'y pro-
menoient. Comme eux, faisons
quelques courses & quelques
promenades en ce païs-là. Mais
choisissons vne meilleure & plus
heureuse contrée, pour y esta-

K iiij

blir noſtre domicile. Allons re-
trouuer noſtre ſainte Philoſophie & noſtre Socrate Chreſtien, où nous les laiſsâmes il y
a vn mois.

DISSERTATION,

O V

RESPONSES A QVELQVES QVESTIONS.

AV REVEREND PERE DOM ANDRE' DE SAINT DENIS,

Theologien de la Congregation
des Reuerends Peres
Feüillens.

DISSERTATION,
OV
RESPONSES A QVELQVES
QVESTIONS, &c.

OVS auez donc leû auec plaisir mes dernieres compositions Latines, les Remarques sur les deux Sonnets, les douze Discours du Socrate, & la Dissertation de Monsieur de Girac, sur les Lettres de Monsieur de Voiture. Ie n'entreprens point, Mon reuerend Pere, de

respondre aux loüanges que vous
me donnez , parce qu'elles sont
au dessus de mon merite : Ie tas-
cheray seulement de vous satis-
faire sur les Questions que vous
me faites , parce qu'elles sont de
ma portée.

A Paris comme à Rome , aujourd'huy comme autrefois , il y
a peu de gens qui escriuent bien.
Ceux mesme qui sçauent bien escrire , ne sçauent pas tousiours
bien iuger des Escrits d'autruy,
parce que souuent c'est par imitation ou par hazard qu'ils escriuent bien. Vn President de la
Cour des Aydes , estant allé voir

fon fils, Penfionnaire au College
de Boncourt, trouua entre fes
mains vn Volume de Ciceron,
doré fur la tranche , & relié de
Maroquin de Leuant. Il fut faf-
ché que Ciceron fuft fi bien ve-
ftu, & dit *qu'il eftoit dommage que
ce ne fuft Lipfe.* Noftre cher Monfieur Bourbon m'a fait ce conte
plus d'vne fois , & nous fommes
demeurez d'accord luy & moy,
que ce Lipfe , dont eft queftion,
a corrompu par fon exemple, vne
infinité de ieunes gens, en Flan-
dre, en France, & en Allemagne.

Ie parle de fon ftile & de fa La-
tinité : Car ie fçay d'ailleurs que
c'eftoit vn homme tres-ver-
tueux, & dót les mœurs eftoient

auſſi pures & innocentes, qu'elles eſtoient douces & agreables.
Il en faut dire dauantage. Il auoit
vne parfaite connoiſſance de
l'Antiquité Romaine, & l'auoit
enſeignée à Leyden & à Louuain
auec beaucoup d'applaudiſſe-
ment. A Leyden, le Prince d'O-
range Maurice fut vn de ſes Eſco-
liers : A Louuain, l'Archiduc
Albert, & l'Infante Iſabelle ſa
femme eurent la curioſité de l'aller ouïr, & menerent la Cour au
College. Mais ſa reputation n'e-
ſtoit pas enfermée dans ſa Prouince. Il a eſté vniuerſellement
eſtimé, & ſon grand merite le fit
deſirer du feu Roy Henry le Grãd,
du Pape Paul cinquieſme, & de

la Seigneurie de Veniſe. Il n'y
eut gueres de Princes qui ne le
vouluſſent auoir pour l'ornement de leurs Eſtats : Luy-meſme eſtoit Prince parmy les Doctes de ſon Temps, & vn des
Triumvirs, comme ils le nom-
moient, de la Republique des
Lettres : Vous ſçauez que Scali-
liger & Caſaubon eſtoient les
deux autres. Mais à voſtre auis,
Mon Reuerend Pere, ſi ce Tri-
umvirat eſtoit encore en la nature des choſes, & qu'il s'aſſem-
blaſt chez Meſſieurs du Puy, où
il prit les auis de tous les Sçauans,
qui s'y trouuent tous les iours, iu-
geroit-il definitiuement du merite des deux Sonnets ? Pronon-

ceroit-il vn Arreſt, auquel les
Vranins & les Iobelins vouluſſent acquieſcer? Ie ne ſçay s'il y
auroit aſſez de ſoumiſſion dans
l'eſprit des Docteurs de robbe
courte.

Parlons ſerieuſement, & diſons, qu'il n'appartient pas à tout
le Monde de iuger des Poëtes.
Pour cela il faut eſtre Poëte, auſſi bien qu'eux, & faut eſtre quelque choſe de plus. Iules Ceſar
Scaliger n'a pas touſiours reüſſi
en ce deſſein. Quoy qu'il ſe ſoit
erigé en Critique & en Hyper-
critique, ie le recuſe preſque par
tout: l'appelle de ſes Iugemens,
en vne infinité d'occaſions: Souuent il blaſme d'excellentes choſes,

ſes, & en admire de mediocres.
La pluſpart du temps il gaſte ce
qu'il corrige ; Il change en pis
ce qu'il veut changer en mieux.
Pour loüer vn Poëte, il offenſe
tous les autres. Il ne connoiſt
point le Genie de la Satyre Latine; point du tout cette Vrba-
nité Romaine & Patricienne ;
cette Venus ſecrette & voilée,
qu'on deſcouure dans les beaux
Ouurages, & qui neantmoins
eſt differente de la Beauté viſible & materielle. Le vermil-
lon & les affeteries des derniers
Grecs luy plaiſent dauantage
que la ſanté, que la force, que
les graces des Anciens. Ioſeph
Scaliger ſon fils a eſté contraint

L

de l'auouër, comme vous verrez dans vn Paſſage que ie vous
enuoye à part , auec l'Eloge de
feu mon Pere , & les autres pieces que vous voulez voir.

En matiere de Vers , les opinions de Ioſeph eſtoient plus
ſaines que celles de Iules. Elles
eſtoient pourtant bien hardies,
& quelquefois meſme temeraires ; Ajouſtons malicieuſes à temeraires. Car que ne dit-il point
du pauure Lucain ? Il le traite
d'enfant , d'ignorant , de ridicule : Il ne traite gueres plus mal
ſon grand ennemy Sciopius.
I'auoüe qu'ailleurs il me fait
plaiſir de ſe declarer pour Ouide, & d'en prendre la protection

contre le Critique Victorius.
Mais pourquoy mefprifer fi fort
Lucain, qu'Ouide fans doute
euft eftimé; qui eftoit né fi heureufement pour la Poëfie; de
qui les commencemens ont efté
fi beaux & fi hardis? Il dit de plus,
que la Thebaïde de Seneque eft
vn mauuais poëme, & l'effay
d'vn Apprenti. Lipfe dit, au contraire, que c'eft vne piece diuine
& le Chef-d'œuure d'vn Maiftre. A qui des deux croirons-
nous? Ni à l'vn ni à l'autre, Mon
Reuerend Pere; L'vn en dit
trop, & l'autre trop peu.

Quand le mefme Lipfe pre-
fere Seneque à Ciceron, ie luy
pardonne cette injuftice, car il

plaide fa caufe, & fon intereft l
fait parler. Mais de prefere
Plaute à Terence, c'eft ce qu
ne fe peut fouffrir, en vn hom
me qui ne compofoit point d
Comedies fur le modelle de cel
les de Plaute, & qui n'eftoit pa
de ces anciens Superftitieux
dont Arnobe parle, qui faifoien
vne partie de leur Religion, des
Ouurages de ce Poëte : En effet
qui le croira ? Il eft vray pourtant qu'on a dit autrefois à Rome, *L'année ne fera pas bonne ;*
Il arriuera quelque malheur à la
Ville, puis que l'Amphitruon de
Plaute n'a pas efté reprefen-
té. Voila iufqu'où alloit en ce
temps-là l'impertinence du me-

nu Peuple : Mais nous traitons
auec les Patriciens ; Nous parlons au Senat & à l'Ordre des
Cheualiers.

Eſtimer moins l'honneſte &
l'agreable Conuerſation, que la
Boufonnerie des mauuaiſes Far-
ces, qu'vn iargon d'Equiuoques
& de mots à deux ententes,
qu'vne foule de Prouerbes traiſ-
nez par les ruës, que des pointes de Turlupin, qu'on va chercher au bout du Monde, &
qu'on fait venir ſur le Theatre
à force de bras & de machines,
Bon Dieu quelle deprauation
de gouſt, & quelle maladie de
iugement! Scipion & Lælius en
auroient deſpit, s'ils reſuſci-

toient. Lipſe neantmoins n'eſt
pas ſeul de ſon opinion, & le
plus mauuais Party n'eſt pas le
plus foible. Encore auiourd'huy
contre vn honneſte homme mille Pedans. N'y a-t-il pas eu meſme vn certain Faquin de l'Antiquité, qui s'eſtant meſlé de
donner les rangs aux Poëtes Comiques, a eu l'effronterie d'en
mettre ſix deuant Terence, a-
prés lequel tous les autres doiuent eſtre ? Y eut-il iamais Iuge
plus iniuſte que celuy-là ; qui
meritaſt mieux de perdre ſa
charge, & d'eſtre chaſſé de ſon
Tribunal auec infamie ? L'ignorance ne fut iamais ſi aueugle,
& tout-enſemble ſi preſom-
ptueuſe.

Muret n'eſtoit pas de ſon auis,
bien qu'il ne fuſt pas touſiours
du bon, & qu'il euſt des chagrins
& des fantaiſes ; comme les autres. Dans ſa Preface ſur Catul-
le, il me fait ſouuenir de ces Pre-
uoſts coleres & violens, qui ne
ſe contentent pas de condamner
les Criminels, mais qui leur diſent des iniures, & leur donnent
des coups de poing, en receuant leur audition. Muret agit
ainſi auec les Poëtes qu'il nomme Eſpagnols : Il les outrage,
pour fauoriſer ceux qu'il appelle Romains. Mais ſi vous le voulez ainſi, trouuons bonne ſa
mauuaiſe humeur : Ie voudrois
pour le moins qu'il fuſt conſtant

en ſes mauuaiſes humeurs. Et
en verité ie ne puis comprendre, qu'ayant meſpriſé ſi fort
les Epigrammes de Martial, il
ait fait tant de cas des Dyoni-
ſiaques de Nonnus.

Ce Nonnus eſtoit vn Egy-
ptien, dont le ſtile eſt ſauuage,
& monſtrueux. C'eſtoit vn Peintre de Chimeres & d'Hypocen-
taures. Ses penſées, ie dis les
plus reglées & les plus ſobres,
vont bien au delà de l'extrauagance ordinaire. En certains
endroits, on le prendroit pluſtoſt pour vn Demoniaque que
pour vn Poëte : Il paroiſt bien
moins inſpiré des Muſes qu'agi-
té par les Furies, Les Poëtes de

Clerac & de Bergerac eſtoient
moins extrauagans, auant meſme qu'ils euſſent paſſé la Dor-
donne, & qu'ils euſſent dit de
l'eloquence de la Reyne Marguerite,

I'entens vn Torrent precieux,
Qui verſe en Terre tous les Cieux.

Le beau ſpectacle, mon Reuerend Pere, de voir les Cieux fondus & liquides rouler ſur la face de la Terre; de voir ces grands
Globes dans vn ſi petit eſpace,
c'eſt à dire quelque choſe de
plus que la mer, dans quelque
choſe de moins que n'eſt le baſ-
ſin d'vne Fontaine !

Ces Poëtes neantmoins eſcri-

uoient plus raifonnablement
que Nonnus ; Et ie ne doute
point qu'il n'euſt admiré ce
qu'ils eſcriuirent , & que quelques Courtiſans trouuerent ſi
beau , *Que les Roys ne ſe doi-*
uent expliquer que par la bou-
che des Canons. Non pas meſme,
dit le Commentaire, quand ils
font l'amour à leurs maiſtreſſes ;
quand ils donnent audiance aux
Ambaſſadeurs ; quand ils ſont aſ-
ſis dans leur lit de Iuſtice , &
qu'ils font entendre leur volonté à leurs Peuples ; Non pas meſme quand ils prient Dieu dans
leur Oratoire. Ces Poëtes de
Gaſcogne & de Perigord e-
ſtoient Sages & modeſtes, en

comparaison de ce Poëte d'E-
gypte, que mon voisin Muret
estime si fort.

Ie ne parle point d'vn autre
homme de mon voisinage, Pere d'alliance de Mademoiselle
de Gournay, estimé de Frà Pao-
lo, & allegué par le Chancelier
Baccon. Quoy que le Païs Latin ne luy fust pas inconnu, il
estoit neantmoins estranger, &
hoste en ce païs-là. Par consequent, il deuoit y aller plus retenu, & se donner chez autruy
moins de liberté qu'il ne s'en
donnoit. Il ne deuoit pas faire
le Magistrat où il n'auoit pas
seulement droit de Bourgeoisie.
Pour decider des vers Latins,

comme il pretendoit de le pouuoir faire, il n'entendoit pas affez ni le Latin, ni les Vers. Auffi en pareilles occafions, combien d'équiuoques & de mefprifes de fon iugement : Ie ne
voy prefque autre chofe dans
fes Effays. Il eft certain qu'il
s'eft laiffé tromper tres-fouüent,
& par des Pipeurs tres - malha-
biles. Tefmoin l'Apocriphe Cor-
nelius Gallus, dont il a tant debité de fauffe monnoye, apres
l'auoir prife pour bonne, qu'il
m'eft force d'auouër fon peu de
connoiffance, ne pouuant accufer fa mauuaife foy.

Mais eft-il poffible que mon
troifiefme voifin Sceuole de

saincte Marthe, qui estoit si esclairé en ces sortes de connoissances; qui pouuoit disputer de
la gloire du Latin auec la superbe Italie, auec les Bembes & les
Sadolets; Est-il possible disie que
faisant si bien des vers, il iugeast
si mal de ceux d'autruy ? Ie voulus lire dernierement vn liure
d'Epigrammes qu'il a celebré
dans ses Eloges : En conscience
ie n'en leus pas vne seule qui
vaille le papier sur lequel elle est
imprimée, bien loin de meriter
vne si honnorable place dans
ses Eloges. En tout ce grand
corps d'Epigrammes ie ne trouuay pas vn grain de sel. Il nous
veut faire passer pour d'excel-

lens Poëtes des gens qui n'e-
ftoient pas feulement de paſſa-
bles Verſificateurs. Il y a de l'apparence que c'eſt parce qu'ils
eſtoient de ſes amis. Mais c'eſt
ſe, moquer de ſon Siecle & de
la Poſterité. Ces ſortes de bontez ſont de celles que Dieu de-
fend aux Iuges, quand il eſt queſtion de iuger. Vous ſçauez qu'il
leur ordonne de n'auoir eſgard
ni à la Veuue ni à l'Orphelin;
de ne connoiſtre en iugement
ni le Parent ni l'Amy.

Concluons que comme les
Eloges de Paule Ioue ſont trop
aigres & trop médiſans, ceux
de Sceuole ſont trop doux &
trop flateurs. La qualité d'Illu-

ſtre eſt à ſi vil prix chez cet homme-là, qu'il n'y a point de Maiſtre d'Ecole à qui il ne l'abandonne pour trois feüilles de mauuais Latin. Ne vous ſouuenez-vous point de ce que diſoit la Reyne Catherine de Medicis, du collier de l'Ordre de ſaint Michel. Si vous-vous en ſouuenez, faites-en l'application, & faiſons-en noſtre profit, nous autres faiſeurs d'Eloges. N'AVILISSONS POINT LES COVRONNES, PAR LE MAVVAIS CHOIX DES TESTES QVE NOVS COVRONNONS. Et cela ſoit dit, Mon Reuerend Pere, autant pour la Cour que pour l'Eſcole. La bonne Mada-

me Desloges me fit de terribles
reprimendes sur ce suiet, quelque temps auant sa mort. Elle
me reprocha *que i'estois la Du-*
pe de tous les Regnes (ce sont ses
propres termes;) *que ie me laissois*
excroquer mes loüanges à tous
ceux qui faisoient semblant de
valoir quelque chose; que ie croiois
trop au rapport d'autruy ; à la
premiere couleur du bien; à l'ap-
parence de la Vertu, & ce qui
s'enfuit. I'ay vieilli depuis ce
temps-là , & n'ay pas resolu de
mourir impenitent. MAIS cette
matiere à vne autrefois.

EN attendant que ie face
mettre dans vn cayer, ce qui a
esté

esté recueilli pour l'esclaircisse-
ment du Socrate , & le grand
nombre de Paſſages Grecs &
Latins que noſtre Ami me demande , il verra icy , auec voſtre
permiſſion , que la choſe dont il
eſt en doute , ne reçoit point de
difficulté. Il eſt tres-vray qu'il
y auoit autrefois à Conſtantinople , vne Maiſon appellée la
POVRPRE. Conſtantin le
Grand la fit baſtir, & ordonna
que les Imperatrices eſtant en-
ceintes , & ſe ſentant proches de
leur terme , iroient faire leurs
couches en cette Maiſon ; afin
que les Princes leurs enfans por-
taſſent le nom de PORPHYRO-
GENETES, ou NE'S DANS

M

LA POVRPRE. Les Imperatrices fortoient donc du Palais Imperial, pour aller accoucher ailleurs, & la Maiſon, dont il s'agit, que Manaſſés appelle petite, eſtoit toute tenduë de Pourpre. Les Berceaux, les Langes, &c. tout generalement y eſtoit de Pourpre. Luitprandus en parle ainſi, aü premier liure des affaires de l'Europe, chapitre deuxieſme.

Porphyram domum fuiſſe Conſtantinopoli à Conſtantino Magno exſtructam, in qua voluit filios ſuos in lucem prodire, vt qui ſuo ex ſtemmate nati eſſent, Porphyrogeniti dicerentur.

Τῆς δὲ δεαποίνης πρὸς ὃ τεκεῖν ἐλθούσης·
ὠκονομήθη μὲν ἡ Πορφύρα, χαὶ ηὐτρεπίθη
πρὸς τὴν ὑποδοχὴν τῆς γεννήσεως· ὡς ὃ
χατέπειγον αἱ ὀδύναι, κ, ἐντὸς τῆς Πορφύρας
ἡ δέαποινα ἰῶ. Nicetas lib. v.

Τὴν βασιλίδα χ᾽ ὃ ἀφωρισμένον πάλαι
ζῆς τικτούσαις τῶν βασιλίδων οἴκημα ὑπὶ
ταῖς ὡδῖσιν εἰρηκὼς. Πορφύραν δὲ τῇ τῷ οἱ
ἀνέκαθεν ὀνομάζουσιν, ἐξ ὃ χ, ὃ τῶν Πορφυ-
ρογεννήτων ὄνομα εἰς τὴν οἰκουμένην διέ-
δραμε. Anna lib. VII. Alexiadis.

Πορφύραν ὀνομάζουσιν ἐκεῖνον τὸν
οἴκιοκον.

Manaſſés.

Le Poëte Claudien parle bien
de naiſtre dans la Pourpre ; Il
dit bien quelque choſe des Langes de Pourpre & des Lits de
Pourpre ; Mais il ne dit rien de
M ij

cette Maison de Pourpre, pour
les Imperatrices, separée du
Palais Imperial. Nous la deuons
à Luitprandus & aux derniers
Grecs, quoy que pour cela, il
ne faille pas oublier icy les beaux
vers de Claudien.

Æquæua cum Maiestate crea-
*   tus,*
Nullaque priuatæ passus conta-
*   gia sortis,*
Omnibus acceptis, vltrò te Regia
*   Magnum*
Protulit, & patrio felix adoles-
*   cis in ostro,*
Membraque vestitu nunquam
*   temerata profano*
In sacros cecidere sinus.

Accliuis Genitrix auro, circum-
flua gemmis,
In Tyrios enixa toros. Vlulata
verendis
Aula puerperiis.

Celuy qui fut Roy auant que
d'eſtre homme, ce fut Sapores
Roy des Perſes, qui viuoit du
temps de l'Empereur Iuſtinien.
Il veſcut ſoixante & dix ans, &
regna quelques mois plus qu'il
ne veſcut. Voicy en abbregé
l'hiſtoire d'vne naiſſance ſi illuſtre & ſi merueilleuſe. Le Pere
de Sapores eſtant mort, & ayant
laiſſé ſa femme enceinte ; par
le droit de la ſucceſſion Royale, le Royaume deuoit appar-
M iij

tenir à ce qui deuoit naiftre de
la Reyne. Les Grands de l'Eftat
confulterent là deffus les Mages,
& leur propoferent des recom-
penfes , pour fçauoir la verité
de l'Auenir , & le fuccés de cette groffeffe. Premierement ils
firent effay de leur art fur vn fuiet de moindre importance, vne
Iument pleine leur ayant efté
prefentée ; & la chofe arriua
ainfi qu'ils l'auoient predite.
Ayant reüffi cette premiere fois,
& le Monde eftant perfuadé de
la certitude de leur fcience, on
les obligea de declarer ce qu'ils
croyoient de la Reyne. Ils ref-
pondirent qu'elle auroit vn Fils,
apres quoy les Perfes ne delibe-

rerent pas dauantage. Ils mirent la Tiare fur le ventre de
cette Princeſſe : Ils donnerent
vn nom au Maiſtre qu'ils atten-
doient de ce ventre : Ils recon-
nurent vn Roy qui n'eſtoit pas
encore né. Cette belle hiſtoire
eſt plus au long dans le quatrieſ-
me liure d'Agathias , & mon
homme vous la va copier, pour
la ſatisfaction de noſtre Amy
curieux, qui n'a pas chez luy les
Originaux.

Ἀλλὰ Σαβὼρ μετὰ τούτοις ἐπὶ πλεῖςον
ὅσον ἡ μήκιςον χρόνον ἀπώνατο τῆς βασι-
λείας, τοσούτοις ἔτεσι κρατήσας ὁπόσοις καὶ
διεβίω · ἔτι γὰ αὐτὸν κύοσης τῆ μητρὸς, ἢ μὲν
τῆ βασιλείᾳ χρόνοις διαδοχὴ ἐκάλχ πρὸς
τὴν ἀρχὴ ὃ τερηνόσμενον, τῶ δὲ τὰ τῆ

ὠδίνων ἀμφίβολα ἐς ὁποίαν γονὴν ἂν ἀπο-
βαῖεν. Τοιγάρτοι ἅπαντες οἱ ἐν πέλει ἆθλα
προὐτίθεσαν κ̀ γέρα τοῖς Μάγοις ἐπὶ τῇ προα-
γορεύσει τῶν ἐσομένων. καὶ Τοιγαρῶ ἦγον ἐς
μέσον κύουσαν ἵππον, κ̀ ὡς πλησιαίτατα
προελθοῦσαν τῇ τέχνου, ἐκέλευόν τε αὐτοῖς
ἐπ' αὐτῇ προῆν μαντεύεσθαι, ἅπερ ᾤοντο
ξυνενεχθῆναι· ὅτω γὰρ ὀλίγαις ὕςτερον ἡμέραις
γνώσεσθαι ἢ ψευδῆ τὴν πρόῤῥησιν ἐς οἳ χωρή-
σει· ταυτήτε εἰκάζειν παραπλησίως ἐκβή-
σεσθαι, κ̀ ὁπόσα σφίσιν ἐπὶ τῇ ἀνθρώπῳ
προδραμεῖν εἴη, ἃ μὲν οὖν αὐτοῖς ἐπὶ τῇ ἵπ-
πῳ μεμάντευται, ὀκ ἔχω σαφῶς ἀπο-
φήνασθαι. ὁ γάρ μοι τὸ ἀκριβὲς τούτου γε
περὶ ἀπήγγειλαι πλὴν ἀλλ' ὅτω ἕκαςα
προὔβη, ὅπως ἐκείνοις ἐτύγχανεν εἰρη-
μένα· γνόντες δὲ ἐνθένδε οἱ ἄλλοι, ὡς ἄγαν
τοῖς Μάγοις διηκρίβωται τὰ τῆς τέχνης,
προὔτρεπον καὶ ἐπὶ ᾗ γυναικὶ ἅπα ἔσεσθαι

γνοῖεν διεξιέναι. τῶν δὲ φησάντων ἄρρενα
παῖδα τεκτήσεσθαι οὐκ ἔτι ἐμέλησαν,
ἀλλὰ τῇ γαςρὶ περιδέντες τὴν κίδαριν,
ἀνεῖπον βασιλέα ὃ ἔμβρυον· ὀνόματί τε
ἀπέκριναν, ὃ ἀρτι ἐκτυπωθὲν ᾧ διωρ-
γανωμένον, ἐς ὅσον οἶμαι διέπ7ειν ἔνδον ἠρέμα
ᾧ ὑποπάλλεσθαι. ὕτω δὲ ὃ ἀφανὲς τῇ φύ-
σει ᾧ ἄδηλον, ἐς ὃ βέβαιόν τε ᾧ αἰωμολογη-
μένον τῇ δοκήσῳ μεταλαβόντες, ὅμως ὒ διή-
μⱳτον ᾗ ἐλπίδος, ἀλλὰ ᾧ λίαν ἔτυχον τῷ
σκοποῦ πόλλῳ πλέον τῶν δοκηθέντων· τίκτε-
ται γὰ οὐκ ἐς μάκραν ὁ Σαβόρης σὺν τῇ
βασιλείᾳ, συνεάζη τὲ αὐτῇ, ᾧ ἐγηράσκει εἰς
ἑβδομήκοντα αὐτῷ ἔτη διανυσθέντος τῇ βίυ.

QVand Socrate dit au pre-
miei Difcours *que l'Ame de
l'homme eſt vne partie de Dieu,*
ſi ce qu'il dit ſent la Philoſophie

des Payens, cette odeur luy def-
plaift auffi bien qu'à vous. En
quelques endroits fes paroles
peuuent paroiftre ftoïques ou
Platoniques ; Mais par tout fon
intention eft Chreftienne & Orthodoxe. Il veut donc dire par
là, que l'Ame n'eft point tirée
de la matiere ; qu'elle ne fort
point de la force ou de la vertu de la femence, *neque per tra-*
ducem corporis produci, ainfi que
l'a crû Tertullien. Il veut dire
que l'Ame eft de là façon de
Dieu ; & non pas de celle de
l'homme ; que c'eft veritablement vne pure creature, mais
vne creature immortelle, mais
la plus noble de toutes les crea-

tures ; puis-qu'elle a l'honneur
d'eſtre faite à l'image du Createur; puis-que Dieu l'a marquée
de ſon caractere & l'a inſpirée
de ſon eſprit. *Cette partie diuine,* ou *cette partie de Dieu,* n'eſt
autre choſe que l'effet de cette
impreſſion & de cette inſpira-
tion ; que ce diuin caractere
& ce diuin ſoufle: Et c'eſt ainſi
qu'en a parlé Iuſtin Martyr,
Saint Epiphane,& pluſieurs autres ſaints Peres , Grecs & Latins.

Si Socrate a exprimé en la langue de l'ancienne Philoſophie,
certaines choſes qu'il a eſcrites,
il les a entenduës dans le ſens de
la Nouuelle , enſeignée par l'E-

glife Catholique, à laquelle il
foufmet generalement tout ce
qu'il efcrit & tout ce qu'il dit.
Les Platoniciens & les Chreftiens fe peuuent feruir des mefmes paroles, en differente figni-
fication : les Philofophes ont
leur intention, & nous la noftre.
Mais l'Eglife fanctifie leurs termes en les employant. *Vne partie de Dieu, vn rayon de la Diuinité, la partie diuine* qui eft en
l'homme, font des expreffions
efleuées au deffus du langage
populaire, qui ne doiuent pas
eftre prifes litteralement. Ce
font des embelliffemens du
Difcours, mais non pas des
preuues de la Doctrine, & on

en° vſe, ſans en abuſer.

Saint Paul ne rapporte-t-il pas
du Poëte Aratus, *Que les hom-*
mes ſont de la race des Dieux ?
Les Saints Peres qui ſont venus
depuis, traitant de la nobleſſe de
l'Ame, & de la dignité de la Raiſon, ne font point de difficulté
d'alleguer, pour la confirma-
tion de ce qu'ils en diſent, ce
qu'en ont dit les Payens, en Proſe & en Vers. Par exemple,

Rationem nihil aliud eſſe quàm
in corpus humanum partem diui-
ni ſpiritus merſam.

Hominem diuini ſpiritus eſſe
partem, ac veluti ſcintillas quaſ-
dam in terras deſiliiſſe, atque alie-
no haſiſſe loco.

Animum, si primam eius origi-
nem inspexeris, non esse ex terreno
grauique corpore concretum , sed
ex illo cœlesti spiritu descendisse.

Denique cœlesti sumus omnes
stirpe oriundi,

Omnibus ille idem pater est.

Atque affigit humo diuinæ par-
ticulam Auræ.

Æthereum sensum atque Au-
raï simplicis ignem.

Igneus est ollis vigor & cœlestis
origo.

Habitare Deum sub pectore
nostro,

In Cœlumque redire animas
Cœloque venire.

Quis Cœlum posset nisi Cœli
munere nosse,

Et reperire Deum , nisi qui
pars ipse Deorum est.

Vous auez assez de commerce
auec les Poëtes du bon temps,
pour connoistre parmy ces vers,
ceux qui sont de Virgile & d'horace , vos bons amis. Lucrece ne
me semble pas aussi estre indigne
de vostre amitié. Pour Manile,
puis-qu'il a esté appellé *Passeuo-*
lant , parmy les Poëtes du Siecle d'Auguste, vous le traiterez,
comme il vous plaira , & nous
examinerons son affaire vn de
ces iours. Ajoustons cependant
à tant de Latin , ces trois mots
de Grec, Αἱ ψυχαὶ μὲν ὕτως εἰσι ἐν-
δεδεμέναι, καὶ σωαφεῖς τῷ Θεῷ ἅτε αὐτῦ.
μοεία ὖσαι, καὶ Ἀποσπάσματα. *Les A-*

mes, dit-il, *sont tellement atta-*
chées & ioiutes à Dieu, qu'elles
en sont comme des pieces & des
parties; Ce sont comme des raclu-
res de la substance diuine. Ce dernier mot est vn peu dur & vn
peu estrange : Il est pourtant du
Philosophe Epictete, dans les
Commentaires d'Arrien.

Vous auez Dieu prés de vous,
vous l'auez auec vous, vous l'a-
uez dans vous &c. Il n'est pas
croyable qu'vne ame si excellente
puisse auoir son mouuement d'ail-
leurs, que de quelque puissance
du Ciel. Vne chose de cette gran-
deur ne sçauroit demeurer debout,
si quelque Dieu au dedans ne la
soustenoit. C'est pourquoy sa plus
grande

grande partie est au lieu d'où
elle est descenduë. Comme les
rayons du Soleil nous touchent
bien, mais ne laissent pas d'estre
au Ciel, d'où ils sont enuoyez sur
la Terre : Tout de mesme cette
Ame conuerse bien icy bas, mais
tousiours par vn de ses bouts elle
tient à son origine, & ne s'en
destache point.

Ces paroles sont d'vn autre
Disciple de Zenon, & ont esté
alleguées dans la Chaire de Verité, par vn Predicateur de Iesus-Christ, qui les a loüées en
les alleguant. Mais de qui pensez vous, mon Reuerend Pere,
que soient celles-cy ? *Nous som-*
mes composez de deux Ennemis

N

qui ne s'accordent iamais : La
partie sublime de nostre Ame est
toufiours en guerre auec la par-
tie inferieure. Difons dauantage , L'HOMME EST FAIT D'VN
DIEV ET D'VNE BESTE, QVI
SONT ATTACHEZ ENSEM-
BLE. Si vous deuinez l'Auteur
de ces quatre lignes , ie vous
eftimeray auffi grand Mage, que
ceux qui prédirent la naiffance du Roy Sapores.

Telles & femblables paroles,
qui en mefme temps efleuent
l'Homme iufqu'à Dieu , & le
raualent iufqu'à la Befte, ne feroient peut - eftre pas receuës
dans la rigueur de la difpute;
Mais elles ne font pas defaprou-

uées dans la liberté du ſtile oratoire. Et lors que Socrate dit
au meſme Diſcours , *que ie ne*
ſçay quoy de plus ancien que le
Monde a baſti le Monde , ce ie
ne ſçay quoy eſt encore vne de
ces paroles figurées , qu'il ne
faut pas prendre à la lettre , &
qui reçoiuent vne interpreta-
tion fauorable. Ce n'eſt pas vn
terme d'irreſolution , par lequel
Socrate doute ſi c'eſt Dieu qui
a baſti le Monde : C'eſt vn terme d'humilité , c'eſt vn aueu
d'ignorance , par lequel il con-
feſſe que Dieu eſt vne choſe inconnuë à l'Homme , & qui ne
ſe peut ni bien définir ni bien
nommer.

N ij

Quoy qu'il en ſoit, Mon re
uerend Pere , ni moy ni So
crate, n'auons point deſſein d
dogmatiſer. Nous parlons quel
quefois à la mode des Anciens
dont le langage nous eſt aſſe
familier ; mais nous conſeruon
dans le cœur , la Doctrine d
l'Egliſe , qui explique , qui tem
pere , qui reforme ce lan
gage , quand il luy plaiſt , &
comme il luy plaiſt. Nous diſon
aprés Platon & auec Origene
*que le Corps eſt la priſon de l'A-
me* ; mais nous le diſons en vr
autre ſens que ne l'a dit Origene, qui a fait vne Hereſie de
cette figure. Nous diſons beaucoup d'autres choſes auec vne
intention innocente , & en des

termes foufferts de l'Eglife, fans
en tirer des confequences dan-
gereufes, & condannées par la
mefme Eglife. Nous fçauons
bien que les Philofophes ont
efté appellez les Patriarches des
Heretiques. Et par confequent,
quand il fera qu'eftion d'opi-
ner, nous ne fuiurons ni Zenon, ni Platon, ni Ariftote. Nous
nous en rapporterons à M. le
Coadiuteur de Paris, à M. l'E-
uefque d'Vtique, à Monfieur l'E-
uefque de Graffe; aufquels i'ay
bien du regret de ne pouuoir
aioufter M. l'Euefque de Lifieux,
que ie perdis il y a fix ans, &
M. l'Archeuefque de Thoulou-
fe, que ie viens de perdre.

N iij

Heu Iuſtitiæ parens
  Chriſti ſancta Fides , priſca-
    que Veritas,
  Quando vllum inuenient pa-
    rem?

IE m'attendois bien, qu'apres
auoir fait tres-grande eſtime de
la Diſſertation ſur les Oeuures
de Voiture, vous m'en feriez de
tres-amples remercimens. Celuy qui me l'a adreſſée, n'eſt pas
de ceux dont vous me parlez,
qui n'ont qu'vne legere teintu-
re des connoiſſances honneſtes.
Il en eſt plein, il en eſt comblé.
Il a nourry ſon eſprit du ſuc &
de la ſubſtance de tous les bons

Liures. Mais il eſt riche de naiſſance, auſſi bien que d'acquiſi-
tion ; Mais il poſſede les vertus
morales, comme les vertus in-
tellectuelles. *Vir bonus* n'entre
pas moins dans ſa definition que
dicendi peritus. Reſeruons à noſtre premiere veuë l'entiere deſ-
cription de cet excellent Amy,
& diſons ſeulement en cet endroit, qu'il n'eſt point affamé
des loüanges du grand Monde.
Il cherche ſi peu l'applaudiſſe-
ment, dans les choſes qui le meritent le plus, que ſi ie le voulois croire, il ſe contenteroit du
teſmoignage de ſa conſcience
& du mien. Vous ſçaurez neanmoins qu'il n'a pas eſté faſché

de vous auoir plû. Vn tel Ap-
probateur que vous ne peut pas
estre indifferent à vn homme
qui comme luy, sçait faire difference des hommes.

C'est donc vous, mon Re-
uerend Pere, qui auez commencé à vaincre son humilité & sa
pudeur. Vous auez forcé le premier son Cabinet. Il y voudroit
cacher toutes les belles choses qu'il y produit ; mais ie m'y
suis opposé en vostre nom, & ie
veux croire qu'il ne s'opiniastre-
ra pas dans vne si iniuste modestie. Pour le moins ie le tour-
menteray d'vne estrange sorte.
Le Public ne sçauroit auoir aupres de luy, vn Solliciteur plus

preſſant que moy, & il ne tien-
dra pas à mes Remonſtrances
que ie ne vous enuoye vn Volume de ſes Diſſertations.

L'endroit de celle-cy, ſur lequel vous demandez eſclaircis-
ſement, eſt vne piece de ſon Hiſtoire. *Ces Silues qui occupent
maintenant Monſieur de Girac*,
ne ſont pas des Silues metapho-
riques, & de la nature de celles
de Stace ou de Politien. Pour
parler la langue des hommes,
c'eſt vn Bois qu'il fait couper,
& de la vente duquel il doit
tirer plus de quinze cens piſto-
les; Mais qu'en dira Diane & ſes
Nymphes, les Driades & les Ha-
madriades ; le Dieu Pan & ſes

Siluains ? Si tout ce peuple de
menus Dieux peut trouuer vn
Poëte à sa deuotion , quelles
plaintes Elegiaques, quelles im-
precations Iambiques contre
vn autre Poëte qui les chasse si
cruellement de leur ancienne
demeure , qui meurtrit les pauures Nymphes , & les blesse à
grands coups de hache, qui les
tuë & leur donne le dernier
coup de la mort, en mettant
par terre les Arbres sacrez, sous
l'escorce desquels elles viuoient?

Non sine Hamadriadis fato ,
prostrata bipenni
Alta cadit quercus : clausam
sub cortice Nympham
Mors eadem plantamque manet.

Au siecle d'or ç'euſt eſté vn
ſacrilege ou vn Parricide. En
celuy - cy c'eſt vne action bien
eſloignée de la vie innocente
des premiers Poëtes. Autrefois
cette Nation deſintereſſée ſe contentoit des feüilles, & des fleurs
de la Campagne : Elle n'eſtoit
riche qu'en guirlandes & en
bouquets ; Elle ne cherchoit
dans les Bois, que l'ombre, le
verd, & le ſilence. Mon Amy,
quoy qu'auſſi grand Poëte, &
d'eſprit auſſi eſleué qu'eux, a
eu des penſées plus materielles
& plus baſſes ; Pour vne petite
affaire, de ſix mille eſcus ou enuiron, il n'a point fait de conſcience deſclaircir les ombres,

d'effacer le verd, & de troubler le silence ; *ce silence saint & sacré* dans la Poësie ancienne & Moderne. C'est ce que la Dissertation appelle, *In siluis occupari*. La maniere, comme vous voyez, est figurée, *lenitate verbi, rei tristitiam mitigante*.

Au reste, mon Reuerend Pere, vous sçauez bien l'amour que i'ay pour le liure, sur le suiet duquel a esté faite la Dissertation. Vous pouuez vous souuenir, qu'auec le respect que ie vous dois, ie pris la liberté de vous contredire, & mesmes de vous gronder vn peu, de ce que vous n'estimiez pas assez ce beau liure. La memoire de son Au-

teur m'eſt chere , & ie ſuis in-
tereſſé en ſa reputation , parce
que ie puis dire ſans reproche ,
que i'y ay contribué quelque
choſe. s'il eſt vray ce que vous
croyez , que i'aye monſtré le
chemin à beaucoup de gens ;
comme i'auouë qu'ils y ont fait
plus de progrés que moy , ils ne
peuuent pas nier que ie ne leur
aye ouuert le paſſage , en leur
monſtrant le chemin. Monſieur
de Voiture a eſté de ces gens-là,
& i'euſſe deſiré pour mon in-
tereſt, que Monſieur de Girac
euſt loüé par tout ; ce qu'il s'eſt
contenté de loüer en quelques
endroits. L'importance eſt que
ſon iugement nous laiſſe noſtre

liberté , & que cét excellent
Amy n'aspire point à la Tyrannie, comme nostre autre excellent amy de ***. Quoy que i'e-
stime extremement la force &
l'industrie auec laquelle il a attaqué , il trouue bon que ie ne
demeure pas d'accord auec luy,
du succés de toutes les attaques
qu'il a faites. En cela il est equitable , & il faut aussi que nous
le soyons. Ces petites guerres se
passant sans haine & sans ma-
lice, & le Public en deuant receuoir de l'instruction , personne ne sçauroit blasmer vn exercice si vtile & si innocent? Pour
moy , ie ne suis pas d'auis d'e-
stre de plus mauuaise humeur

qu'eſtoit Lipſe : L'amitié de Scaliger & de luy ne fut point al-
terée, par la diuerſité de leurs
ſentimens. Ils ne ſe querellerent
point, pour n'eſtre pas tous deux
de meſme opinion, ſur le ſuiet
de la Thebaïde de Seneque.

IE ſuis bien las, mon Réue-
rend Pere. Il faut pourtant aller iuſqu'au bout, & reſpondre,
comme ie pourray à vos deux
dernieres Queſtions. Qu'on ne
s'y meſprenne pas au lieu où
vous eſtes; Le *Monſeigneur* de
France n'eſt pas la meſme choſe que le *Monſignor* d'Italie. En
ce païs-là il ne préſuppoſe pas

neceſſairement inferiorité en
celuy qui le donne à vn autre;
Car les Cardinaux & les Princes ſouuerains appellent ainſi les
moindres Prelats de la Cour de
Rome. On appelle *Monſignor*
vn Camerier du Pape, vn Pro-
tonotaire Apoſtolique, vn Eueſque de deux mille liures de rente ; auſſi bien en parlant à luy,
qu'en luy eſcriuant, & on dit
vn Monſignore, comme on dit
vn Comte & vn Marquis.

Le mot de *Monſeigneur* n'eſt
pas ſi vulgaire en ce Royaume,
où l'on ne s'en ſeruoit point de
viue voix, ſous le Regne des
Roys derniers morts, & auant
que le Cardinal de Richelieu
fuſt

fuſt venu changer les choſes du
Monde. Dans les Lettres, nous
ne le deuons pas ſeulement aux
Princes, aux Ducs & Pairs, &
aux Officiers de la Couronne ;
Mais auſſi, à mon auis, aux Gou-
uerneurs des Prouinces, où nous
faiſons noſtre reſidence. Par exemple , ſi i'eſtois Tourengeau
ou Poiteuin, i'eſcrirois *Monſeigneur*, au Gouuerneur de Tou-
raine ou de Poitou : Mais s'il
changeoit de Gouuernement ,
& qu'il deuint Gouuerneur de
Bourgogne ou de Picardie, ſans
eſtre Officier de la Couronne ;
quoy que ces deux Gouuerne-
mens ſoient beaucoup plus con-
ſiderables que les deux autres,

O

ie ne luy efcrirois plus que *Mon-*
fieur : Au moins ie ne ferois pas
obligé de luy continuër *Mon-*
feigneur, & fi ie le faifois, ce feroit pluftoft ciuilité que deuoir.

Eftant encore enfant, i'auois
grand commerce de lettres auec
feu Monfieur Coëffeteau Euefque de Dardanie, nommé par
le Roy à l'Euefché de Marfeille.
Ce fçauant Prelat fe contenta
toufiours de *Monfieur* dans noftre commerce , & ne me fit
point là deffus d'éclairciffement.
En ce mefme temps nous n'ef-
criuions pas d'vne autre forte à
Monfieur l'Euefque de Luçon,
qui s'eft depuis efleué fi haut
au deffus de toutes les Quali-

tez & de tous les Titres, & à
qui le bon homme des Yue-
teaux vouloit donner *de la Su-*
pereminence, pour le diſtinguer
des autres Princes Eminentiſſi-
mes. Monſieur de Racan fut le
premier qui me mit du ſcrupule dans l'eſprit, & qui me re-
monſtra que la dignité d'Eueſque ne deuoit pas eſtre moins
reſpectée par vn vray Chreſtien,
que celle de Duc & Pair par
vn naturel François. Sa Re-
monſtrance me ſembla fondée
en raiſon, & nous reſolûmes luy
& moy de donner à l'auenir *du*
Monſeigneur à tous les Eueſques, ſans excepter l'Eueſque de
Bethleem; quoy qu'il logeaſt

O ij

dans vn trou d'vn College d
Paris; quoy qu'il allaſt a pié pa
les ruës; quoy qu'il fuſt luy-meſ
me ſon Aumoſnier.

Nous-nous proſternons de-
uant des Autels de pierre, & deuant des Vaſes de metal. Nou
portons de la reuerence à de
matieres muettes & mortes, par
ce qu'elles ſont employées à l'o-
peration des Myſteres, & qu'elles ſeruent à l'vſage de l'Egliſe.
Iugeons par-là de la reuerence,
que nous deuons porter aux Autels viuans & animez de la meſme Egliſe; aux veritables Oincts
du Seigneur; aux perſonnes
ſaintes & ſacrées; aux Preſtres
& aux Eueſques. I'ay conſulté

fur cela l'Oracle, qui m'a refpon-
du en cette forte,

» Qu'ils reçoiuent vos hon-
» neurs, vos refpects, & voftre
» veneration ; Mais qu'ils ne les
» exigent pas à la rigueur ; Mais
» qu'ils n'en facent pas l'eſſen-
» ciel de leur Dignité, & le pre-
» mier point de voftre Foy.
» Comme vous ne leur en ſçau-
» riez trop rendre, ils n'en ſçau-
» roient trop peu defirer. Dans
» l'éleuation de l'Epifcopat, ils
» fe doiuent fouuenir de l'humi-
» lité du Chriftianifme, & ap-
» porter plus de foin à fe défen-
» dre de l'orgueil propre, qu'à
» fe garentir du mefpris d'au-
» truy. L'omiſſion d'vn com-

» pliment ; vn Monſieur pour
» vn Monſeigneur, dans vne Re-
» queſte ou dans vne Lettre; vn
» Poiſle oublié à l'entrée d'vne
» Ville de leur Dioceſe, qui ne
» ſe ſera pas auiſée de cette ce-
» remonie; Tout cela ne vaut
» pas la peine d'eſtre remarqué;
» Cela ne merite pas de les met-
» tre en mauuaiſe humeur con-
» tre leur Troupeau, & on ſe
» moque de dire qu'ils ſoient
» offenſez, en vne action où
» Dieu ne l'eſt pas. Il y a de l'ap-
» parence que celuy qui dit que
» ſon Royaume n'eſt pas de ce
» monde, n'entend pas que ſes
» Miniſtres prennent garde de ſi
» prés au point d'honneur, &

» aux autres vanitez du monde.
» D'ordinaire ceux qui font fi
» fçauans dans le Ceremonial,
» ne le font gueres dans la
» Theologie : Ceux qui eftu-
» dient fi curieufement les pe-
» tites chofes, n'ont pas le loifir
» d'apprendre les grandes. Pour
» le moins ils ne lifent pas auec
» beaucoup d'attention, le Cha-
» pitre vingtiefme de l'Euangi-
» le de fainct Mathieu, où No-
» ftre Seigneur diftingue les
» Puiffances que nous confon-
» dons ; où il s'abbaiffe fi fort en
» abbaiffant fes Apoftres ; où
» en mefme temps il fait de fi
» belles leçons d'Humilité, &
» en donne de fi grands exem-

» ples. Ainſi parlent les hom-
» mes Apoſtoliques. Ces Reſ-
» ponſes ſortent de la bouche
» des Eueſques, qui n'ignorent
» pas l'excellence de leur Ca-
» ractere, & le rang qu'ils tien-
» nent parmy les Chreſtiens ;
» Mais qui ſçachant auſſi le peu
» de cas que Ieſus-Chriſt fait des
„ rangs, & des premieres places
„ dans les Aſſemblées, ſçauent
„ que ce n'eſt pas en vne ſi pe-
„ tite Grandeur que celle-là,
„ où reſide l'excellence de leur
„ Caractere.

CE n'eſt pas moy, mon Re-
uerend Pere ; C'eſt la Dame

Grammairienne , que vous vi-
ftes en Saintonge, qui ne fe peut
accommoder aucque *le Palais*
Cardinal. Elle fouftient que ce
ne feroit pas vne plus grande
incongruité de dire *le Palais*
Roy & le Palais Empereur, pour
le Palais Royal & Palais Imperial. *Ce n'eft* ,dit-elle, *ni parler*
Grec, ni parler Latin, ni parler
François ; Et qui vit iamais dans
le monde ,vn Palais qui fuft Car-
dinal, ou vn Cardinal qui fuft
Palais? Ie n'ay garde de prendre
party , & de me declarer en cette rencontre. Ie ne veux point
de querelle auec la Dame , &
encore moins auec le Public,
qui feroit offenfé contre moy,

ſi ie croyois qu'il ſe fiſt en France , des incongruitez en Lettre
d'Or , & par l'ordre des Supe-
rieurs.

I'Avois oublié au Chapitre
de *Monſeigneur* , qu'au temps
paſſé il eſtoit plus vſité en ce
Royaume, qu'il n'eſt à preſent;
Mais il eſt certain qu'en ce temps
là , comme aujourd'huy en Italie, il ne ſignifioit que *Monſieur.*
Ce n'eſtoit point vne marque
de Superiotité en celuy qui le
receuoit d'vn autre , puis-que
ſouuent le moindre le receuoit
du plusgrand, ainſi qu'il ſe peut
verifier par pluſieurs endroits

des memoires de Philippes de
Commines. Dans vne Chroni-
que de Louys XII. donnée au
Public par Monſieur Godefroy,
l'année 1615. il y a vn exemple
déciſif de ce que ie dis , au Chapitre trentieſme, de la venuë du
Roy d'Arragon à Sauone. Voicy le Paſſage.

Le Seigneur d'Aubigny eſtoit
en la Ville , malade de goutte.
Dequoy fut auerti le Roy d'Ar-
ragon, lequel dit , Et vrayement
puis-qu'il eſt malade , & qu'il ne
peut venir icy , ie l'iray voir iuſ-
ques à ſon logis. Or allez, dit le
Roy , (Louis X II.) & cepen-
dant ie meneray la Reyne à l'es-
bat, & dit à Meſſire Gabriël de

la Chaſtre, Allez auec vos cent Archers, conduire le Roy d'Arragon iuſques au logis de Monſeigneur d'Aubigny.

Vous voyez bien que puis-que le Roy Louis XII. appelloit *Monſeigneur* vn de ſes Sujets, il y a grande difference entre Monſeigneur de ce temps-là, & Monſeigneur de ce temps icy. Mais que dites-vous de *Monſieur* de Sauoye & de *Monſieur* de Lorraine, qui ſont dans les Lettres de Malherbe ? Que dites-vous de *Monſieur* Frere vnique du Roy ? N'eſt-il pas vray qu'à la ſuite d'vn pareil *Monſieur*, il y a de plus grands Seigneurs que *Monſeigneur* d'Au-

bigny de la Cronique de Louis
XII. & que *Monseigneur* du
Bouchage des memoires de Philippes de Commines ? Cela veut
dire , mon ReuerendPere , que
l'vsage ne rend point raison de
ce qu'il fait. C'est vn Souuerain , non seulement bien imperieux & bien absolu , mais
aussi bien changeant & bien
bizarre : Il n'a pas plus de constance pour les paroles , que la
Mode pour les habillemens.

IOSEPHI IVSTI
SCALIGERI,
DE POETIS GRÆCIS·
IVDICIVM.

OESEOS Græcæ quatuor tempeſtiui-tates fuiſſe animad-uerti. Prima fue-rit illa, in qua principes Home-rus & Heſiodus. Hanc potes iu-dicare atque adeò vocare Ver Poëtices; pubertatem potius quàm infantiam. Excipit eam æſtas, non feruida quidem, ſed quæ ex illo Vere veſtigia non obſcura retinuit : in qua

Onomacritus, Solon, Tyrtæus,
& quifquis fuit auctor τῶν ποίων κ̀
τ̂ ἀοιδὸς, quam præpoſtero iudicio Criticorum natio Afcræo
illi áttribuit. Autumnus ab æ-
ſtate non degenerans, præſtan-
tiſſimos homines extulit , ſed
maiorem partem Grammati-
cos, in quibus τὴν πλάσα ponas
licet. Quid ingenioſius Calli-
macho ? quid Apollonio pref-
ſius ? quid Theocrito amœnius ?
Hactenus bene cum Muſis age-
batur. Initium Hyemis ſuàues
fœtus protulit : Dionyſium τ̂
ἀπεκηγητὼ, quem cum Poëtis τ̂
πλάδὸς contendas licet : & Op-
pianum longe illi diſſimilli-
mum, quem nimis floridus cha-

racter non paſſus eſt ſeſe intra
modum continere. Sed poſterio-
ris ſæculi Poëtæ, dum illam v-
bertatem affectant, nihil præter
ſtrepitum verborum & anipul-
las attulerunt. Qui in hoc genere licentius velificati ſunt,
primas obtinet Nonnus ille Pa-
nopolitanus, cuius redundan-
tiam in Dionyſiacis excuſaret
materia, niſi in Euangelij pa-
raphraſi maiorem immode-
ſtiam, vt ita loquar, profeſſus
eſſet. Eum ita ſoleo legere,
quomodo Mimos ſpectare ſole-
mus; qui nullâ aliâ re magis nos
oblectant, quam quod ridiculi
ſunt. Parcior & caſtigatior quidem Muſæus, ſed qui cum illorum

lorum veterum frugalitate com-
paratus, prodigus videatur. Neque in hoc sequimur optimi Pa-
rentis nostri iudicium, quem a-
cumina illa & flores declama-
torij ita cæperunt, vt non du-
bitarit eum Homero præferre.
Huius Musæi aut æqualis, aut
non multo posterior Silentia-
rius, vitio sæculi sui, quæ tum
virtus erat, vsus est. Strepitus
verborum, ambitus sententia-
rum, compositio Dithyrambis
audacior. Eiusmodi est ἔκφϱασις
ista. Quod vno verbo exponere
poterat, maluit binis, trinis ver-
siculis producere. Me quidem
ista non offendunt, qui sæculi morbum noui. Sed qui ni-

P

hil præter illos veteres legerit,
quum ad hæc se contulerit, tres
continuos versus non patienter
leget. Iuuat tamen nos, quod
Templi illius augustissimi adyta
omnia nobis reserauit; vt illi
gratias, non tanquam Poëtæ,
sed tanquam Historico agamus.
Iambus autem, quem operi præ-
posuit, adeo infans, ieiunus,
hiulcus, ἀσύστατος est, vt tyronem
potius, quam maturum Poëtam
agnoscas. Legendus tamen est,
& nobiscum agi præclarè arbi-
tremur, quod summo Dei be-
neficio ea nobis supersunt, quæ
salua esse permagni interest Rei-
publicæ literariæ. Paucissimi ha-
rum rerum gustum habent, non

quod eis ingenium desit, sed quia illarum vsum aut nullum, aut perexiguum habent. Nos in hoc aliquid nobis tribuimus, non quod ingenio meliore simus, quam illi, sed quia diutius in illo studio versati sumus.

P ij

VIRI MAGNI
IVDICIVM,
DE IMITATIONE LIPSIANÆ
LATINITATIS.

CVM liberales disci-
plinæ, & earum can-
didati Ducem suum
Iustum Lipsium, sua-
uissimæ in illo quidem, sed ini-
mitabilis, & vt ipse iudicabat,
ne tentandæ quidem aliis elo-
quentiæ, virum amisissent;
Pleraque iuuentus autem æmu-
latione viri clarissimi abrepta,
& iam præceptore suo, cuius

scripta adumbrare, quam mo-
nenti recte credere malebat, destituta, quæ feliciter exprimere
non poterat, stultè tamen sequi
optaret, magnum in discrimen
literaria res venerat. Si quis scri-
bere Latinè vellet, à Pacuuio &
Ennio demortua accersebantur
verba, saltitabant periodi, ma-
cra, ieiuna ac famelica Oratio,
succo omni, neruis destituta
omnibus & copia, punctulis
quibusdam & allusiunculis aut
membris interim præcisis & in-
terrogatiunculis abrupta, nau-
seam fastidiumque sui pariebat.
Histriones Scenicos dixisses, aut
ad instar Telephi Euripidæi, non
mendicos modò, sed & claudos

qui chorago intus rem gerente,
Spectatores cum tibicine oble-
ctarent, & dum maximo cona-
tu aliquando exilire conarentur,
cum maiore Spectatorum volu-
ptate quàm applausu, caderent,
non irent. Si quis locum vnum
Nonij emendasset aut Festi, lit-
terulam aut syllabam restituis-
set, alibi autem eiecisset, & hunc
ludum sine solida cognitione
rerum, strenuè, sed sic vt nihil
ageret, lusisset, Troiam expu-
gnasse videbatur. Et hos tamen,
si Dîs placet, Criticos voca-
bant.

GVLIELMI
GVEZII
ELOGIVM.

ATVS ést GVLIEL-
MVS GVEZIVS in
Gallia Narbonenſi,
claro loco, & ex an-
tiqua nobilitate, ſed auitis opibus calamitate temporum non
mediocriter imminutis. In Aula enutritus à puero, ea comita-
te vixit & ſuauitate morum, vt
beniuolentiam erga ſe & ſtudia
Procerum facilè concitarit. At
illum præcipuo fauore & ami-

P iiij

citia complexus eſt vir fortiſſi-
mus & magni nominis, Rogerius Bellogardius, Equitum Tri-
bunus. Is tum Ciſpadanam Gal-
liam Regio nomine obtinebat;
quem in Prouinciam ſequutus
Guezius, & arcanorum om -
nium factus particeps, priuatis
& publicis negotiis præfuit, ma-
gna integritate & diligentia, de
Rege atque Republica non ſemel optimè meritus. Quin &
ſummis de rebus (nec adhuc
XXVI. ætatis annum attigerat)
cum Allobrogum Duce Phili-
berto Emanuele congreſſus, le-
gatione bene geſta, ampliſſimo
præſtantiſſimi Principis teſtimo-
nio celebratus fuit. Interiectis

aliquot annis , Guezio Rogerius
Cæsarem filium tradidit , vt iuuenis iam cum Imperio Prouin-
ciis impositus , tanti Administri
opera & consilio vteretur. Sed
postquam extincto Rogerio ,
Cæsar quoque viuere desiit , im-
maturâ morte & bello ciuili ab-
sumptus , suum fecit Guezium
Dux Espernoniensis , amicissi-
mâ inuitatione , & quidem adeò fœlicibus auspiciis , vt in nul-
lo magis fortunam Ducis agnoscas vel prudentiam. Tali et-
enim fide , industriâ , fortitudi-
ne , omnique genere officiorum
ei præsto fuit , vt perculsam ip-
sius dignitatê difficillimis tem-
poribus , imprimis iuuerit atque

defenderit. Sane ingens vbique
Guezij erga patronum extitit
magnitudo meritorum. Sed
maximè apud Magnum Hen-
ricum, ad quem afflictis rebus
fæpius miflus, ea gratia valuit,
vt miram viri folertiam, probi-
tatem, atque iudicium fufpe-
xerint omnes Aulici: Ipfeque ille Princeps, vt erat eximiæ cu-
iufque virtutis optimus & æ-
quiffimus æftimator, ornatiffi-
mam de Guezio fententiam tu-
lerit, recepturus eum libentiffi-
mè inter neceffarios fuos. Ve-
rum hac fuit modeftia, vt tan-
tum honorem, etiam oblatum
recufaret. Inerat quippe animus
nulla ambitione corruptus, at-

que infolens malarum artium,
quæ in Aula plerumque vigent,
quique honeftum otium præfer-
ret inuidiofæ gloriæ. In agro
igitur Engolifmenfi acquieuit,
ductâ vxore ex illuftri Nefmon-
dorum familia, qua cum per an-
nos LXIV. vixit coniunctiffi-
mè. Ex eâ fufcepit liberos, cùm
egregiâ aduerfus parentem v-
trumque pietate confpicuos,
tum omni virtutum laude flo-
rentiffimos : Hós inter, Ioan-
nem Ludouicum Guezium Bal-
zacium. Litteris Græcis vel La-
tinis non erat excultus Guezius,
fed animi vigore incredibili, &
exquifito iudicio Eruditorum
artem & labores æquauerat.

Honeſtis opibus vſus eſt magni-
ficè ac ſplendidè, contra pecu-
niam & Fortunæ aduerſa fir-
miſſimus. Amicitias ſanctè co-
luit, nec aliud in pectore occlu-
ſum, aliud in lingua promptum
habuit. Bonarum ſemper par-
tium ciuis, & Gallici nominis
ſtudioſiſſimus. Centeſimum annum eodem vitæ tenore & in-
nocentiâ expleuit; adeò forti &
piâ ſenectute, vt aſſiduus in
Chriſti Dei, Virginiſque Ma-
tris ſupplicationibus, mortem
nec timuerit vnquam, nec o-
ptarit.

Obiit die XX. Sept. Anno
Salutis CIↃ.IↃCL.

PAulus Thomas (à Giraco)
Pauli Thomæ Filius , monu-
mentum hoc poſuit , quò reli-
gionem aduerſum Manes hono-
ratiſſimi Senis , & ſuam erga
Clariſſimum Filium , ſingula-
rem amicum ſuum , obſeruan-
tiam & caritatem teſtaretur.

❧❧❧❧❧❧❧❧❧❧❧❧

A MONSIEVR
DE
FORGVES.

MOnſieur mon cher
Neveu,

Ie ne doute point que la Nouuelle qui m'a eſtonné, ne vous
ait ſurpris. Si i'eſtois Larron,
vous ſeriez Receleur, & ſi ie
faiſois des Manifeſtes, ie vous
les aurois communiquez. Pour
reſpondre en vn mot à la Nouuelle ſurprenante ; Ie ne ſuis
point vn Séditieux, mais quiconque m'accuſe de l'eſtre, eſt

vn Imposteur. Cette calomnie
ayant esté debitée à Monsieur le
******, ie n'eusse pas crû que
i'eusse eu besoin de la refuter.
Ie pensois qu'il m'aimast assez,
pour m'espargner la peine de
donner vn desmenti à vn homme qui luy diroit vne fausseté de
moy : Mais ie ne suis pas si heureux que ie pensois. Quoy qu'il
en soit, ie me iustifieray sans
bassesse, & auec l'honneste liberté que me donne ma bonne
conscience. N'ayant pas perdu
la memoire des merueilles de
Rocroy, de Norlingue, de Lens,
&c. de Thionville, de Philis-
bourg, de Dunkerque &c. ie
ne nie pas que ie n'aye vne gran-

de eſtime , voire meſme vne
grande paſſion , pour le Prince
qui a fait tant de Merueilles;
Mais ſçachant d'ailleurs à qui ie
dois mes premieres paſſions, &
ce que les Loix de ma naiſſance
exigent de moy ; tout le ſeruice
que ie puis rendre à ce Prince,
Faiſeur de Merueilles , c'eſt de
prier Dieu de le remettre bien
auprés de leurs Maieſtez , & de
luy inſpirer des penſées de paix.
Ie ſuis coupable , ſi ces Vœux
ſont criminels, & voila les plus
mauuais deſſeins que ie medite
contre le ſeruice du Roy. Lors
que la Reyne ſon ayeule eſtoit
refugiée à Angoleſme, ie ne pûs
iamais me reſoudre à faire vn
Mani-

Manifeste pour elle, quoy que
i'en fuſſe preſſé par les violentes
ſollicitations de Monſieur l'Abbé de Ruccellaj: I'eus la dureté
de refuſer mes paroles à la douleur de cette grande Princeſſe,
parce que i'apprehenday que
mes paroles pourroient cho-
quer mon deuoir, & déplaire au
Roy ſon fils. Depuis ce temps-là,
ie n'ay voulu eſcrire que pour
ſouſtenir les bonnes cauſes, &
particulierement pour défendre
l'honneur de la France. Monſieur le Comte de Pigneranda
me le ſceut bien reprocher, lors
qu'il paſſa en ce päis, pour s'en
retourner en Eſpagne. les Eſpagnols croyent qu'il n'y a point

Q

au Monde vn meilleur François
que moy : Et n'eſtant pas inconnu chez les autres Eſtrangers , ie
puis dire qu'on m'y connoiſt
moins par mon nom , que par
mon zele au bien de l'Eſtat. Ie
ne voudrois pas ſur mes vieux
iours , commencer à deſſeruir
le Roy , ni de mon eſpée , qui
n'eſt gueres bonne , ni de ma
plume , qui eſt fort vſée. Ie ne
ſuis point affamé d'employ , &
beaucoup moins de reputation.
Ie ſuis ſatisfait de mon obſcurité
& de mon ſilence , parce que
l'vne me cache , & que ie ne
rends conte de l'autre à perſonne. Bien-loin de chercher de
nouueaux Maiſtres , ie ſuis meſ-

me les nouuelles Connoiſſances,
& vous direz, s'il vous plaiſt, à
ceux qui me prennent pour vn
autre, qu'il n'y a gueres d'apparence, que n'ayant pas accepté
les offres de Paris, i'aye des pretentions à Bordeaux. Vous qui
ſçauez qu'vne charge de Secretaire d'Eſtat m'incommode-
roit, ne croirez pas aiſément que
ie me face de feſte, pour eſcrire
des Libelles. Cela ſoit dit neantmoins auec plus de dégouſt de
ma perſonne, que de mépris de
la Cour, & dans le ſens de ce
Vers ſi veritable,

Que ie ſuis las du Monde &
de moy-meſme!
Mais encore plus de moy-meſme

que du Monde. I'auoüe pourtant que ie vous dois quelques
bonnes heures de ces mauuais
iours, & que voſtre amitié eſt
ingénieuſe à chercher des ſoula-
gemens à mon chagrin : Elle a
mille inuentions d'adoucir les
peines que ie ſouffre. Vous me
plaignez, mais vous me plaignez
efficacement. Ie ſerois vn Ingrat
ſi ie le niois, & ſi ne viuant preſque plus que par le ſoin que
vous prenez de me faire viure,
ie n'eſtois tant que ie viuray,

Monſieur mon cher Neveu,

Voſtre trés-humble & tres-
paſſionné ſeruiteur
BALZAC.

A Neüillac ce 1. Octobre 1651.

❦❦❦❦❦❦❦❦❦❦❦❦❦

A MONSIEVR
DE S. ROMAIN
MARESCHAL DE BATAILLE
DES ARME'ES DV ROY.

Monsievr,

Puis que l'Imposteur ne veut pas
paroiſtre, pour receuoir la peine de ſa calomnie, laiſſons-luy
digerer en ſecret, les démentis
qui luy ont eſté donnez en public. Ie ne veux point triom-
pher de ſa confuſion, ni pouſ-
ſer ſon remors iuſques au bout.

Q iij

Il me fuffit qu'il face la penitence qui luy fera ordonnée par fon
Confeffeur. Encore fi ce galand
homme fe fuft contenté de dire
que i'efcriuois pour Monfieur le
Prince, & qu'il n'euft pas ajoufté
contre le Roy. C'eft ce dernier
mot qui bleffe l'honneur d'vn
homme de bien, & qui n'eft pas
feulement iniurieux à ma fidelité, mais qui offenfe mon induftrie. Si i'auois entrepris d'efcrire pour Monfieur le Prince (ie
ne dis pas pour la Guerre ciuile,
ie dis pour Monfieur le Prince)
ie péferois le pouuoir faire auec
vn tel refpect pour leurs Maje-
ftez, & vn fi iufte temperament
de liberté & de difcretion, que

mes Escritures pourroient estre
leuës au Palais Royal, sans que
ie deusse craindre la Bastille.
Mais comme vous sçauez, Monsieur le Prince n'a rien desiré de
moy. Ce qu'il me fit dire, passant en cette Prouince, fut vn
pur effet de la bonté de son Al-
tesse, qui voulut honnorer les
Lettres en ma personne, & me
tesmoigner qu'elle auoit entendu le Latin que ie luy auois enuoyé à Paris. Dans ce Latin il y
a vne ligne qui met ma fidelité
hors de tout soupçon, & qui
n'est pas du stile de l'homme,
qui disoit autrefois, IL N'Y A
RIEN QVE IE NE FISSE DE TOVT
CE QVE TIBERIVS GRACCHVS

ME COMMANDEROIT ; MAIS,
luy dit vn autre , S'IL VOVS
COMMANDOIT DE METTRE
LE FEV AV CAPITOLE, LE FE-
RIEZ-VOVS? IL NE ME LE COM-
MANDEROIT PAS, repliqua-t-il,
MAIS S'IL ME LE COMMAN-
DOIT, IE LE FEROIS , PARCE
QVE IE SEROIS ASSEVRE' QVE
CE SEROIT POVR LE BIEN DE
LA REPVBLIQVE. Ie vous confesse mon infirmité : Ie n'ay ni
tant de foy , ni tant de force que
que cét homme-là. Ie ne suis pas
capable d'vne obeïssance si hardie. Aussi Monsieur le Prince ne
demande point de telles obeïs-
sances, & ie veux croire qu'il n'y
a rien de commun entre luy &

Tiberius Gracchus. Il a trouué
bon qu'en le coniurant, au nom
de la France, DE VIVRE ET DE
VAINCRE, ie luy aye ſpecifié la
qualité des Victoires, & le nom
des Ennemis que la France deſi-
roit qu'il vainquiſt. Ce ſont les
Barbares & les Infideles. C'eſt
le grand Turc & le grand Mo-
gór. Si i'en diſois dauantage, ie
ferois vn Manifeſte; Mais ce ne
ſeroit pas celuy de Monſieur le
Prince, ce ſeroit le mien. Ie ſuis
auec paſſion,

Monſieur,

Voſtre tres-humble & tres-
affectionné ſeruiteur
BALZAC.

A Neüillac ce 3. Octobre 1651.

Voicy le Latin dont est question, VIVE ET VINCE, EXCELSISSIME PRINCEPS, SED BARBAROS TERRÆ AFRICÆ, SED ASIÆ TYRANNVM, SED CHRISTI DEI HOSTES, &c.

FIN.

EXTRAIT DV PRIVILEGE DV ROY.

PAR Lettres Patentes du Roy, données à Paris le 28. Ianuier 1647. Il est permis au sieur de Balzac, Conseiller de sa Maiesté en ses Conseils, de faire imprimer, vendre & debiter en tous les lieux de son obeïssance, Diuerses Oeuures par luy composées, & ce par tel Imprimeur ou Libraire, en telles marges, en tels caracteres, en vn ou plusieurs volumes, & autant de fois qu'il voudra, durant vingt ans entiers, à compter du iour que chaque volume sera acheué d'imprimer pour la premiere fois, auec defenses à toutes personnes de quelque qualité & condition qu'elles soient, de les imprimer, vendre, ni debiter, sous quelque pretexte que ce soit, pendant ledit temps, sans le consentement dudit sieur de Balzac, ou de ceux qui auront son droit;

à peine de fix mil liures d'amende, de con-
fifcation des Exemplaires contrefaits, &
de tous defpens, dommages & interefts,
comme il eft porté plus au long par lefdites
Lettres Patentes ; à l'Extrait, & aux copies collationnées defquelles, fa Majefté
veut que foy foit adiouftée, comme à l'o-
riginal.

Signé, PAR LE ROY EN SON CONSEIL,
CONRART. Et feellé du grand Seau
de cire iaune, fur fimple queuë.

Et ledit fieur de Balzac a cedé & tranf-
porté fon droiĉt à Auguftin Courbé, Marchand Libraire à Paris, pour imprimer &
vendre le *Socrate Chreftien* feulement, con-
formément aux claufes, & pour le temps
porté par ledit Priuilege, fuiuant l'accord
fait entr'eux.

Achcué d'imprimer pour la premiere fois le
dernier Ianuier 1652.

Les Exemplaires ont efté fournis.

LAVRENS CORCIO, Doyen des Protonobires, du nombre des participans Referendaires de l'vne & l'autre Signature, Vice-Legat & Gouuernéur General en cette Cité & Legation d'Auignon, & Sur-Intendant General au fait des Armes pour noftre S. PERE, en cét Eftat; A TOVS qu'il appartiendra. Nous ayant efté remonftré par IEAN PIOT, Libraire & Imprimeur du faint Office de la Cité & Vniuerfité d'Auignon, qu'il defireroit faire imprimer vn Liure intitulé *le Socrate Chreftien*, lequel n'a encore efté imprimé; fur ce fupplie luy bailler Lettres neceffaires: A CES CAVSES defirant traitter fauorablement ledit fieur PIOT, luy auons permis & permettons par ces prefentes, de faire imprimer & debiter dans la prefente ville d'Auignon, & Comtat Venayfien ledit Liure; Auec inhibitions & defenfes à tous Imprimeurs & Librairés de cettedite ville & Comtat Venayfien, & tous autres que befoin fera; d'imprimer, vendre & debiter auuns dudit Liure, que ce ne foit de l'impreſſion dudit Suppliant, ou de ceux qui auront droit d'iceluy, pendant le temps de ſept ans, à compter du iour & datte des preſentes, à peine de vingt-cinq marcs d'argent fin, au profit de ſa Sainteté applicable, & confiſcation des Exemplaires dudit Liure contre-faits; deſpens, dommages & intereſts d'iceluy : Et aux fins, que perſonne n'en pretende cauſe d'ignorance : VOVLONs les preſentes eſtre intimées à tous qu'il appartiendra, & copie d'icelles eſtre miſe au commencement ou à la fin dudit Liure. DONNE' au Palais Apoſtolique dudit Auignon, le vingt-vniéme iour de Nouembre mil ſix cens cinquante-vn. Du Pontificat de Noſtre S. PERE INNOCENT dixiéme, année huictiéme.

L. CVRSI, Vice-Legat.

Regiſt. lib. B. Gra. Laud. fol. ccxxxv.

L'An mil six cens cinquante-vn, & le vingtiéme Nouembre, Ie Nottaire & Greffier de la Cour du Palais Apostolique d'Auignon soussigné, requis, ayant la presence du sieur Iacques Bramereau Imprimeur dudit Auignon, & de Nicolas Malard & Laurens Meruille Libraires de ladite ville, leur ay signifié la presente permission concedée audit sieur Piot suppliant, auec les inhibitions y contenuës aux fins qu'il n'en pretende cause d'ignorance, ainsi que plus amplement appert aux actes de ladite Cour.

Et ledit IEAN PIOT, *Imprimeur & Libraire du saint Office, a cedé & transporté son Priuilege à* AVGVSTIN COVRBE' *Marchand Libraire à Paris, suiuant l'accord fait entr'eux.*